蒼玉の王子様とシークレットベビー

～二年ぶりに王都で会った大好きな人に赤ちゃんがいたので田舎に帰らせていただきます!?～

夜明星良

ill. 天路ゆうつづ

eR
eロマンス ロイヤル

CONTENTS

ヴォルフガング・ヴァルトマイスター（ヴォルフ）

★★★

二年前にメルクブルクの村から王立騎士団に入団した青年。
漆黒色の髪にコーンフラワーブルーの瞳という
非常に珍しく美しい容姿をしている。
その姿と功績から「蒼玉《そうぎょく》の王子様」と
王都では呼ばれて女性人気も高いが、
この二年間浮いた噂もなかったのだが……。

謎の赤ちゃん（トミー）

★★★

ヴォルフがお世話をしている黒い髪に
コーンフラワーブルーの瞳と、
彼そっくりな見た目の男の子。
ティーナのことを「まーま」と
呼ぶのだが……。

クリスティアーナ・ヒンメル（ティーナ）

★★★

田舎の町メルクブルクの村で暮らす少女。
平凡な栗色の髪に平凡な容姿で自己評価は低い
が、エメラルドグリーンの瞳はこの国では珍しい。
ヴォルフとは幼馴染みで、
二年前騎士団に入る時に彼が言った
「三年待っていてくれ」という言葉を
信じていたのだが……。

CHARACTERS

ベルタ

★

ヴォルフのアパートの大家さんで、
よくトミーの面倒を見てくれている親切な老婦人。
どこかヴォルフの亡くなった祖母に似ている。

ウルリヒ・リンデマン公爵

★

王家に次ぐ権力を有するリンデマン公爵家当主で、
かつて「魔塔」にいた現在はこの国唯
一の魔法使い。エメラルドグリーンの瞳を持つ。

プロローグ

二年ぶりに再会した、友達以上恋人未満の幼馴染《おさなな》《じ》み。サプライズで彼の誕生日を祝うため、村から遠く王都まで出てきた私は、そんな幼馴染みの腕に抱かれているものを見て言葉を失った。

真っ黒な髪にとっても珍しいコーンフラワーブルー色の瞳まで彼そっくりな、可愛い赤ちゃん。彼の息子《むすこ》で、間違いないだろう。

王都に出て、二年。大好きだった幼馴染みの男の子は、一児の父になっていた――!?

「その子の母親はいったい誰なのよ!?」

「こっ、この子は、俺と君の子だ!!」

「……はあ?」

「だから、この子は俺とティーナの子どもなんだ！」

いや……まじこいつ、なに言ってんの？

出産はおろか、この男に片想いしていたせいで処女の私になんてことを言うのかと、怒りを通り越して呆《あき》れ返ってしまったわけだが――。

まさかこれが単なる浮気男の戯言《ざれごと》などではなく、自分たちがすでに一国の未来にかかわる大事件に巻き込まれていたせいだなんて、このときは知る由もなかった。

第一章 ★ 衝撃の再会

「本当にもう、行っちゃうんだね」

「そんな悲しそうな顔するなよ。……離れがたくなるだろ」

そう言って笑った彼の顔がすごく優しくて、辛《つら》そうで。絶対に笑顔で送り出すと決めていたのに、必死で我慢《がまん》していた涙がぽろぽろと零《こぼ》れてしまった。

「ごめん、ヴォルフ。泣くつもりなんてなかったのに……きゃっ！」

ぎゅっと、ヴォルフに強く抱きしめられた。最近こんな風に抱きしめられたことはなかったので、日々の剣術の鍛錬《たんれん》によって前よりずっと逞《たくま》しくなったその身体《からだ》に、心臓がドキドキした。

――成人を二年後に控え、身も心も着実に、私たちは大人になっていく――。

「三年だ。三年経《た》ったら役職がつく。そうしたら……ティーナ、君を迎えにくる。だからそれまで、待っててくれ」

真剣な顔で、私にだけ聞こえる声で囁《ささや》かれたその言葉。ものすごく大きく鳴っている心臓の音が、そのまま彼に伝わってしまいそうだ。

きっと今、私の顔は真っ赤だ。そんな顔を見られるのはなんだか恥ずかしくて、自分からも彼をぎゅっと抱き返して彼の首元に顔を埋《うず》めると、「うん、待ってる」とだけ答えた。

◆　◆　◆

どこまでも続くオレンジ色の瓦《かわら》屋根と、青く美しい空。その空の下の緑青色の尖塔《せんとう》は市庁舎前の中央広場に建立された、かの有名なコルンブルーメ大聖堂のそれだと、誇らしげに御者は語る。

馬車が街中へ入っていくと、所狭しと立ち並ぶ建物がどれも五階建て以上の大きさだということに気づく。私の村では二階建てでも立派なほうで、村にある唯一の教会だって三階建てより少し高いくらいだった。

中央広場へ続く大通りは、村では祭りの日でも見たことがないほど多くの人が行き交っている。建物の中の商店だけでなく通り沿いにも屋台が立ち並び、どこも賑《にぎ》わっている様子だ。

大都会である王都ケーニヒスシュタットの街は、小さなメルクブルクの村からやってきたばかりの田舎娘《いなかむすめ》には驚きと感動の連続だ。

気のいい御者のおじさんは目的地に着くまでの間、窓の外の光景に釘付《くぎづ》けになっている私に王都の観光名所と穴場をいろいろ教えてくれた。おかげで、まだ着いたばかりだというのに、メモ帳にはすでにこの大きく美しい街の情報がたくさん記されている。

馬車を降りた私は、大きな鞄《かばん》を持って街の中心である中央広場へと向かう。中央広場に隣接する市庁舎のすぐ裏に宿を取っているので、まず部屋に荷物を置き、それから本来の目的地へと向かうつもりだ。

胸が高鳴る。それは小さな村から出たことがなかった田舎娘が、大都会に足を踏み入れた興奮もあるだろう。でもそれ以上に――ずっと会いたかった大好きな人にようやく会えることへの期待と喜びのせいだ。

私を見て目をまん丸くするヴォルフの顔を想像したら思わずにやけた。きっと、ものすごく驚くはず。まさか私が王都に来るなんて、思ってもいないだろうから。

中央広場には、青空市場が立っている。新鮮な野菜や果物のほか、王都名物であるレープクーヘンなどのお菓子もたくさん売られている。

甘いものが大好きな私としては是非とも試したいが、今は荷物もある。宿に荷物を置いたあとで、改めて来るほうがよさそうだ。

脇道に逸《そ》れると、人が少なくなった。それでも私の住むメルクブルクの村の何倍も混んでいる。慣れない混み具合に人酔《ひとよ》いしてしまいそうだが、大都会の街は見るもの全てがあまりに刺激的で、興奮しっぱなしである。

ふと、店先の装飾や看板のデザイン、通りの花壇《かだん》に至るまで、コーンフラワーの花ばかりなことに気づく。コーンフラワーは国花ということもあり、王都では特に大事にされているのだろう。

この色を見ると、ヴォルフの瞳を思い出す。コーンフラワーブルー色のサファイアみたいにキラキラした、本当に綺麗《きれい》な目なのだ。

この国では多くの人の瞳が茶色なので、それ以外の色というだけでも目立つ。かく言う私も父の瞳の色を受け継ぎエメラルドグリーン色の瞳で、村の女の子たちからよく羨《うらや》ましがられたものだ。

でも少し大きな街に出れば、同じ色ではないが、緑系の瞳を持つ人なら見つけることができる。

それに対して青系の瞳は本当に稀《まれ》らしく、同じコーンフラワーブルー色どころか青系の瞳ですら、彼の家族以外で見たことがなかった。

　私たちが生まれ育ったメルクブルクは、ハイリゲンベルク王国の東部に位置する、小さな村だ。そばには隣国と国境を接する大きな森があるほか、村人の大半が農業に従事しており、近くの町へ出かけることはあっても、ほとんどの人が村から出ることなくその一生を終える。

　ヴォルフは、そんな村で極めて異質な存在だった。漆黒色《しっこくいろ》の髪にコーンフラワーブルー色の輝く瞳、顔だけ見れば女の子に見えるほど綺麗な顔立ちなのに、幼い頃から剣の道にのめり込んでいた身体はしっかりと筋肉もつき、引き締まっていた。そんなヴォルフを村の大人たちは「まるで青年神のようだ」と褒《ほ》めそやしたものだ。

　村の女の子たちの初恋はほとんどみんなヴォルフだったし、それは私も同じ。違うのは、ほかの子たちはそんな彼を遠巻きに見守っていたけれど、私はすぐ隣にいることができたこと。

　それは、両親が親友同士で家が隣り合っていたのと、私の父が早くに亡くなり、ヴォルフの両親が私と母をなにかと助けてくれたので、私とヴォルフはただの村の幼馴染《おさななじ》み以上の長く深い付き合いがあったから。私たちが家族みたいな関係だということは村では誰もが知っていたし、私たちが一緒にいるのは、お互いにとってごく自然なことだったのだ。

　そうでもなければ平凡な栗色の髪に平凡な容姿で、エメラルドグリーン色の瞳くらいしか誇れるところのない私が、当然のようにヴォルフの隣にい続けることなんてできなかったはずだ。

　だから彼への恋心を自覚したあとも私がその想いを伝えることはなかったし、それでもこのままずっと一緒にいられることを信じて疑わなかった。

　でも同い年の私たちが十六歳になると、ヴォルフの王立騎士団入りが突然決まった。近くの町の剣術大会で優勝したとき、そこに偶然招待されていたこの国の王立騎士団長からほとんど請《こ》われる形で王立騎士団への入団を勧められたのだ。

彼の剣の腕前が凄《すご》いのは知っていたが、まさか王立騎士団長から直々にスカウトされるほどだとは思わず、本人も含めてみんな本当に驚いた。だって王立騎士団は国王陛下《へいか》直属の特別な騎士団であり、選《え》りすぐりの騎士たちばかりが集められた王国最強の精鋭部隊なのだから。

王立騎士団員だというだけで人々から尊敬と羨望《せんぼう》の眼差《まなざ》しを向けられることになり、生涯《しょうがい》の安定した生活が約束される。この国に生まれた少年なら誰もが一度は憧《あこが》れる地位を得られるまたとない機会が、ヴォルフに与えられたのだ。

この最高の好機を逃す手はない。村中が彼の大出世を祝い、あっという間にヴォルフの王都行きが決まった。

ヴォルフが、王立騎士団員になる。それは本当に誇らしいことだったし、彼のこれまでの努力が報われたのだとすごく嬉《うれ》しくもあった。

でも同時に、とても寂しくもあった。生まれたときから十六年間、ずっと一緒にいたのだ。それがまさかこんな形で、突然離れ離れになる日が来るとは思ってもいなかったから。

出発当日は村のみんなで盛大に見送ることになっていたので、ふたりだけのお別れは前の夜に済ませた。ヴォルフが裏山にある、いつもふたりで星を見た秘密の場所に行こうと誘ってくれたのだ。

その夜、私は「今こそ告白しなければ」と思った。王都に行けば、きっと素敵な女の人がたくさんいる。こんな小さな村でも、ヴォルフはあんなにモテるのだ。王立騎士団員として王都に行けば、恐ろしくモテるのは間違いない。

いくら剣のことしか頭になくて女性や恋愛に対する興味が欠落しているヴォルフでも、王都の洗練された美しい女性たちに言い寄られたら、ころっと落とされる可能性はある。

私が告白したところで「そういう対象としては見られない」と言われてしまうかもしれないが、何も言わずに行かせてしまうよりはましなんじゃないかと思った。

並んで星を見ながら沈黙している間、悶々《もんもん》とそんなことを考えつつ、告白のタイミングを窺《うかが》っていた。でもなかなか勇気を出せなくて……結局、先に口を開いたのはヴォルフだった。

「王立騎士団では、三年経つと役職がもらえるんだ。で、役職がつくと給金も一気に上がるから、その、たとえば結婚……とかも、そのタイミングでする人が多いらしい」

「そ、うなんだ」

突然「結婚」なんて言葉が出たので、思いっきり動揺《どうよう》してしまった。

もちろんヴォルフは一般的な例として結婚を話題にしただけで、そこに深い意味はないはずだ。それでもずっと彼に片想いをしていた身としては、普段なら話題にすることのない「結婚」という言葉が彼の口から出たというだけで、馬鹿みたいにドキドキした。

「だから……さ、ティーナには、待っててほしいんだ」

「えっ？」

「三年経ったら、君を迎えにくる。だからそれまで、俺のことを待っていてほしい」

この流れで、こんなことを言われて。「なんだかプロポーズみたいだ」と私が思ってしまっても、仕方ないと思う。

でも、すぐに冷静になった。これが本当にプロポーズであるはずはない。だって私たちは一番の親友で家族のような存在ではあるけれど、決して恋人同士ではないのだから。

私の想いを彼に伝えたこともなければ、彼から想いを伝えられたこともない。幼い頃のなごりで手を繋《つな》ぐことはあっても、たとえばキスのようなロマンティックなことをしたり、そういうことをする雰囲気になったことすらなかった。

どんなに一緒にいて、お互いをなにより大切に思っていると知っていても、今の私たちは幼馴染みの親友同士、それ以上の関係ではない。残念ながら、それは疑いようのない事実だった。

だからこそ、それがプロポーズでないのは明らかなのだ。それでも……好きな人からそんなことを言われて、嬉しくないはずがない。どんな理由で彼がその言葉を言ったにせよ、彼が「待ってて」というなら、私はいつまでも彼を待っていよう、そう思った。

「わかった、待ってる。だから、絶対怪我《けが》しちゃだめよ。手紙いっぱい書くから。面倒でも、ちゃんと近況を知らせてよ」

必死に涙を堪《こら》えて私はにっこりと笑い、ヴォルフも「ああ、ちゃんと書くよ」と笑って、私の肩にそっと頭を乗せた。そのあとはずっと無言のまま、ふたりで満天の星を眺《なが》めて……その夜、私は結局ヴォルフに告白することができなかった。

それが、今から二年前のこと。だから本当ならまだあと一年、私はヴォルフが迎えにくるのを村で大人しく待っているはずだった。

そんな私がなぜ王都にいるかというと……我慢できなくなってしまったのだ。

ただ、ヴォルフに会いたかった。ヴォルフがいなくなってからの日々は、ぽっかりと心に大きな穴が空いたみたいだったから。

彼が王都に行ってから私があまりに元気がなかったので、母やヴォルフの家族、村の人たちまで私をすごく心配してくれた。そしてしまいには「ヴォルフの十八歳の誕生日に合わせて王都に行き、みんなの代わりにお祝いしてあげてくれない？」と、とっても優しい「お使い」を村のみんなから任されることになったのだ。

そんなわけで私は今、王都にいる。あの小さな村からさえほとんど出たことのなかった私が、たったひとりでこんな遠くまで来られたことに感動すら覚える。

でもヴォルフはこんなところでもう二年も、たったひとりで暮らしているのだ。

少し離れた場所でふいに大きな歓声が上がった。少しだけ驚いてその声のするほうを振り返ると、何やらすごい人だかりができていた。

「いったい、なにごとかしら」

思わず呟《つぶや》くと、隣にいた優しそうなおばさんが「あれは、王立騎士団の方々ですよ。ちょうど、今日のお仕事が終わる時間ですから」と教えてくれた。

「あそこに騎士団員の方たちがいるんですか!?」

「お嬢さんも『蒼玉《そうぎょく》の王子様』のファンですか？」

「『蒼玉の王子様』？」

「あら、ご存じない？　若い子たちはみんな彼の虜《とりこ》だから、貴女《あなた》もそうなのかと思ったわ。でも、まだ知らないだけなら、すぐに貴女も彼のファンになりますよ！　ああほら、ちょうど真ん中にいる方がそうよ」

おばさんが視線を向けた先には、女性たちが群がる中心で笑顔を振《ふ》り撒《ま》くひとりの男性がいた。

「えっ、ヴォル……フ？」

少し距離があるので、王立騎士団の制服を身に纏《まと》うスター然としたその人の顔がはっきり見えたわけではない。

でもその漆黒の髪と、遠くからでもわかる美しい顔の輪郭《りんかく》、凛《りん》とした佇《たたず》まいは、私が生まれたときから二年前までずっと一緒だった幼馴染みの雰囲気に、あまりによく似ていた。

「ふふっ、やっぱりご存じなのね！　ヴォルフガング・ヴァルトマイスター卿《きょう》、入団早々あの蒼玉《そうぎょく》の瞳と麗《うるわ》しい容姿で世の女性たちを夢中にしただけでなく、剣も騎士団屈指の腕前だとか。田舎の村出身の平民らしいけど、貴族の女性たちもこぞって彼にアプローチしてるって話じゃない？」

そう語るおばさんは、どこか誇らしげだ。

――そっか。やっぱり、ヴォルフなんだ。半ば確信していたし、二年ぶりに見た彼がとても元気そうで、しかも立派にやってるようで嬉しくもある――のに、胸が締めつけられた。

ヴォルフが人気者なのは、今に始まったことじゃない。村ではもちろん、街へ出かけても、いつだって注目の的だった。だけど――あんなの、まるでスーパースターみたいだ。

せっかく遠い田舎から王都まで来て、やっとこんな近くまで来られたのに、なんだかヴォルフがひどく遠くに行ってしまったみたいに感じた。

お仕事は終わっているみたいだけど、こんな状況で声なんてかけられるはずがない。

この二年間、ずっと会いたかった人が目の前にいる。なのに私はこれ以上その人に近づくこともできず、黄色い声に包まれるその場にそっと背を向けると、すでに見えている市庁舎に向かって再び歩き出した。

まもなく、厳《おごそ》かな印象を受けるその古く大きな建物の前に辿《たど》り着《つ》いた。ケーニヒスシュタットの市庁舎である。この裏に、私が取った宿があるはずだ。

市庁舎の裏へ回ると、すぐに宿の看板が見えた。受付には女性の従業員がいて、名前を伝えると部屋の鍵《かぎ》を渡された。五一〇号室、五階の部屋らしい。

部屋に重たい荷物を置き、ふうと息をつく。小さいけれど日当たりもよく、なかなかいい部屋だ。一週間ほど滞在するにはぴったりの場所だった。

窓を開けるとオレンジ色の瓦屋根の向こうに、中央広場と大聖堂の一部が見えた。まだ、さっきの場所には人だかりがあった。私はそっと、窓を閉めた。

少し、疲れた。長旅だったから、仕方ないのかも。それに、どうせ今訪ねて行っても彼は部屋にいない。だったら、少し休んでから行こう。

上着と靴を脱いで、ベッドに倒れ込む。なんだか身体が鉛みたいで、目を瞑《つぶ》るとそのまま眠ってしまった。

はっと目を開け、時計に目をやる。三十分ほど、眠っていたらしい。起き上がって窓を開けると、人だかりはもうなくなっていた。

部屋の洗面台で顔を洗って、上着を羽織る。大きな鞄から肩掛けの小さな鞄を取り出し、そこに貴重品などを入れ替えて肩から掛けると、部屋を出た。

鞄から一通の手紙を取り出す。差出人はヴォルフで、二ヶ月前に私が一足早く成人を迎えたときに彼が送ってくれた贈り物と一緒に入っていたものだ。

二年前に彼が村を出てから、「近況報告」という名目での手紙のやりとりを二週間に一度の頻度《ひんど》で送り合っていた。

ヴォルフが王都で元気でやっているか心配だったたし、村であったことはこれまでと同じように全部ヴォルフと共有したかったからだが、忙しいヴォルフは返事を書くのも大変だろうと、「返事は書けるときだけでいいからね」と毎回書いていた。

でも律儀《りちぎ》なヴォルフは、分量こそ私の半分くらいだけど、毎回必ず返事を書いてくれた。おかげで二週間に一度はヴォルフの無事を確認することができた。

でもそんな二週間に一度のペースが一度だけ崩れたのが、成人する誕生日当日だった。前回分の手紙が三日ほど前に届いていたのでしばらく手紙は来ないだろうと思っていたのに、小さな木箱と一緒に手紙が届いたのだ。

『クリスティアーナ、十八歳の誕生日おめでとう。俺より一足先に大人になった君に、小さな贈り物だ。そばにいられないから、俺だと思ってつけてくれたら嬉しい。ヴォルフガング』

いつもよりさらに短い、でもまるで恋人に送るみたいなその素敵な手紙は、一緒に贈られてきた小さなサファイアのついたピアスと同じくらい、最高の贈り物だと思った。

あの日から欠かさずそのピアスをつけているが、この手紙もまた肌身離さず持ち歩いている。

封筒にある彼の住所を確認すると、目の前に目当ての番地プレートの埋め込まれた建物があった。

一応調べてアパート近くの宿を取ったのだが、想像以上に近い所を取ることができたらしい。

部屋は五二一号室ということで、五階まで上がって部屋番号を確認していくと、一番端に部屋を見つけた。すぐ呼び鈴に手を伸ばすが、さっき中央広場で見たすっかり人気者になったヴォルフの姿をふいに思い出して、手が止まる。

おばさんの話では貴族女性からもアプローチされているようだし、洗練された王都の綺麗な女の人たちに囲まれて暮らしているのなら、昔となにも変わらない田舎者のままの私を見て、がっかりしてしまうかもしれない。

ぶんぶん頭を振る。せっかく村のみんなが送り出してくれたのに、会う前から勝手にネガティブになってしまうなんて。二年ぶりに、遠い故郷から来た家族みたいな存在の幼馴染みに会えるのだ。私ほどではなくても、彼もきっと嬉しいと思ってくれるはず。

勇気を出し、呼び鈴を鳴らす。中から慌《あわ》ただしくこちらへ向かってくる足音が聞こえ、まもなく勢いよくドアが開いた。

目の前には、頭から被《かぶ》ったタオルの陰から濡《ぬ》れた黒髪が覗《のぞ》く、半裸の男性。鍛《きた》え上げられた筋肉にうっかり見惚《みと》れそうになったが、顔を上げて見れば驚くほど精悍《せいかん》な顔立ちの男の人が、そこに立っていた。

どうやら、部屋を間違えたらしい。

「ま、間違えまし――」

「ティーナ？」

「えっ？」

「ティーナ！　本当にティーナなのか!?」

呆然《ぼうぜん》としながら、改めて目の前の男性の顔を見る。

見たことないほどかっこよくて無駄《むだ》にキラキラしてるその男性は、たしかにヴォルフと同じコーンフラワーブルー色のサファイアみたいな目で、私をまっすぐ見つめていた。

「ヴォルフ……なの？」

「ああ、俺だよ。ヴォルフガングだ」

目が眩《くら》みそうな輝く笑顔で、その男性ははっきりと答えた。

思わず立ち眩みがした。だって、あまりにも――違う。

女の子に間違えられるほど綺麗な少年だった彼は、今も変わらずとても綺麗な顔で笑っている。

でも今はもう、顔だけ見たって誰も彼を女の子だとは思わないだろう。

遠くから見ただけではわからなかったが、二年という月日は幼馴染みを美しい少年から精悍な青年へと変貌させていた。少しは変わっているだろうと思っていた私の予想を遥《はる》かに超えて、ヴォルフはすっかり大人の男性になってしまっていたのだ。

「ティーナ……見違えるほど綺麗になったな。いや、もちろん前から可愛かったけど、ものすごく美人になっていて驚いたよ。てっきりまた、夢でも見ているのかと思った」

過分なその言葉は、全然私の知っているヴォルフらしくなかった。

優しい人ではあったが、恥ずかしがり屋なところがあったから、こんな風にさらっと「可愛い」とか「綺麗」なんて言葉を口にしたりはしなかった。

もし言ってくれたとして、聞こえるか聞こえないかくらいの小さな声で、耳まで真っ赤にしながら呟く程度だった。こんな風に歯の浮くような褒め言葉をさらりと言える人ではなかったのだ。

「と、とにかく入ってくれ！　あんまり片付いてないけど、適当に座って――」

「らあっ！」

はっと、部屋の奥から聞こえた声のほうへ視線を向ける。

「あれ？　奥のほうで、赤ちゃんの声が聞こえなかった？」

彼は私の質問に答えることもなく、また声のしたほうを振り向きもせずに固まっていた。

「ねえヴォルフ、お客さんでも来てるの？」

「ぱーぱ！」

「……えっ？」

部屋の奥から聞こえたその言葉と、目の前で固まったまま動かないヴォルフ。

ありえない、はず。でもすごく嫌な予感がして、「入るね」と行って彼の横をすっと通り過ぎると、「ティーナ、待って！」という声を無視して、まっすぐその声のほうへと向かった。

部屋の奥には、ベビーベッドの中で座っている小さな赤ちゃん。髪の色は闇夜のように真っ黒で、そして瞳の色は……宝石のように綺麗な、見事なコーンフラワーブルーだ。

ヴォルフがさっと赤ちゃんを抱き上げ、顔を隠すように内向きにした。

――でも、もう遅い。しっかり見ちゃったわよ。

「この子は誰？」

「そ、その子はその……いろいろあって今、俺が預かってて」

「ねえヴォルフ、この子、すごく貴方《あなた》に似てるね？　まさかとは思うけど……この子もしかして、貴方の子？」

ヴォルフは固まったまま答えなかった。でも、十六年間ずっと一緒だったのだ。その反応と表情を見れば、言葉なんてなくたってわかってしまう。

それは鈍器で頭を思いっきり殴《なぐ》られたみたいな、ものすごい衝撃だった。

「そ、うなんだ。ええと、その……『おめでとう』って、言うべきかな？　ごめん、まだちょっと混乱してて。だって、貴方に子どもができてるなんて……あまりにも予想外で」

「ティーナ、違うんだ！　この子がここにいるのには、ものすごく複雑な事情があって――――！」

「あ――お相手の女性も一緒に住んでるのかな？　ごめん、それなのに勝手に部屋に上がり込んで。その……お、お幸せに！」

「ティーナ!!」

無理やり作った歪《いびつ》な笑顔のまま、私は部屋を飛び出していた。

――ヴォルフに、赤ちゃんがいる。

それはつまり、ヴォルフと赤ちゃんを作った女の人もいるってこと。

階段を一気に駆け下りながら、そんな当たり前のことを考える。そしてその事実は、私の思考と感情をぐちゃぐちゃにしてしまった。

私の頭の中には今、ただ早く帰らなきゃ、ここを去らなくちゃってことしかなかった。

アパートを出て、中央広場を抜ける。中央駅に行けば、遠乗りの乗り合い馬車が出ているはずだ。行きは馬車できたから、道順はよくわからない。でも駅の方向を示す矢印を見つけたので、走っていればきっと辿り着くだろう。

――と思ったのに、少し大きな通りに出た途端、道がわからなくなってしまった。

「ここ……どこ？　ええと、看板は――きゃっ！」

焦ってあたりを見回したとき、うっかり人にぶつかってしまった。

「おっと。危ないですよ、お嬢さん」

「ごっ……ごめんなさい！」

顔を上げると、私たちは互いに大きく目を見開いた。

それはとても身なりのよい、金髪の中年男性だった。ただ私が驚いたのは、瞳の色だ。私と全く同じエメラルドグリーン。父以外では、初めて見た。男性の方も、かなり驚いているようである。

「これは……お嬢さん、お名前は？」

「えっ、あ、その……私いま、急いでいて……」

「私はウルリヒ・リンデマンだ」

「リンデマン……まさか、公爵閣下《こうしゃくかっか》!?」

田舎者の私でも知るその人の名に、恐れ慄《おのの》いた。だってウルリヒ・リンデマンといえば、王家に次ぐ権力を有するリンデマン公爵家当主であるとともに、この国唯一の魔法使いなのだから。

「た、大変失礼いたしました！　私は、クリスティアーナ・ヒンメルと申します」

「――ヒンメル」

一瞬だけ、公爵の表情が固まったように見えた。

「ええと……閣下、お会いできて光栄です。ただ私、本当に急いでおりまして」

「ああ、すまなかった。だが先程の様子だと、道に迷っているのでは？」

「実はそうなんです。中央駅のほうに行きたかったのですが……」

「それならこっちではなく、もうひとつ前の角を左に曲がるといい」

「あっ、ありがとうございます！」

「ではヒンメルさん、また会おう」

もうお会いすることはないだろうとは思いつつ、田舎娘なりに最大限に丁重なお辞儀《じぎ》をして私はその場を後にした。

そこからは迷うこともなく、駅に辿り着いた。全速力で走ってきてしまったので少し呼吸を整え、それから周囲を見回す。

「馬車……ええと、東部に行くのは……」

まもなく東部方面行き乗り合い馬車の時刻表を見つけたが、込み上げた涙のせいで数字が滲《にじ》んでよく見えない。

「ティーナ!!」

その声に振り返ると、腕に赤ちゃんを抱っこして私のもとへと走ってくるヴォルフの姿があった。

慌てて駅の係員と思《おぼ》しき人に声を掛ける。

「あ、あの！　メルクブルク、東部に行く乗り合い馬車はどれですか!?　今すぐ乗りたいんです！」

「ティーナ、待って！　俺の話を聞いてくれ！」

荒い息で追いついてきたヴォルフに、ぐっと腕を掴《つか》まれた。

「やだっ、離してよ！」

「嫌だ、離さない！　ティーナ、お願いだ、頼むから俺の話を聞いてくれ！」

「貴方の話なんて、なんにも聞きたくないわ！」

「これには事情があるんだ！　ちゃんと話をさせてくれ！　そうすれば君も――」

「事情だなんて言って、手紙ではなんにも教えてくれなかったくせに！　赤ちゃんができたなんて大切なこと、どうして教えてくれなかったの⁉　第一、その子の母親はいったい誰なのよ⁉」

「こっ、この子は、俺と君の子だ‼」

「……はあ？」

あまりにも意味不明なヴォルフの発言に、振り払おうとしていた腕を止めて思わず聞き返した。

「だから、この子は俺とティーナの子どもなんだ！」

「何を言ってるの？　そんな馬鹿げた言い訳を信じると思ってるの？」

「違うんだティーナ、この子は本当に――！」

そのとき、背後で黄色い声が上がった。どうやらヴォルフのファンの子たちが、彼を見つけてしまったようだ。

「ティーナ、ちゃんと説明する！　だから一度、俺の話を聞いてくれ！　この子は君と俺の――」

慌てて、ヴォルフの口を手で塞《ふさ》いだ。

「こんなに注目を浴びてるのに、馬鹿なんじゃない⁉」

私たちの周りにはすでに多くの人が集まっている。そして、明らかに普通ではない様子の私たちを見守っているようだった。

――この状況でさっきみたいな馬鹿なことをヴォルフが口にしたら、きっと大騒ぎになる。

それによく考えてみると、帰りの馬車に飛び乗ろうとしていたものの、大きな荷物は宿に置きっぱなし、宿の部屋の鍵も持ったままである。

あまりの衝撃に冷静さを失っていたようだ。今更ながら、こんなに人目のある場所で泣き叫んでしまったのも恥ずかしい。遠巻きにだが、人だかりもさらに大きくなっている。不本意ではあるが、今はヴォルフとともに一旦この場を離れたほうがよさそうだ。

「ヴォルフ、行くわよ！」

「えっ、あ……ああ!!」

私の腕を摑んで離さないヴォルフをそのまま引っ張るかたちで、中央駅の出口の方へと突っ込んでいく。私たちの様子が様子なだけに、人々はさっと道を開けてくれた。

「ティーナ、あの……」

「今は、なにも言わないで。あと、どこでもいいから人目のないところに早く連れて行って」

ぴしゃりと言い放つ。必死で冷静を装い、涙を堪えて歩いているのだ。今はできるだけ、言葉を発したくなかった。

「わ、わかった」

ヴォルフは摑んでいた私の腕を離すと、代わりに手を繋いできた。

振り払ってしまおうと思ったのに剣ダコのあるゴツゴツしたその手があまりに懐《なつ》かしく、しかも昔からそうだったように、とても優しく私の手を握るものだから、私はその手を振り払えなくなってしまった。

手を繋いで歩く私たちを見て、道行く彼のファンの子たちが悲鳴を上げる。でもヴォルフは全く気にしていないようだし、私もそんなことを気にかける精神的余裕なんて少しもなかった。

彼のもう片方の腕に抱かれている赤ちゃんのことは、できるだけ目に入れないようにした。当の赤ちゃんは眠いのか、それとも眠っているのか、彼の腕の中ですごくおとなしかった。

そうして彼に手を引かれるまま、彼の部屋まで戻ってきた。さっき私が飛び出したあと、かなり慌てて服を着たのだろう。濡れたタオルが床に放り投げられていて、椅子も一脚倒れていた。

「散らかってて、ごめん。そこのソファにでも座ってくれ」

そう言いながら彼は抱いていた赤ちゃんをベビーベッドに寝かせると、倒れていた椅子をさっと起こし、コップに水を注いで私に差し出した。

「走って、喉《のど》が乾いてるだろ？　あとで紅茶かなんか淹《い》れるから、ひとまずこれを飲んで」

「ありがとう。でも、紅茶はいい。これで十分」

受け取ったコップ一杯の水を私は一気に飲み干した。

「それより、話があるんならさっさと話してほしい」

本当はなんにも聞きたくない。どんな言い訳を聞かされたって、私のこのぐしゃぐしゃになった感情が穏やかになることなんて、決してありえないのだから。

それでもこうして彼の部屋に戻ってきてしまった以上、話くらいは聞いていこうと思っている。でないと、せっかく彼の誕生日を祝いに行ったはずなのに、とんぼ返りすることになった理由を、村のみんなに説明することすらできないから。

「……わかった。ええと、どこから話せばいいか――」

「きゃあ!?」

言い淀《よど》みながら上着を脱いだヴォルフが、上半身裸だったので驚いてしまった。

「ご、ごめん！　さっき慌てて部屋を出たから」

「服くらい、ちゃんと着なさいよ！」

「あっ、ああ！」

「ふえぇっ……」

声に振り向くと、ヴォルフをそのまま小さくしたような赤ちゃんがむずかっている。彼は何かに気づいたようにはっと時計を見た。

「ごめん、ミルクの時間をかなり過ぎてて お腹《なか》を空かしてるみたいだ。その、申し訳ないんだけど、着替えとミルクを用意するあいだ、トミーを見てってもらってもいいか？」

「……この子、トミーっていうの？」

「ああ。トーマスで、トミー」

「トーマス……。わかったわ。じゃあ、トミーは私が見てる」

「ありがとう、助かる」

ヴォルフは着替えを持って、奥の部屋へと消えた。

ぐずる赤ん坊をベビーベッドから抱き上げる。身体の大きさからして、一歳くらいだろうか。

……ああ、びっくりするほど、ヴォルフに似ている。本当に、瓜二《うりふた》つだ。

ぱちっと、トミーと目が合う。ヴォルフとそっくりなコーンフラワーブルー色の瞳がじっと私を見つめて、ぱあっと笑顔になった。そのあまりの可愛さにキュンとしてしまったけれど――。

「まーま」

ずきんと、胸が痛む。

「ええと……トミー、ごめんね。私は貴方のママじゃないわ」

「まーまっ！」

長いまつ毛に、ぷにぷにのほっぺ、愛らしい口元。好きな人の面影をあまりにもはっきりと宿す小さな天使は無邪気に私をそう呼んで、にっこりと笑った。

「ママ」ってその言葉が、そしてなにより貴方にそう呼ばれることが、私にとってどんなに悲しくて苦しいことかなんて……貴方は少しも知らなくていいのよ、小さなトミー。

――ああ、嫌だな。どうしてこの子は、こんなに可愛いのだろう？

さっきまでたしかに感じていた強い怒りの感情が、この愛らしい笑顔のせいで行き場を失う。

そうして代わりに込み上げてくるのは深い悲しみと……どうしようもない、後悔の念だ。

まもなく、着替えを済ませたヴォルフが奥の部屋から現れた。白シャツに黒いスラックス、黒の上着を軽く羽織っただけの姿だ。

「……ティーナ？」

「なっ、なに!?」

思わずぼーっと見惚れてしまったせいで、変に動揺してしまった。

「ええと、ミルクが切れてたのを忘れてたんだ。本当に申し訳ないんだけど、ちょっと買ってくるから、もうしばらくトミーを見ててもらってもいいかな」

「うん、大丈夫。いってらっしゃい」

「……ん、すぐ戻るから」

そう口にしたヴォルフが、とても優しい笑顔をこちらに向けていることに気づく。

どうしてそんな愛《いと》おしげに私たちを見つめるのかわからなかったが、少し考えてそれが「私たち」ではなく、トミーのことを見ていたからだとわかった。

だってトミーは、本当に可愛い。こんなに胸が痛くて感情もぐちゃぐちゃで苦しいのに、この子の笑顔を見たら、思わず笑顔を返してしまうもの。

「でもなんで、よりによってトーマスなんて名前……」

ヴォルフが出て行った部屋で、独り呟く。

『俺がティーナを守れなくなったら、ヴォルフ、お前がティーナを守ってくれ。約束だぞ？』

過去の優しい記憶がふわりと蘇《よみがえ》り、半ば無意識に、右手中指に嵌《は》めている指輪にそっと触れる。

その記憶のせいなのか、それともこの状況のせいなのか、熱い涙がつうと頰《ほお》を伝《つた》った。

「トミー、貴方とっても素敵な名前をつけてもらったわね」

「あいっ！」

嬉しそうににっこりと笑うトミーを見たら、涙は止まらないのに、勝手に笑顔になった。

ああ、どうしてこの子は、こんなに可愛いのだろう？　もっと相手の女性のほうに似ていたら、少しは憎らしく思えたのかな。

ううん、無理だ。こんなに可愛い貴方を憎らしく思うなんて、私にはできっこない。ヴォルフの面影を宿す時点で、私が貴方を嫌いになれるはずないのだ。

――もし、あの出発前夜に私が彼に告白できていたら、私がヴォルフとの子を産む未来もあったのだろうか。

涙が、ぽろぽろと溢《あふ》れてくる。泣きたくないのに、一度流れ出したそれは止まらない。

すると腕の中のトミーが、小さな手を私のほうへと一生懸命伸ばしてきた。

「慰《なぐさ》めようとしてくれてるの？　トミー、貴方って優しいのね」

その小さな手に、そっと頰をすり寄せる。柔らかくて小さくて、温かい。天使みたいに可愛くて、大好きな人にそっくりで、甘いミルクの匂《にお》いのするトミー。

ああ、どうしてこの子はこんなに可愛いのかしら。

ぽろぽろと溢れる涙は、それでもやっぱり止まらなくて。

「心配かけてごめんね、トミー。本当に、貴方のせいじゃないのよ。ただ……とても悲しいだけ。

そして臆病《おくびょう》だった過去の自分のことが、ちょっと嫌になっちゃっただけ」

人生には、本当に取り返しのつかないことってあるんだと、初めて気づく。

ずっと変わらないと、そう思っていたかったのだ。

変わらぬものなどひとつもないって、本当はわかっていたはずなのに。

「でもね、私たちだけは変わらずにいられるような気がしてたの。本当に、いつもそばにいたから。

喧嘩《けんか》もしたけど、同じ数だけ仲直りもしたし、その度に前より彼のことを好きになっていたから」

涙を堪えるために目を閉じると、ヴォルフと過ごした日々がいっそう鮮やかに思い出される。

「だからきっと、いつまでもヴォルフと一緒にいられるような気になっていたの。でも……そんなのって、ただの幻想に過ぎなかったんだわ」

我慢しようと思うのに、閉じている瞼《まぶた》からもどうしようもなく涙が溢れた。

「私、なにもしなかったわ。十六年も一緒にいたのによ？　毎日一緒に遊んで、喧嘩しては仲直りして……でも、何の行動も起こさなかった。想いを伝える機会なんて、いくらでもあったはずなのにね。本当に馬鹿だわ。ずーっと、大好きだったのに。――まあ、今更悔やんだところでどうにもならないんだけど」

トミーは不思議そうにこっちを見ている。まだ意味はわからないだろう。でも、自分のお父さんに片想いしていた女の話なんて、トミーは聞きたくないはずだ。

「ごめんね、トミー。でも、大丈夫よ。ちゃんと諦《あきら》めるから。貴方のママからパパを取ろうなんて、少しも思ってないからね。ただ今は――ちょっと苦しくて、悲しいだけ。それで、この涙が止まらないだけ」


しばらくして、ヴォルフが帰ってきた。その物音で慌てて袖で涙を拭《ぬぐ》い、何事もなかったように「おかえり」と言うと、ヴォルフはまたとても嬉しそうに「ただいま」と優しく微笑《ほほえ》んだ。

「トミーのこと、ずっと抱っこしてくれてたんだな。――あれ？　ティーナ、なんか目赤くないか？　もしかして……また泣いてた？」

「えっ!?　あ、ううん！　ちょっとうたた寝しそうになったから、そのせいだと思う」

「そう、なのか？　けどもし――」

「私は大丈夫だから。それよりトミーにミルク、あげるんでしょ？　早く用意してあげて」

「あっ、ああ！」

買ってきたばかりのミルクを持って台所へ向かったヴォルフは、それを温めると哺乳瓶《ほにゅうびん》へと移し、温度をたしかめる。その慣れた手つきに、私の胸はまたわかりやすくずきんと痛んだ。

「ん、これでよし」

「立派にお父さんしてるのね」

「マリアのときもやってたから」

「私もよくマリアにミルクを飲ませてあげてたね。懐かしいな。ねえ、トミーにミルクあげていい？」

「ああ、もちろん。でも自分で瓶を摑んで飲みたがるから、手を伸ばしてきたらゆっくり離して、あとは補助してやってくれ」

頷《うなず》き、ヴォルフから哺乳瓶を受け取ってトミーのちっちゃな口もとに持っていく。するとトミーは嬉しそうにそれを吸い始めた。

「いっぱい飲んでる。お腹、すっごく空いてたのね」

「なんだトミー、今日は全然自分で持つ気ないな？　俺のときは、すぐ奪い取ろうとするくせに。飲ませてくれてるのがティーナだから、甘えん坊になってるのか？」

ヴォルフはとても嬉しそうに笑った。その表情があまりに優しくてまたうっかり見惚れてしまい、こっちを向いた彼と思いっきり目が合って、ぱっと目を逸らした。

ミルクを一生懸命飲んでいるトミーをふたりで挟み、しばしの沈黙。ヴォルフに言いたいこと、聞きたいことはたくさんある。でもありすぎると逆にまずどこから聞けばいいのかわからなくて、考えが渋滞を起こしてしまうみたいだ。

「「あの……！」」

ようやく発した言葉は、見事に被ってしまった。私たちふたりにありがちなこの展開に、同時に吹き出した。

「完全に被ったな！」

「まあ、いつものことだけどね！」

久しぶりのこの感じに、言いようもない懐かしさを感じる。それで一瞬だけ、この胸の苦しさを忘れられたけれど。

「らあっ！」

私たちの笑い声に反応して嬉しそうに声を上げた存在が、私の腕の中でずんと重みを増した——ような気がした。

「あ……もう全部飲んじゃったのね。いっぱい飲んで、えらい、えらい」

「次は俺が抱くよ。ずっと抱いてたら、重いだろ」

トミーをヴォルフに返そうとすると、小さな手がぎゅっと、私の服の襟《えり》を摑んでしまった。

「トミー、貴方のパパが抱っこしてくれるって。ほら、いい子だからその可愛いおててをちょっと離してちょうだいね」

「ふえっ……」

「どうしたの、大好きなパパが抱っこしてくれるのよ？」

「まーまぁ」

「……ごめんね、私は貴方のママじゃないの。だから、ちゃんとパパのところに——」

「まーまっ！」

なぜかすっかり私に懐いてしまった赤ん坊は、私から離れたくないみたいだ。

そんな姿を愛おしく思いつつ、同時にまた涙が溢れそうになるのを必死で堪えてヴォルフに目で助けを求めるが、彼は私たちふたりをぼーっと見つめたまま固まっている。

「ヴォルフ？」

「……感動だ」

「はい？」

「あ、いや――！　ごめん、重たいよな！」

ようやくヴォルフがトミーを私から引き離して抱っこしたが、トミーはそれが不満だったらしく、火がついたように泣き出してしまった。

「うわっ！　え、どっ、どうしたらいいんだ!?」

「どうしたらって貴方、お父さんでしょ!?」

「そんなこと言われたって……あっ、そうか！　ティーナ、もう一度君が抱っこしてくれ！」

「えっ!?　わわっ、ちょっとなんで私っ!?」

彼の腕から再び私の腕の中に戻ってきたトミーは、先ほどまでの大泣きが嘘《うそ》みたいにおさまって、嬉しそうにきゃっきゃと笑い出した。

「……ああ。まあ、そりゃあそうか」

ぽつりと呟いた彼の表情はなぜかやけに嬉しそうだ。我が子に拒絶されたというのに、ヴォルフったらいったい何が嬉しいんだか。

でもこうして彼にそっくりな赤ちゃんを抱く私の隣に幸せそうな顔で私たちを見つめるヴォルフが立っていると、なんだかすごく複雑な気持ちになる。だって、これじゃあまるで――。

余計なことを考えそうになったので、急いで話を戻す。

「ヴォルフ、さっき言いかけたことだけど、私から話していい？　それとも貴方から話す？」

「じゃあ、俺から話していい？」

「……うん」

トミーを抱っこしたまま、さっきまで座っていた椅子に再び座る。ヴォルフも小さなテーブルを挟んで、正面の椅子に腰かけた。

「ええと、その、トミーのことだ。きっと君は、誤解してるよな？　つまりあの……俺がこっちで誰かに産ませた子だとか、そういう感じで」

「誤解も何も、その通りでしょ？」

「いや、違う！　誓って、俺はそんなことしてない！」

「じゃあ、この子は誰の子なの？　貴方の子じゃないって言うなら、いったいどうしてこんなに貴方に似てるの？　なにより、この目。こんな目の色、貴方たち一家以外で見たことないよ？」

私にぎゅっとしがみついて、こっちをじっと嬉しそうに見ているトミーの、サファイアみたいなコーンフラワーブルー色の瞳。この色がずっと、私は大好きだった。もちろん今も好きだけど――今はこの色を見ると、胸がきゅっと詰まる。

ヴォルフは深いため息を吐くと、まっすぐ私のほうを見た。

「トーマスは……その、たしかに俺の子ではある」

ずしんと、胃に重たい石を落とされたみたいな感じ。とっくにわかっていたはずなのに、こうして本人の口から言われるとダメージ大きいな。

「だが、誓って君が思っているようなことはしてない。これにはかなり、複雑な事情があるんだ」

「事情って？」

「その……今から俺が言うことは、すぐには信じられないと思う。でも全部本当のことだ。実は、トミーは俺と――」

「もしまた『俺と君の子だ』なんて言ったら、絶交だからね？」

私の言葉にヴォルフははっと息を呑《の》んで、そのまま口を噤《つぐ》んでしまった。

「えっ、まさか本当にそんなことを言うつもりだったの……？」

ヴォルフは気まずそうに俯《うつむ》いた。

「は……嘘でしょ」

せっかくここまで戻ってきたのだ。たとえそれがどんな言い訳であれ、正直に話してくれるなら聞いてあげるつもりだった。

共に過ごした十六年間で、本来のヴォルフが優しく誠実な性格であることは誰より知っている。都会に出てきて初めてのひとり暮らし、しかもあんなに人気者になったことで羽目《はめ》を外してしまうことがあったとしても、誰彼構わず関係を持つような人じゃない――と思う。

そんな彼に、子どもができた。ならきっと、止《や》むに止《や》まれぬ事情があったのだろうと思った。

ずっとヴォルフのことを好きだった私には、辛い現実ではある。それでももし彼が正直に事情を打ち明けてくれるのなら、最大限力になってあげようと思っていたのだ。

だけど……こんなの、あんまりだ。

「ねえヴォルフ、そういう冗談は止めて。笑えない」

誤魔化《ごまか》すにしても、もっとやり方があったはずだ。嘘を吐《つ》くにしても、遠い親戚の子どもだとかなんとか、もう少しましな嘘を吐いてくれればよかったのだ。

それなのに、こんな悪い冗談としか思えないことをヴォルフは平然と言ってのけた。

――ああそっか、ようやく理解した。ヴォルフは、本当に変わってしまったのだ。

「貴方が言いたいことはよくわかったわ。だけど、そういう婉曲《えんきょく》な表現は止めてよね。それならはっきり言われたほうがまだましよ」

「違うんだ、ティーナ。本当に俺は……」

埒《らち》が明かないな。こうなったらもう、そんな馬鹿げた言い訳が通用しないことをはっきりと理解させるしかない。

「どうやら貴方は正直に話してくれる気がないみたいだし、次は私が話すね。あのねヴォルフ、私今、付き合ってる人がいるの」

「は……？」

ぽかんと、馬鹿みたいに口を開けて固まる。

「だから、そういう冗談を言われるのは正直あんまりいい気がしないのよね。そもそも私たちって、そういう関係になったことないじゃない。なのに子どもなんて、ありえないでしょ」

もちろん付き合っている相手などいない。でもおかしな言い逃れをさせないためには、これが一番手っ取り早いはずだ。

あと、ちょっとした見栄《みえ》もある。あっちは王都でモテモテ、しかもまだ成人もしていないくせにさっさと大人の階段かけ昇っちゃったのだ。こっちだけ彼氏すら作らずに大人しく待ってたなんて思われるのは癪《しゃく》だ。

「つ、付き合っているやつがいるって、本当なのか……？」

「なんでこんなことで嘘吐かなきゃいけないのよ」

と、思いっきり見栄で嘘を吐いているやつが答えた。

でも私が予想したよりもずっと大きなショックを受けたらしい彼の表情を見たら、なんだか無性に嬉しくなった。

それで気が大きくなった私は、こんなことまで口にしてみる。

「つまり、おあいこってことね。手紙で近況を知らせあってても、あえて知らせる必要のないことだってあるよね。特に恋愛の話なんて『ただの幼馴染み』にわざわざ伝える必要ないもの。さすがに貴方が子持ちになってるなんて想像もしてなくて驚いたけど……でも、そういうことだから、もう下手《へた》な嘘吐かなくていいよ？　もしかしたら私も……妊娠とか、してるかもしれないし」

「妊……娠」

おっと。少し話を盛りすぎただろうか？

でもこれくらい言っておけば、ヴォルフだってもう変な嘘を吐くべきじゃないとわかるだろう。

田舎者の私としては、いくら恋人でも婚前にそういう関係になるのはよくないと思うが、王都に染まった幼馴染みは婚前交渉どころか、がっつり子どもまで作っているのだから、それほど驚くこともないはず――と、思ったのだが。

「ティーナに……恋人？　しかも妊……娠？　そんな……嘘だ……」

顔面蒼白《そうはく》。予想に反し、めちゃくちゃショックを受けているようだ。

「ええとヴォルフ、大丈夫？」

「……大丈夫じゃない」

「そんなにショックだったの？」

「当たり前だろ!!」

「だったら、私がさっきどれだけショックを受けたかわかるよね!?　しかも貴方はすでに子どもまでいるんだよ？」

「だから、この子は違うんだって！」

「何が違うのよ！」

「俺はほかの女と付き合ったこともないし、関係を持ったこともない!!　ずっとティーナのことが好きだったんだぞ!?　それなのに、ほかの女と子どもを作るわけないだろう!!」

想定外の告白に、今度はこっちがぽかんと口を開けて固まった。

「ヴォルフ……それ、まるで愛の告白みたいだよ？」

「だから、そうだって言ってるだろ！」

「えええ……」

待ちに待った、ヴォルフからの告白。だけど……二年ぶりの再会、子持ちになっていてお相手についてははぐらかされたこんな状態で告白されても、はいそうですかと信じられるはずがない。

となると、ヴォルフが急にこんなことを言ってきたのには別の理由があるはず。

考えられるのは——。

「ねえヴォルフ、相手に逃げられた？」

「……は？」

「ね、そうなんでしょ！　産んじゃったけど結婚はできないとか言われて、赤ちゃんだけ押しつけられたんだ！」

「な、なんでそうなるんだよ!?」

「じゃなかったら、こんな小さな赤ちゃんを父親の貴方がひとりでお世話してるなんて変じゃない。

急にひとりで赤ちゃんを育てなくちゃいけなくなって困って、それで私にこの子のお母さん代わりをしてほしいんでしょ」

「なっ……そんなわけないだろ!!」

そうは言っても、この説が一番しっくりくる。じゃなきゃ十六年間も一緒にいて一度も告白してくれなかった彼が、こんな唐突《とうとつ》に好きとかなんとか言ってくるはずがない。

よほど切羽詰《せっぱつ》まっているのだろう。慣れない子育てを男ひとりでやるのはかなり大変なはずだし、ましてヴォルフは王立騎士団員だ。突如として仕事と育児の両立を求められ、精神的にかなり追い詰められているのかもしれない。それで、藁《わら》にもすがる思いであんな嘘を――。

……ちょっとだけ、可哀相《かわいそう》になってきたな。いや、裏切りは許せないけども。

母親が帰ってこない以上、トミーの母代わりを見つけることはたしかに急務だろう。とはいえ、ヴォルフはモテるのだから、トミーの母親代わりとしてでも彼のそばにいたがる女の子は山ほどいると思うのだが。

いや、もしかするとトミーの母親で痛い目にあったことで、都会の女性不信ぎみになっているのかもしれない。

そうか、そこに故郷から友達以上恋人未満だった幼馴染みが来たのである。そりゃあ、最高の母親代理に見えたことだろう。

そんな理由で告白されたのかと思ったら大いに腹がたつ。が、赤ちゃんに罪はない。ひとまず私情は挟まず、この子の未来のことを考えるべきだ。

「ヴォルフ、トミーの世話が大変ならそう言ってくれればいいのよ。こっちにいる間は私もお世話を手伝えるし、ひとりで育てるのが厳しいなら私がこの子をメルクブルクに連れていくよ。ご両親からは叱責《しっせき》の手紙が届くだろうけど、きっと協力してくれるわ。私と母だって――」

かなり大人な提案をしてあげたつもりだが、なぜかヴォルフは無言だ。

「ヴォルフ？」

はっと顔をあげたヴォルフは、すごく真剣な顔をしていた。

「なあ、ティーナがそいつと付き合い出したのって、もしかしてここ二、三週間くらいか？」

トミーの話から、急に私の架空《かくう》の恋人の話に戻されてしまった。そんなことよりトミーのことを解決するほうがずっと先決だと思うが、聞かれた以上は適当に答えるしかない。

ただ私としては、あんまり掘り下げられると嘘がバレてしまいそうなので、あまり話したくない。

それで適当に「まあ、そうだったかな？」と適当に答えたのだが。

「やっぱり、そうか。俺があのとき、手紙を出さなかったからだ。それで……変わってしまった」

「ねえ、それどういう意味？　お誕生日の手紙なら、ちゃんともらったよ？　そのあとも二週間に一度、返事を書いてくれてたじゃない」

私の質問には答えず、ヴォルフはじっと私を見た。

「……なによ？」

「なあティーナ、結婚するつもりなの？」

「はい？」

「その、今付き合っている男と」

「えっ？　それはその……今はまだ考え中で」

架空の恋人なので、結婚の予定もなにもないのだが。

「……だめだ、そんなの。それに、そんなことしたらトミーは……？」

「らあっ！」

「ヴォルフ、大丈夫？」

私に抱っこされて大人しかったトミーが不意に声をあげたので、最後の方はよく聞こえなかった。

ただ、顔面蒼白だったヴォルフはトミーをはっと見た途端、顔に血の気が戻った。

「――そうだ、トミーはちゃんとここにいる。なら……きっと、まだ大丈夫だ」

よくわからない独り言のようなヴォルフの呟きに、私は首を傾《かし》げた。

「そういえば、ティーナはどうして王都にいるんだ？」

いまさらながらのヴォルフの質問に私は今回の旅の目的、つまりヴォルフの成人のお祝いのために村を代表して来た旨を伝えた。

「えっ、じゃあティーナは、俺の誕生日を祝うためだけにわざわざ王都まで来たのか!?」

小さく頷くと、ずっと悲しげな表情だったヴォルフが、すごく嬉しそうな顔になった。

「……喜んでくれるの？」

「そんなの、当たり前だろ！　なあティーナ、もう、すぐに帰るなんて言わないよな？」

返事に、戸惑《とまど》う。ヴォルフに子どもがいるって知ったときは、一秒でも早くメルクブルクに帰りたいと思っていた。でも今は……正直、もう少しだけここにいるのもありかなって思っている。

ヴォルフはトミーのお世話のことで精神的にもかなり追い込まれているようだし、せっかく来たのだから、こっちにいる間だけでもヴォルフの負担を軽減してあげたい。ヴォルフのためではなく、罪のない赤ちゃんのために。

でもなにより――村のみんなに背中を押してもらってここまで来たのだ。彼の十八歳の誕生日を祝うという役目だけは、しっかり果たしてから帰らなければ。

「そのつもりで来たし、ちゃんとお祝いしてから帰るよ」

「本当か!?」

「でも、私が一緒にお祝いしても迷惑じゃない？　もしお誕生日当日はほかの人と祝いたいなら、私と祝うのは別に当日じゃなくても……」

「ティーナ以上に、一緒に祝ってほしい人がいるわけない！　俺、休みを取らなすぎて何度も注意を受けてたんだ。ティーナがいてくれる間は、休みを取るよ！　こっちにいる間は、ずっと一緒に過ごそうな」

お世辞《せじ》じゃなく心の底から喜んでくれていることがわかるヴォルフのその笑顔に、胸がきゅんとしてしまった。外見は驚くほど急に大人な男性になってしまったヴォルフだけど、こうして笑う顔は昔のままだ。

――でも、そうだ。ここに来た一番の目的は、ヴォルフの誕生日を祝うこと。

告白はできなくなってしまったし、私の初恋は悲しい終わりを迎えてしまったけれど、この一番の目的だけはしっかりと果たして帰るべきだ。

トミーのお母さんの事は気になる。でも彼は話したくないようだし、これ以上聞かないでおこう。数日も経てば、彼のほうから話してくれるかもしれない。

せっかくヴォルフが長めの休みをとってくれるというのだ、ここまで来て王都観光もせずに帰るのはもったいない。

彼とこんな風に過ごせるのは、これが最後だ。だったら最後に素敵な思い出を作るのも悪くない。初恋を綺麗に終わらせるためにも、ここにいる間だけは以前のようにヴォルフと過ごすのだ。

「じゃあ、こっちにいる間はよろしくね」

「こっちにはいつまでいられるんだ？」

「一応、一週間はいるつもりで宿を取ってる」

「一週間……」

「長すぎる？　だったらもう少し早く――」

「だめだ！」

「へ？」

「長くいて。できるだけ、一日でも長く」

なぜかすごく真剣な表情でそう言われ、思わず頷く。

「それまでに……必ず、振り向かせるから」

「えっ？」

「……なんでもない。それより、耳のやつ。ちゃんとつけてくれてるんだな」

「毎日つけてるよ。改めて、素敵なプレゼントありがとね。でもヴォルフがピアスをくれるなんて意外だったな。アクセサリーとかくれたことなかったでしょ」

「成人の祝いだから、なにか大人っぽいもののほうがいいかなって。で、ティーナはいつも指輪をつけてるから、指輪以外で毎日つけられるものといったらピアスかなあと。……その色、やっぱり君に一番似合う」

そう言って微笑むヴォルフの表情がなんだかとても切なくて、胸がきゅっとなった。

ちょうどそのとき、大聖堂と教会の鐘《かね》が鳴り始めた。

「あっ、もうそろそろ夕食の時間ね」

「なにか、食べに行くか？　この近くだと、ラーツケラーがやっぱり一番かな」

ラーツケラーは、市庁舎のある街には基本的にどこにでも存在する地下レストランの通称であり、その地の伝統料理が食べられる歴史ある名店だ。

「そこでも食べてみたいけど、トミーが一緒だと、ちょっと入りづらいわよね？　食材があるなら、台所だけ貸してもらえたら私が何か作るけど」

「いいのか!?　うわっ、久々のティーナの手料理とかめちゃくちゃ嬉しい！」

「そんなにすごいの作れないよ？」

「ティーナが作ってくれるものなら、なんでも嬉しい」

そんなことをさらっと言われてまた驚く。

ヴォルフは昔からありがとうとかおいしいとかよく言ってくれた。でも今のヴォルフは、前よりもそういう言葉を言い慣れてるみたい。王都に来てからそういうことを言う機会がたくさんあったということだろうか。

――ああ、きっとそうなのだ。嬉しかったはずなのに、急にもやもやした感情が胸に広がった。

それを振り払おうと、私は勢いよく立ち上がる。

「じゃあ私たちの分は私が作るから、トミーのごはんはヴォルフ、お願いね」

「うん、ありがとう」

優しい笑顔にまた胸がきゅうっとなったが、それが嬉しいからなのか悲しいからなのか、自分でもわからなかった。

◆　◆　◆

洗い立ての真っ白なクロスを敷いたテーブルの上には、紫キャベツの煮込みに焼きソーセージ、チキンスープ、大きなジャガイモ団子のクヌーデルなどが並ぶ。ベビーチェアに座る小さなトミーはその青い目を見開いたまま、平皿の上のまん丸なお団子に釘付けになっていた。

「すごいな、あれだけの食材でこんなすごいのを、しかもあんな短時間で作れるなんて」

「そうでもないよ。品数は多く見えるけど、ひとつひとつは簡単なの」

ひとつめの料理を口に運んだヴォルフは、にっこりと笑った。

「……どう？」

「最高だよ、ティーナ。めちゃくちゃうまい！」

「本当!?」

「ああ！　ティーナは前から料理がうまかったけど、この二年でさらに腕を上げたんだな。しかもこのクヌーデルは、うちの母さんの作る味そのままだ」

「あっ、わかった？　おばさん直伝のレシピで作ったの！　隠し味のスパイスが決め手なんだ！」

もっちもちのクヌーデルは、幼い頃からヴォルフの一番の好物だ。

以前は自分のお母さんからばかり料理を教わっていたが、ヴォルフが王都に行ってしまってからはよくヴォルフのお母さんからも教わるようになった。

「ティーナはうちのお嫁さんになってくれる子だものね」と、おばさんはいつもとても嬉しそうに教えてくれた。ヴォルフとはそんな関係じゃないですと否定しつつ、そう言われる度に自分が赤面してしまうのにも気づいていて、恥ずかしいけれど、なんだかすごく嬉しかった。

残念ながらおばさんのところのお嫁さんになるのは叶《かな》わないが、それでもヴォルフにおばさんの作るクヌーデルの味を二年ぶりに味わわせてあげられてよかったと思うことにしよう。

「本当に、どれもこれも全部おいしいよ。ティーナと結婚する男は、本当に幸せ者だな」

ヴォルフの顔が、見られない。嬉しい褒め言葉のはずなのに、胸がすごく苦しかった。

「……ティーナ、また明日も作ってくれる？」

「えっ、あ、うん。こんな感じのでよかったら」

「本当か!?」

目を輝かせるヴォルフを見て、胸の痛みは少しだけ和《やわ》らいだ。

「こんなことで喜んでもらえるならいくらでも作るよ。買い出しに行ったら、もっとまともなものも作ってあげられると思うし」

「うわぁ、めちゃくちゃ嬉しい！　なあティーナ、もうずっとここにいてくれよ」

彼のその言葉に深い意味がないのはわかっている。でも、もしそうできたらどんなにいいだろうと思ってしまった私は、やっぱり馬鹿だ。

「ほらトミー、ママのクヌーデルだぞ。うまいだろ！」

「まーま」

「ちょ、ちょっとヴォルフ！　貴方までそんなこと言ったら、トミーが混乱するでしょう!?」

「別に何も間違ってないだろ？　『ティーナが俺のママの味で作ってくれたクヌーデル』だからな」

「貴方、おばさんのこと『ママ』なんて呼んだことないじゃない……」

「うまま！」

「ほら、トミーも気に入ってる。なあトミー、ママの料理は世界一だろ？」

「らあっ！」

冗談ばかり言って、しかもその冗談が私をどれだけ悲しい気持ちにさせるかなんて知らずに笑うヴォルフに、無性に腹が立つ。

それでも——大好きな人と、その人にそっくりな赤ちゃんが自分の手料理をすごくおいしそうに食べている光景に、決して無視できない喜びも感じてしまうのだ。

「トミー、本当に気に入ったみたいだ。いつもなら食事中でも大好きなりんごばかり欲しがるんだけど、今日はりんごも俺の作った離乳食も無視で、すっかりクヌーデルに夢中だ」

「りんごも大好きなんて、そんなところまで貴方にそっくりね」

「りんごはティーナの好物でもあるだろ。はい、あーん」

ひょいっと口元に持ってこられて、反射的にぱくっと口に入れてしまった。

「ははは、っ！　口の前に持っていったらなんでも食べちゃうとこ、変わんないな！」

「もうっ！」

「にゃーにゃ」

「トミー、これは猫じゃなくてうさぎだ。うさぎりんごだぞ？」

うさぎりんごは、よくマルガレーテおばあちゃんが作ってくれたものだ。ヴォルフの祖母だが、祖母が早くに亡くなった私のおばあちゃんにもなってくれた。

とても優しくて大好きだったけれど私たちが八歳の頃に突然亡くなってしまい、まともにお別れもできなくてすごく悲しかったっけ。

おばあちゃんはりんごが大好きな私たちのために、いつもたくさん剝《む》いてくれた。それを必ずうさぎりんごにしてくれたので、私たちにとってりんごと言えばうさぎりんごなのだ。

「うさぎりんご、すごく上手《うま》くなったね。前はよく、耳が片方折れちゃったりしてたのに」

「まあな。こっち来てからは自炊もそれなりにしてたし」

「あら、偉いのね！　てっきり、外食ばかりしてるのかと思った」

「毎日外食したら金がかかるだろ」

「王立騎士団員のお給金はそんなところで節約しなきゃいけないほど少なくないと思うけど？」

「一日も早く、迎えに行きたかったから」

「なにを？」

「……さあな」

トミーの母親のこともだけど、前はこんな秘密めいた話し方する人じゃなかったのにな。

「でも、女の子たちは作ってくれてたんでしょ？」

「は？」

「ヴォルフ、すごくモテるじゃない。手料理を作りたがる女の子とか、いっぱいいそうだもの」

「俺は、料理人以外の他人が作ったものは食えないんだ」

「えっ、なんで!?」

「中になにが入ってるかわかんないだろ」

「ええー、そんな疑い深い性格だっけ？」

「先輩団員に入団早々言われたことのひとつなんだ。毒とかも怖いけど、『王立騎士団員っていうだけで変な薬盛って既成事実を作ろうとする女がいるから気をつけろ』って」

驚くが、たしかに国民の憧れである王立騎士団員との結婚を夢見る女性はすごく多いだろうし、その中には過激なタイプもいるのだろう。ヴォルフの容姿ではそうでなくても狙われそうだから、用心するに越したことはないはずだ。

「でも、だったら私が作ったものも食べちゃだめじゃない」とからかうと、「ティーナは別」と笑う。

「なにが別なのよ」

「ティーナは他人じゃないだろ」

「……他人でしょ。幼馴染みではあるけど、少なくとも家族ではないし」

「そんな寂しいこと言うなよな。俺は一生、ティーナの手料理だけ食べていたいと思ってんのに」

「ヴォルフ、王都で暮らした二年間でずいぶんと口が上手くなったわね？　ほかの女の子にもそう言ってご飯を作ってもらってたんじゃない？」

「こんなこと、ティーナにしか言わないよ」

――嘘ばっかり。私の幼馴染みは、王都ですっかり饒舌《じょうぜつ》な遊び人になってしまったようである。

夕食を終え、一緒にあと片付けも済ませたところで、時間も時間なのでそろそろ宿に戻るというと、ヴォルフはこのまま泊まっていけばいいと言った。自分はソファに寝るから、ベッドを使ってくれとも。

もちろん、私はそれを断った。だってわざわざ宿を取っているのに、もったいない。

第一、小さい頃はお泊まりで一緒に寝ることも多かったとはいえ、今はもう年頃の男女だ。トミーのお母さんが急に夜訪ねてこないとも限らないし、私がここに泊まるのは絶対によくない。

でもヴォルフはなかなか諦めず、やっと納得してくれたと思ったら部屋まで送るという。本当にアパートの目の前なのだと窓から部屋を指さして説明もしたのだが、それでも夜間の女性のひとり歩きは危険だからと言って、結局着いてきてしまった。

「ほら、本当にすぐだったでしょ？」

「だとしても、絶対にだめだ。ティーナ、まさか村でも夜ひとりで出歩いたりしてないだろうな？」

「しないわよ！　ヴォルフったら、昔から本当に過保護なんだから」

「そりゃあ心配もするだろ。ティーナは昔から、自分の魅力に疎《うと》すぎるから」

「あははっ、なにそれ！」

茶化すように笑いながら、内心は複雑だった。だって今みたいな歯の浮くようなセリフ、以前の彼なら絶対に言わなかった。

やっぱり、ヴォルフは変わった。たった二年で、ものすごく。その変化に二年という月日の長さを改めて実感するとともに、私の知らない人々の影響を感じた。

もちろんそこには、トミーの母親も含まれるのだろう。

胸の痛みに気づかないふりをして部屋のドアを開ける。振り返ればうとうとする自分とそっくりな赤ちゃんを抱くヴォルフがいて、またきゅっと胸が締めつけられた。

「えっと、送ってくれて、ありがとう。それじゃ……また明日ね。トミーも、おやすみ」

「……まーま？」

眠そうな目を擦《こす》って、コーンフラワーブルー色の瞳が私を見つめる。

「おやすみ、ティーナ」

赤ん坊と同じ瞳の色を持つその男性に私は微笑み返し、部屋のドアを閉じた――のだけど。

「やあ――っ！　まーまぁ――!!」

宿に響き渡る、トミーの泣き声。驚いてすぐにドアを開けると、大泣きしながら手を伸ばして私を求める、トミーの姿があった。

「ご、ごめん！　ティーナと離れるのが嫌みたいで」

ヴォルフと大泣きするトミーを急いで部屋の中に招き入れると、ヴォルフからトミーを預かった。

トミーは「まーまぁ……」と言って私にぎゅっとしがみつき、しばらくぐずぐず泣いていたけれど、抱いたまま背中を撫《な》でて子守唄《こもりうた》を歌ってあげたら、そのますやすやと眠り込んだ。

「本当に天使みたい」

眠っている小さなトミーの背を撫でながら、ぽつりと呟く。

「……ああ、本当に」

とても優しい声でそう呟いてから、彼が私の耳元に口を寄せたので、びくっとしてしまう。

「子守唄、よくマリアにも歌ってくれたよな。ティーナの声は優しくて透き通った綺麗な声だから、聴いていてすごく心地がいいんだ」

トミーを起こさないための配慮だが、耳に息がかかる感覚も、いつもより少しだけ低い声が耳元で響くのも、すごくドキドキしてしまう。

でも、驚いた。マリアがまだ赤ちゃんだった頃はヴォルフに頼まれてよく子守唄を歌ってあげていたけれど、私の声をそんな風に思ってくれていたなんて。

「ごめんな。無理やり送るってついてきてこんなことになってしまった。服もトミーの涙でびしょびしょだ」

「いいのよ、そんなこと。それより……トミー、ママが恋しいのね」

泣き疲れて眠るトミーの涙をそっと拭《ふ》きながら、私は呟いた。

トミーは、私をママと呼んでくれる。そして甘えてくれる。私が女性だから母親を重ねてしまい一時的に懐いてくれているだけなのだろう。

それでも、腕の中で安心しきって眠るトミーを見ていると、嬉しくなる。この子がヴォルフの子であるという事実で胸が苦しくもあるくせに、不思議なほど素直に愛おしさを感じられた。

赤ちゃんって、すごいな。人間の醜《みにく》い感情さえ、その可愛さで簡単に浄化してしまうのだから。

ヴォルフはトミーがぐっすり眠っていることを確認すると、ぎゅっと握っているトミーの小さな手から私の服をそおっと離し、それから優しく抱き上げた。

囁くような声で「今度こそ、また明日。ヴォルフ、トミー、おやすみなさい」と告げた。

するとトミーを片手で抱くヴォルフが「一度だけ、いいか？」と言い、なんだろうかと思えば、突然ぎゅっと抱きしめられた。

「えっ、ちょ、ちょっと何!?」

「会いたかった」

「はいっ!?」

「ティーナ、この二年間、ずっと君に会いたかったんだ。会いに来てくれて、本当にありがとう。おやすみ。また明日」

もう一度ぎゅっと強く抱きしめてから、そっとヴォルフは離れた。

呆然とする私に彼は優しく微笑みかけると、トミーを連れてそのまま帰って行った。

ドアを閉め、鍵をかける。

「……なんなのよ」

あまりに衝撃的な一日の、終わり。

彼に抱きしめられた温《ぬく》もりが、今もはっきりと残っている。

二年間恋しくて堪《たま》らなかった、ヴォルフの匂い。何よりも安心する大好きな匂いだけど——今は、胸が苦しくて堪らなかった。

頬を流れてくる涙を拭いもせずに、私はしばらくその場に突っ立っていた。

◆　◆　◆

まさか、ティーナが王都に来るなんて——。

気持ちよさそうに眠っているトミーをベビーベッドにそっと寝かせながら、深いため息を吐いた。

二年間、本当に毎日会いたかった人だ。夢にも数えきれないほど出てきたし、その夢から覚めるたび、夢の世界に戻りたいと思った。

だが、やっと本物のティーナに会えたというのに、「これが夢ならよかったのに」などと思う羽目になろうとは。

トミーのことは、隠し通すつもりだった。ティーナを危険に巻き込みたくはなかったし、ほんの一ヶ月ちょっとのことなのだから、わざわざ伝えて不安にさせる必要はないと思っていた。

でもこんなことになるなら……。ふっと、ベッドのサイドテーブルの引き出しに視線が止まる。

近づき、引き出しを開ける。そこから二通の手紙と小さな木箱を取り出すと、窓のそばの椅子に腰掛けて、そのうちの一通を開いた。

それは、出されることのなかった手紙だ。差出人は俺で、宛名《あてな》はティーナ。本当なら一ヶ月ほど前に、いつもの手紙とは別に出すはずだった。

だが、俺はこの手紙を出さなかった。出せなかった。これを出す直前にトミーが現れて、出すのを躊躇《ためら》ってしまったからだ。

——一日も早く、ティーナを迎えに行く。そのためだけにこの二年、脇目も振らず努力した。

二年前に故郷メルクブルクを出る直前、俺は彼女と約束した。三年経てば、役職がつく。だから、それまで待ってくれ、と。

あれが臆病だったあの頃の俺にできた精一杯の愛の告白であり、紛《まぎ》れもなくプロポーズだった。

だが王都へ発《た》った後に妹のマリアから届いた手紙であれがプロポーズだったとティーナに伝わってないことを聞かされて、かなり落ち込んだものだ。

それでも、少なくともティーナは、俺が迎えにいくまで待つと約束してくれた。

だから俺は、あの約束を果たすため一心不乱に任務に励んだ。三年後、立派な姿で彼女を王都に迎えられるように。そうして改めて、彼女にかっこよくプロポーズするために。

それでも、生まれてからずっと一緒にいたティーナのいない日々はあまりに辛く、何度も会いに行ってしまおうかと思った。だが一度顔を見たらもう離れられなくなりそうで、必死でその衝動を堪えたのだ。

そんなとき団長から、嬉しい話を聞かされた。俺の働きが評価され、通常の三年より早く役職がつくことになったという知らせだった。

ティーナに会いたい、その想いが募《つの》りに募っていた俺はこの知らせに狂喜した。そしてすぐ彼女に手紙を書いた。予定より早く君を迎えに行けそうだという旨の、この手紙を。

それが約一ヶ月前。だがその手紙が、ティーナの元に届くことはなかった。これを出しに行こうとしたその日に、トミーが俺の前に現れたからだ。

俺はもうひとつの手紙と箱を手に取る。ここ一ヶ月、この長文の手紙を暗記するほど読んだ。その度、大きな不安と喜びの入り混じった奇妙な感情に襲われたものだ。

ティーナにも伝えるべきか悩んだが、俺は伝えないことにした。ティーナを不安にさせたくなかったし、俺が巻き込まなければティーナはメルクブルクで平和に過ごせるはずだと思ったから。

さすがにあと一年もあれば全て片づくだろうし、そのときこそ堂々とティーナを迎えに行けると——そう思っていたのに。

もしあのとき、もっとまともなプロポーズをできていたら？

あるいはあのとき、この手紙をティーナに出せていたら？

あるいは「ティーナは俺がひとりで守るんだ」なんて変にかっこつけたりせず、最初から彼女に全てを打ち明けられていたら？

そうしたらきっと、こんなことにはならなかったはずだ。

ため息を吐く。そして、誰かも知らない「ティーナの恋人」に対して湧き上がる強烈《きょうれつ》な嫉妬心《しっとしん》を必死で押し殺した。

「それでも……ティーナを守るのは、俺だ」

手紙をそっとテーブルに置き、代わりに木箱を手に取る。

彼女の心が今はほかの男にあるのだとしても、俺は決して諦めない。

ダサくても、ずるくても、ティーナがこっちにいてくれる間に、必ず振り向かせる。今度こそ、絶対に間違えない。

手の中の箱を強く握りしめる。

寝返りの音に、振り向く。ベビーベッドの上で、トミーが気持ちよさそうな寝顔を見せていた。

――そうだ、俺にはトミーがいる。

この子がいる限り、まだ希望はあるのだ。

「トミー、大丈夫だよ。ママとお前は、必ずパパが守ってみせるから」

第二章 ★ 蒼玉《そうぎょく》の王子様

目覚めると、見覚えのない天井《てんじょう》がまず目に入った。寝ぼけた頭で「ここ、どこだっけ」と考えて、窓の外から聞こえてくる村ではありえない喧騒《けんそう》に、すぐに記憶が戻ってくる。

「そうだ、王都にいるんだ」

ベッドから起き上がった私は持ってきた荷物の中からクリーム色のシンプルなワンピースを一着取り出すとさっさと身支度を整え、それから窓を大きく開けた。

整然と立ち並ぶオレンジ色の瓦《かわら》屋根、すでに多くの人々が行き交う中央広場と、美しい大聖堂。金色の朝日に照らされる王都の街は、活気と厳粛《げんしゅく》な雰囲気を併《あわ》せ持っている。

朝の空気は、清々《すがすが》しくて気持ちいい。思いっきり深呼吸したあとで、視線を目の前のアパートへ向け、ヴォルフの部屋のあたりを眺《なが》める。

「もう、起きてるかな」

あまり早い時間に行くべきではないかなと思いつつ、でもトミーのお世話で大変かもしれないしと自分を納得させて、結局そのまま彼の部屋の前まで来てしまった。

ただ、ここまで来てから、もしトミーが寝ていたら呼び鈴で起こしてしまうかなと不安になる。

出直そうかと思った次の瞬間、ドアがふっと開いた。

「ティーナ、おはよう」

ドアの向こうから現れたヴォルフは、とても優しい笑顔でそう言った。

「おはよう。ねえ、どうして私が来たとわかったの？」

「廊下側の小窓を開けてたから足音が聞こえたのもあるけど、部屋の前でしばらく止まってただろ？　トミーがまだ寝てるんじゃないかって心配して、呼び鈴が押せないんじゃないかなって」

「わあすごい、大正解よ！　私の心まで読めちゃうなんて、もしかしてそれも騎士団の訓練で身につけた能力!?」

名探偵みたいと思ってそう言うと、ヴォルフは呆気《あっけ》に取られたような顔をしたあとで大笑いした。

「そんなわけないだろ！　まあ魔物討伐《とうばつ》とかで、多少は物音に敏感になったかもしれないけどさ」

「じゃあ、やっぱりどうしてわかったの？」

「自慢《じまん》じゃないけど、ティーナのことを俺ほど知ってるやつはいないよ」

「えっ？」

「ティーナがそういう気遣いをする優しい性格なのはよく知ってる。だからわかっただけ」

その言い方と表情があまりに優しくて、泣きたいような気持ちになった。

「まーま」

「あっ、トミーもティーナが来たことに気づいたようだ」

「ねえヴォルフ、いくら相手が赤ちゃんだからって、ちゃんと訂正したほうがいいんじゃない？」

「何を？」

「その、トミーが私をずっと『ママ』って呼ぶでしょ。まだ意味を理解していないだけだろうけど、本当のトミーのお母さんが知ったら、あまりいい気はしないんじゃないかな」

「親バカみたいなこと言うけど、トミーは頭いいよ。だから、ちゃんと理解してる」

「もちろん、トミーの理解力が低いとか、そんなこと思ってないよ。でも、だからこそ正しい言葉を教えてあげるべきだと思うの。わざわざ間違ったままにするなんて」

「まーまっ！」

「ほら、早くトミーのところに行ってやってくれ。また大泣きしたら大変だ」

「あ、うん！」

トミーはベビーベッドの中に座っていて、私のほうへ必死で手を伸ばしている。私がベッドから抱き上げると、トミーは「まーま」と言って、すごく嬉しそうに笑った。

「朝起きたときも大変だったんだぞ？　抱っこしてくれていたはずの君がいなくなっているから驚いて『ママ、ママ』ってずっと泣いてさ」

そんなことをヴォルフはやけに嬉しそうに言った。そしてやっぱり「ママ呼び」を訂正する気は少しもないみたいだ。

「まーま」

ちっちゃな手が私の頰《ほお》に触れる。愛《いと》おしさと悲しみの混じったものが胸に込み上げてきて、すごく苦しい。

だって、私はトミーのママじゃない。トミーがどんなに私に懐《なつ》いてくれても、私がママになれるわけじゃないし、一週間もすればさようならをしなきゃいけない。

次に会うときは、トミーの隣には本当の「ママ」がいて、その隣にはヴォルフがいるのかもしれない。そう思ったら、胸の奥が痛くて仕方なかった。

それなのに――。私は、小さくため息を吐《つ》く。

「本当のママでもないのに、ママと呼ばれるのは迷惑なの」。私がはっきりそう言えば、ヴォルフはトミーがママと呼ぶのを止《や》めさせてくれるだろう。

でも言えないのだ。だって、今も私にぎゅっとしがみついて甘えてくるトミーを、本当に可愛いと思ってしまう。ママと呼ばれることを、なぜか本気で拒むことができないのだ。

「ティーナ、朝食まだだよな？」

「あっ、うん！」

「だったら、今から近くのパン屋で買ってくるよ。そこのパン、この時間に行くと焼きたてですごくうまいんだ」

「焼きたて!?　わあ、食べたい！」

「じゃ、決まりだ！　俺が適当に選ぶのでいい？」

「うん！」

「了解。じゃあその間、トミーを見ててもらっていいか？」

「もちろんよ！」

ヴォルフが部屋を出て行くと、トミーとふたりっきりになった。

私を笑顔で見つめてくるその愛らしい存在は、改めて見ても本当にヴォルフにそっくりだ。

ヴォルフの黒髪とコーンフラワーブルー色の瞳はどちらも彼の父親譲《ゆず》りだけど、顔立ちは明らかに母親似だった。

それに比べ、トミーは髪色と瞳の色だけでなく、そのとびきり端整な顔立ちも、お父さんであるヴォルフにそっくりである。

——まあ、お母さんの顔は知らないのだけど。

「親子って、こんなに似るものなのね」

「らあっ！」

「トミー、よかったねえ。かっこいいパパにそっくりだから、トミーもすごくかっこいい男の子に育って、モテモテになっちゃうわよ？　あっ、でも二股とか浮気は絶対にだめよ!?　ただひとりの女の子のことを心から愛する、それが一番いい男なの!!　顔なんかよりずっと大切なんだから！」

私ってば、赤ちゃんにいったいなにを熱弁してるのやら。

「まーま」

「……ティーナよ、トミー。私はママじゃなくて……クリスティアーナで、ティーナっていうの」

「まーまっ！」

「うーん、どうしたらママじゃないってわかってくれるのかなあ？」

なにかいい説明方法はないかなと周囲を見回すと、絵本が何冊かあった。

タイトルは私とヴォルフがよくマリアに読んであげていたものばかりだが、どれもまだ新しい。ヴォルフがトミーのために買ってあげたものなのだろう。

「あっ、これがいいわね！」

そのうちの一冊を手に取ると、トミーを抱っこしたままでページをめくる。

「ほらトミー、これを見て！　ここに、ねこちゃんの家族がいるでしょう？」

「にゃーにゃ」

「そうね、これがにゃーにゃのおうち。こっちはにゃーにゃのパパで、そしてこれがにゃーにゃのママよ」

「まーま」

「そうそう！　そして、こっちにもねこちゃんがいるでしょう？　この子は――」

「ねーね？」

「わあ、トミーすごいわ！　『ねーね』も知ってるのね！　そうよ、このねこちゃんは、近くに住んでるお姉さん。私も、このねこちゃんみたいなものなの」

「あうー？」

「だからねトミー、これからは私のことを『ママ』じゃなくて『ねーね』って呼んでほしいの。わかった？」

私の話をトミーはにこにこ聞いていて、「わかった？」と尋ねれば、うんうんとはっきり頷《うなず》いた。

まるで、私の言っていることを全部理解しているみたい。

ヴォルフも言っていたけど、本当に頭のいい子なのだろう。これなら、ちゃんとわかってくれたかも？

「よし、じゃあ今からおさらいね！　これはにゃーにゃだったよね。じゃあこれは誰？」

「ぱーぱ」

「あたりっ！　じゃあこれは？」

「まーま」

「すごいすごい！　じゃあこっち！」

「ねーね」

「わあトミー、本当に天才ね！　じゃあ……私は？」

「まーま！」

……やっぱり、トミーにはまだ早かったようだ。

「ただいま！」

「あっ、おかえりなさい。早かったのね！」

「本当にすぐ近くなんだ。それにしても……なんか、すごくいいな、この感じ」

「なんのこと？」

「新婚みたいだ」

「へ、変なこと言わないでよ！」

「ははは、ごめんごめん！」

頬が熱い。ヴォルフにとっては軽い冗談なのに、私ばかり動揺《どうよう》させられて、なんだか不公平だ。

「で、買ってきたパンがこれ」

「わあ、たくさん買ってきたのね。どれもすっごく美味《おい》しそう！」

テーブルの上に並べられたパンは全部焼きたてほかほかで、そのうえ私が好きな種類のものばかりだ。

十六年間ずっと一緒にいたから、お互いの好みは熟知している。そしてヴォルフはこういうとき、私が好きなものだけで揃《そろ》えてしまう。

そんなヴォルフの優しさに、私はいつも甘えていたっけ。

トミーをベビーチェアに座らせて、私たちも着席する。テーブルにはコップにたっぷり注がれたミルクとたくさんの焼きたてパンが並び、とってもいい匂《にお》いがする。

「ここのパン、本当にびっくりするほど美味しいわね！」

ヴォルフと分けっこしながらすでに三種類のパンを食べたが、ライ麦粉と小麦粉の割合が少しずつ異なるようで、パン自体の硬さも食感も風味も違う。そこにチーズをかけて焼いてあったり、いろんな種類のナッツやドライフルーツが混ぜ込まれていたりして、どれも全く違った美味しさがある。こんなに種類も豊富で美味しいなら、毎日食べても飽きないだろう。

「市庁舎の横にある人気店なんだ。親父《おやじ》さんが本当に腕のいい職人なんだけど、すごく気前のいい人で、いつもおまけをつけてくれる。愛妻家ってことでも有名でさ！」

「なんだか、シュミットさんみたいね」

村一番のパン職人であるシュミットさんも、大の愛妻家として有名だ。

「実際、雰囲気や喋《しゃべ》り方もよく似てるんだよ。だから俺、間違って何度か『シュミットさん』って呼んじゃった」

「あはは、想像つくなあ」

この話をきっかけに、私は村のみんなのことをヴォルフに話して聞かせた。誰が結婚してどの家に赤ちゃんが生まれたとか、そういう大きな出来事は手紙ですでに伝えていたので、もう少し小さな、手紙に書くほどではないけれどヴォルフと共有したい話をいろいろ。

たとえばシュミットさんが珍しく夫婦喧嘩《ふうふげんか》をしたが、奥さんが朝のキスを忘れて拗《す》ねたのが原因だったとか、私たちの友人ふたりが最近すごくいい感じだとか、昨年の収穫祭の巨大カボチャコンテストで今回もヘルマンさんのところのカボチャが一等を取ったとか、パイコンテストでうちのお母さんの木苺《きいちご》のパイが金賞を取った（ことは伝えたので）後、あまりに好評だったので村の奥さんたちに木苺のパイの作り方を教えることになって嬉しそうだったとか、そういうことだ。

食事の間、ヴォルフはずっととても嬉しそうに私の話を聞いていた。トミーもパンを自分の手で摑んで齧《かじ》りながら、すごくご機嫌だった。

「まあ、だいたいそんなところかしら」

「みんな変わらないなあ。懐かしいよ」

「そう言うヴォルフは変わりすぎよ？　今のヴォルフを見たら、みんなすごく驚くと思うわ」

「トミーがいるからか？　でもトミーは――」

「ううん、それだけじゃなくて、ヴォルフ、この二年でびっくりするぐらい変わったもの」

「それって、いい意味で？」

「えっ？　ええと、まあ……」

思わず、言葉に詰《つ》まる。しかも自分の顔がぶわっと熱くなるのを感じて、固まってしまった。

「ティーナ、顔赤い」

「えっ!?　そ、そんなことないわよ！」

「なあティーナ、もしかして今の俺のこと、わりとかっこいいとか思ってくれてる？」

「そ、それは……その」

「らあっ！」

「あっ、トミーこれ食べたいの⁉　ちょっと待ってね！　食べやすい大きさにしてあげる！」

慌てる私をくすっと笑ったヴォルフに少し腹が立ったけど、その姿さえかっこいいんだから、本当に困ったものである。


食事の後で私たちは買い出しに行くことにした。

ヴォルフの誕生日である明後日《あさって》は「花の祝祭日」であり、その夜はどこの家もいつもより豪勢な料理を作る。そのため、必要な食材が売り切れやすいのだ。だから祭りの二日前のまだ店の在庫に比較的余裕のある今日の時点で、いろいろ買い揃えておくことにした。

「花の祝祭日」というのはこの国で最も大きなお祭りで、一年に一度、ちょうどヴォルフの誕生日に開催される。

春を祝うこのお祭りは、王都だけでなくこの国の全ての町や村で開かれ、それぞれの地域ごとの特色がある。だがメインイベントである「花の精の踊り」だけはどこの地域のお祭りでもあって、その年の「花の精」に選ばれた女の子が伝統の舞を踊るのだ。

私も十五歳のとき「花の精」に選ばれて、みんなの前で踊ったことがある。そのときエスコートしてくれたのは、やっぱりヴォルフだった。

十六年いつも、私の隣にいたのはヴォルフだった。それがどれだけ素敵で特別なことだったのか、今ならわかる。あんな日々は、もう二度と戻らないのだ。

トミーと出かけるときは余計な詮索《せんさく》を避けるために少し変装をするそうで、ヴォルフはフード付きコートを着てフードを深めに被《かぶ》った。子連れというのもあり、この程度の変装でも意外とバレないらしい。

支度を済ませてアパートの一階に降りると、ひとりの優しそうなおばあさんが私たちに微笑《ほほえ》みかけてきた。

「ヴァルトマイスターさん、おはようございます」

「ベルタさん、おはようございます」

深く被っていたフードを脱いで、ヴォルフが笑顔で挨拶《あいさつ》を返した。

白髪を結って上にまとめ、綺麗《きれい》なレースのショールを肩から掛けたこの上品な老婦人はアパートの大家さんで、ヴォルフが仕事の日などはトミーのお世話も手伝ってくれているそうだ。

「はじめまして、ベルタさん。私は——」

「貴女《あなた》がティーナさんですね」

「えっ、私のことをご存じなのですか？」

「ヴァルトマイスターさんが、いつも貴女のお話ばかり聞かせてくれるんですよ！」

「ヴォルフが？」

「ベルタさん！」

「ふふふっ、だって本当のことではありませんか。でもよかった！　ティーナさんが来てくれたのなら、もう安心ね」

ヴォルフが私のことばかり話していた？　いったいなぜ、そしていったいどんな話を彼女にしたのだろう。

不思議に思っていると、「では、貴方《あなた》たちに今必要なのはよく話し合うことね。そこにトミー坊やがいたら、いろいろ大変でしょう。今日は暇《ひま》だから私が坊やを預かりますから、ふたりでゆっくり話し合うのよ」――なんてベルタさんに言われて、よくわからないうちに私はヴォルフとふたりで出かけることになってしまった。

「ベルタさんって、とても感じのいい方ね！」

「だろ！　王都に来てから俺ずっとこのアパートだから、ベルタさんにはお世話になりっぱなしなんだ」

「じゃあもう二年来の付き合いなんだね」

「まだ右も左もわからない頃からいろいろ教えてもらったし、最近は仕事でトミーの世話ができないとき、彼女がずっと見ててくれて。騎士団には託児所《たくじしょ》みたいなものはないから、死ぬほど助かってるよ。トミーも彼女のことは『ばーば』って呼んで、すっかり懐いているし」

「随分とベルタさんに甘えてるのねえ？」

「……やっぱ、そう思うか？」

「ヴォルフがベルタさんに甘えちゃう気持ちわかるよ。だって彼女、マルガレーテおばあちゃんにそっくりだもの！　もう顔もはっきりとは思い出せないし、目の色だってコーンフラワーブルー色じゃないけど、雰囲気とか笑った感じとか……すごく似てる」

ヴォルフは少し驚いた様子で、でもとても嬉《うれ》しそうに笑った。

「ティーナも思った!?　だよなあ！　ベルタさんって本当、ばあちゃんに似てるんだよ。そのせいか、一緒にいると安心しちゃって」

「大好きだったもんね。優しくて、あったかくて、いつも私たちの味方でいてくれて」

「死んだのがベルタさんくらいの歳《とし》だったから、生きてたらもっとおばあちゃんになってるんだな」

「そうだね。もう、十年も経《た》つんだもの。……ところでヴォルフ、ベルタさんに私のどんなことを話したの？　それに私たちに話し合いが必要って、いったいなんのこと？」

「あ、それは――」

ヴォルフの声が、黄色い声にかき消される。市庁舎の横を抜けて中央広場へ出ようとしたとき、私たち、というかヴォルフを発見した女の子たちが一斉に群がってきたのだ。

「蒼玉《そうぎょく》の王子様だわ！」

「きゃーっ！　王子様、こっちを向いてください！」

「ねえ見た!?　いま私のほうを見て、笑ってくださったわ！」

「なんてかっこいいの……いつ見ても本当に素敵！」

昨日の中央広場での光景が、一瞬にして再現されてしまった。

しかしよくまあこんな一瞬でこれだけの人が集まるものである。ヴォルフは昔から人気者だったが王都は人も多いし、今の彼は王立騎士団員でもある。人気の規模が、まったく違うらしい。

だがなにより驚くべきは、そんな女性たちへのヴォルフの対応である。

「蒼玉の王子様、先日夜道で助けていただいた者です！　あのときは本当にありがとうございました！　ご恩は、一生忘れません！」

「当然のことをしたまでだが、そう言ってもらえて嬉しいな。夜道は気をつけて」

「王子様、大好きです！」

「嬉しいよ、ありがとう」

「お身体《からだ》に気をつけてください！」

「ありがとう、君も身体を大切にね」

……とまあこんな感じで、群がる女の子たち相手にヴォルフは終始輝く笑顔で対応。

彼女たちの反応からして、いつもこうなのだろう。この容姿でこの地位でこの神対応、モテないわけがない。

村にはこういうタイプのファンはいなかったけど、剣術大会に出場するために近くの町へ行くとこういう女の子たちは自然と大量発生した。

でもそんなとき、ヴォルフは困ったような表情を浮かべて私に助けを求めるばかりで、こんな……よく言えば爽《さわ》やか、悪く言えば軽いというか優男《やさおとこ》っぽいというか、とにかくこんな女たらしみたいな対応をすることは決してなかった。

二年。たしかに人生で最も長く感じた二年間ではあった。でもその二年間で私は多少背が伸びて少し女性らしい身体つきになったのと、料理のレパートリーが増えたくらい。

片やヴォルフは、同じ二年で外見はすっかり大人の男性になってかっこよさに磨《みが》きがかかったし、大都会である王都にすっかり馴染《なじ》み、王立騎士団の一員として皆の羨望《せんぼう》の的となっている。

私よりずっと美人で洗練された女の人たちからこんな風に熱い視線を向けられても少しも動じることなく余裕の対応をするその姿は、私とは全く違う世界に住んでいる人みたいだ。

——そうだ、私とヴォルフではもう、完全に住む世界が違うのだ。

この瞬間も、私はヴォルフのすぐ隣にいるのに、誰も私の存在に気づかない。私みたいなぱっとしない子をヴォルフが連れているとは、夢にも思わないのだろう。

実際、私はヴォルフの恋人でもなんでもない。ただの、ずっと彼に片想いしているだけの幼馴染みにすぎない。自分が彼の隣に相応《ふさわ》しくないことくらい、ずっと前からわかっていた。

それでも、ヴォルフがずっと私に優しかったから。私が隣にいることを、彼も望んでいるように思えたから。だからその優しさに甘えて、彼の隣に図々しくも居座った。

当時も今も、私はヴォルフのすぐ隣にいる。だけど、今の私とヴォルフの間には、目に見えない大きな隔たりがある。

ここは私のいるべき場所じゃない。少なくとも今は、この輪の中にいたくない。

小さくため息を吐き、私はそっとその輪の中から抜けようとした――のだけど。

「きゃっ！」

不意に身体が強く後ろに引っ張られ、とんっと背中が温かなものにぶつかる。まもなく、自分がヴォルフにぎゅっと後ろから抱き寄せられたのだと気づいた。

黄色い声の中に、はっきりと悲鳴の音色が混じる。

「ヴォルフ、いったいなにを――！」

「みんな、ごめんね。そろそろ行かなきゃ。今、彼女とデート中なんだ」

ヴォルフの言葉に、そこにいる女の子たちと同じくらい、彼の腕の中にいる私も驚愕《きょうがく》した。

「じゃあみんな、またね」

私をぐっと抱き寄せた状態のままヴォルフは輝くようなその笑顔を崩さず、固まっている女の子たちの輪からすっと抜けて、路地裏へと入った。

私たちが去った背後から、多種多様な悲鳴が聞こえる。先ほどのヴォルフの発言によって衝撃を受けた女の子たちが発しているもので間違いないだろう。

その声でようやく我に返った私は、まだ私を抱き寄せたまま平然と歩いているヴォルフの腕の中から逃げ出して、彼の腕を掴《つか》んだ。

「どうしたんだ？」

「どうしたんだじゃないわよ！　あんなにたくさんのファンの子たちの前であんな嘘《うそ》言って、いったいどういうつもりなの!?」

「嘘なんて吐いてないだろ。実際、いま俺とティーナはデート中だし」

「こ、これはデートじゃなくて、ただの買い出しでしょ!?」

「ただ買い物をするのでも『買い物デート』と言えなくはない」

「変なことばっかり言って！　デートは、恋人同士でするものでしょ！」

「じゃあ、本当に恋人になればいい。どう？　俺の恋人になってよ」

「そういう冗談は止めて」

思わず、少しきつめの口調になってしまった。

「……ごめん」

ヴォルフがすごく悲しそうな顔でそう言ったので、強く言いすぎたかなと反省する。

「そ、それにしてもヴォルフ、本当に大人気ね！　前からモテてたけど、王都では段違いって感じ。『蒼玉の王子様』なんて呼ばれてたし」

気まずい空気を変えるため大袈裟《おおげさ》に笑顔を作って言うと、彼はどこか困ったように笑った。

「あれはその……最初の頃はやめてほしいって言ってたんだけど、みんな全然やめてくれなくて。

最近は国王陛下《へいか》にまでそう呼ばれるんでますます広まって、もう諦《あきら》めてる」

「国王陛下って、あの国王陛下……？」

「王立騎士団は陛下直属の騎士団だから、お会いする機会もそれなりに多いんだ。一国の王なのにとても気さくな優しい方で、俺たち騎士団員たちと共に食事をとってくださることもあるんだよ」

国王陛下と食事……。住む世界が違うとは思ったけど、ここまで来ると本当に雲の上の人にでもなってしまったような感じだ。思わずまたため息を吐く。

「ティーナ、どうかした？」

「ううん、何でもない。それにしてもヴォルフ、女の子の扱いが上手《うま》くなったよね」

「扱いっていうか、適当なあしらい方だけどな」

「あしらい方？」

「入団してすぐに、先輩団員から言われたんだ。国家の保安に努める王立騎士団員は人助けをする機会が多い。自分たちは仕事をしているだけなのに一方的に惚《ほ》れられたり、言い寄られたりすることも多いんだってさ。その先輩は実際ある女性からストーカーまがいなことをされたことがあって、当時は精神的にかなり疲弊《ひへい》したって」

少し驚くが、王立騎士団員であるというだけでみんなの憧《あこが》れなのに、自分がピンチのときに助けてもらったら、吊り橋《つばし》効果もありそれが恋心へと変わることは珍しいことではないのだろう。

とはいえ、職務を全《まっと》うしただけで勝手に惚れられ、ストーカー被害に遭《あ》うことまであるなんて、実に難儀《なんぎ》な話だ。

「その先輩に言われた。『とにかく、自分が特別だと相手に勘違いさせないのが一番だ』って。誰にでも愛想よく笑顔で接してれば、『私の騎士様』から『みんなの騎士様』になる。すると女の子たちは誰かが抜け駆けしないよう、互いを上手く牽制《けんせい》しあいながら集団でひとりを推《お》すようになるそうだ。あの助言は本当にありがたかったよ。おかげで面倒事に巻き込まれたことは一度もない」

同性として少し耳の痛くなるような話だが、なんにせよその先輩騎士のアドバイスのおかげでヴォルフがトラブルに巻き込まれてなくて本当によかった。

……いや、しっかり赤ちゃんを押しつけられてるんだから、巻き込まれてないわけではないか。都会、やっぱり怖い。

とはいえ、さっきのヴォルフはそんな状況を楽しんでいるようにも見えた。あれだけたくさんの可愛い女の子たちから熱い視線を向けられたら、やっぱり嬉しいものなんだろう。

ヴォルフは今や「みんなの騎士様」どころか「みんなの王子様」なのだ。二年前まで、私だけの王子様だったのに。

「『みんなの蒼玉の王子様』なら、なおさらさっきみたいなことしちゃだめじゃない。少なくとも、コートのフードを被ったらどう？」

消えない胸のもやもやのせいで、言い方がまたきつくなってしまう。

「トミーを連れてるわけじゃないんだから、被る必要ないだろ」

「被れば、変な誤解されずに済むでしょ」

「誤解じゃないから、いいんだよ。事実ティーナは、俺の『特別』だから」

「またそういうことを軽々しく……」

「おや、そこにいるのは『蒼玉の王子様』ではないかな？」

聞き覚えのある声に振り返ると、そこには、リンデマン公爵《こうしゃく》が微笑みを浮かべて立っていた。

次の瞬間、ヴォルフにぐいっと引っ張られた——というか、なぜか思いっきり抱きしめられた。

顔を彼の胸に押しつけられて息できないし（っていうか、ヴォルフの胸筋すごくない!?）、なにより人前なのにこんな状況、恥ずかしすぎるのですが!?

腕の中から抜けだそうにも、無駄に強く抱きしめられていて出られず、困惑しつつも「ヴォルフ……？」と声をかけるが。

「なぜまだ王都に——！」

彼の胸に抱かれている私にやっと聞こえるくらいの小さな声で、ヴォルフが独り言のように呟《つぶや》く。

その声にははっきりと動揺の色が現れており、そのうえ少し痛いほど私を抱きしめる彼の身体が震えてさえいたものだから驚いた。

だって、ヴォルフがなにかに怯《おび》える姿なんて、これまで一度も見たことがなかったから。

「やはりすぐにお会いできましたね、ヒンメルさん」

「——!!　どうして閣下《かっか》が、彼女のことをご存じなのです!?」

昨日来たばかりの私がリンデマン公爵と知り合っているのはたしかに意外かもしれないが、それだけでは説明がつかないほど驚愕するヴォルフを怪訝《けげん》に思いつつ、なんとか腕の中から抜け出した私が答える。

「実は昨日、通りで閣下とぶつかってしまって」

「何やらお急ぎだったようですが、無事駅には辿《たど》り着《つ》けましたか？」

「ええ、おかげさまで。道を教えていただき、本当にありがとうございました」

ふと、ヴォルフの顔が青ざめていることに気づく。

「それにしても……ヴァルトマイスター卿《きょう》、君の周りには常に美しい女性たちが集まっているが、ひとりの女性を連れて歩いているのを見るのは初めてだな。つまりこの愛らしい女性が、この国で将来最も有望な騎士王子様の本命、といったところかな？」

変なところを見られたので仕方ない気もするが、ヴォルフの「本命」などと誤解されてはあとで困ると思い、慌てて訂正しようとする。

「違います！　彼女はただの、故郷の幼馴染みです」

だが、私が口を開くより先にきっぱりとそう言い切ったヴォルフの言葉にショックを受けている自分に気づく。自分でヴォルフに「デート」とか「恋人」とか言うなと言ったくせに、こんなことで傷つくなんて、本当に馬鹿だ。

「ほう、それは意外だ。ただの幼馴染みにしては随分と親密に見えたのだが――。ところでヒンメルさん、幼馴染みということはヴァルトマイスター卿のご家族のことも知っているのだね？」

「は、はい！　家もお隣同士なので」

「そうか。では、彼のご家族もみんな、彼と同じ瞳の色かな？」

「えっ？　ええと、彼の母親は違いますが、父親と妹は同じ色です」

どうして公爵はこんなことを尋ねるのだろうか。不思議に思いつつ再びヴォルフの表情を窺《うかが》うと、明らかに公爵を警戒している様子だった。

――もしや、私は今この人に教えてはならないことを教えてしまったのだろうか。

不安になるが、私の視線に気づいたヴォルフが心を読んだかのように『大丈夫だよ』と微笑んだ。

「やはり、噂《うわさ》は噂に過ぎなかったようだな。残念だよ、もしあの噂が事実なら君はいずれこの国で最も尊い存在になっただろうに」

私が困惑の表情を浮かべると、リンデマン公爵は微笑みながらまた私のほうを向いた。

「ヒンメルさんはご存じないのかな？　なぜ彼が、『蒼玉《そうぎょく》の王子様』と呼ばれているのか」

「えっ？　目の色が青いからではないのですか？」

「ただ青い目なだけなら、『王子様』とは呼ばれなかっただろうな。いや、これだけ美しい容姿なら女性たちから『王子様』と呼ばれても当然かもしれないが。しかし、彼がそう呼ばれるのには別の理由があるのだよ」

「閣下、そのお話は――」

「よいではないか、王都の人間なら誰もが知る面白い話だ。幼馴染みの彼女にも教えてあげよう。知られて困ることでもないだろう？」

公爵は意味深に微笑む。ヴォルフはまだ何か言いたげではあったが、そのまま口を噤《つぐ》んだ。

「王立騎士団に入団する際、騎士叙任式《じょにんしき》があることは知っているだろう？　その時国王陛下から首打ちの儀式《リッターシュラーク》が行われるのだが、彼の番になり陛下が前に立たれたとき、とても驚いた表情をなさってから、儀式を一時中断されたのだ」

「儀式を……中断？」

騎士叙任式があったことは手紙でヴォルフから知らされていた。でも国王陛下が儀式を一時中断されたことなど、ひとことも書かれてはいなかったのに。

「陛下は気づかれたのだよ、ヴァルトマイスター卿の目が、本来なら王族しか持たないはずの特別な色だということに。陛下は彼とともに一度その場を退出し、十五分してようやくお戻りになった。その後は中断されていた儀式も再開となって、彼も正式に王立騎士団の一員となったわけだが――

「ヴァルトマイスター卿、あの中断のとき、陛下は君にどんな話をしたのだ？」

「出身地と、家族のことを少しばかり尋ねられただけです」

ヴォルフは淡々と答えたが、閣下はにっこりと微笑んで話を続ける。

「本来なら王族しか持たない色の目を持つ若き騎士は、王都ですぐに有名人となった。儀式での事が噂で広まったのもあるが、剣士としての実力もずば抜けていた彼は騎士団でもすぐに頭角を現し、入って早々に次期騎士団長候補として名が挙げられるまでになったからだ」

手紙でヴォルフは、騎士団でのことを「それなりに上手くやってる」とだけ書いていた。だからまさかそんなに有名になってるなんて、思いもしなかった。

「王族しか持たぬはずの特別な目の色を持ち、ずば抜けた剣才と誰もが見惚《みと》れるほど美しく高貴な容姿を兼ね揃えた、王立騎士団員。そんな彼を人々がなんと噂したか」

公爵はじっとりとした眼差《まなざ》しをヴォルフに向け、私はそれをひどく不快に思った。

「『国王陛下の隠し子』だ」

「……は？」

あまりに突拍子もない話に、思わず公爵閣下に失礼な返答をしてしまい、私はすぐに謝罪した。

「まあ、彼の両親を知っている君にとっては馬鹿げた話に聞こえるだろう。もちろん私も、そんな妄言《もうげん》を信じているわけではない。だが、民というのはそういうおもしろい話に飛びつき、いかにも真実であるかのように吹聴してまわるのが好きなのだ」

「ではそれで『蒼玉の王子様』などという呼び名が……？」

「いかにも。知っての通り現国王陛下には御子《みこ》がおらぬ。すでに五十を過ぎておられる陛下に未《いま》だ世継ぎがいないことに、国民は大きな不安を覚えている。だからこそこの輝くばかりに有望な青年を見て、世継ぎの王子は陛下の『隠し子』として、すでにこの世に生を受けていたのだという幻想を抱きたくなったのだろう」

現国王陛下にお子が生まれないことは、たしかに長年の悩みの種だ。というのも、国王一族は代々この世界で唯一の「聖力」をその身に宿している。それは魔力とは異なる、特別な力である。

聖力について詳しく知っているわけではないが、回復と治癒《ちゆ》の力に長《た》けること、魔力を唯一無効化できることが、その最大の特徴として一般に知られている。

聖力持ちや魔力持ちは遺伝であり、それを持たない親のもとから突然生まれてくることはない。かつてもっとも多くの魔法使いが存在したこの国も、今は公爵ただひとりだ。そして聖力使いは、そもそも我が国の国王一族しか有さない、さらに特別な力であるという。

この特別な聖力を有する一族が国を治めていることこそ、他国が我が国に敵対することへの大きな抑止力となっており、この国が世界でもっとも平和な国である所以《ゆえん》だ。

つまり逆に言うと、「聖力」を持つ王家が断絶すれば我が国はその大きな「抑止力」を失うことになる。それを、人々はとても恐れているのだ。

「ヴァルトマイスター卿、君が聖力を持たないことが残念でならないよ。もし持っていれば、君が次期国王となることに異議を唱えるものはいなかったはずだ。聖力さえあれば君が国王陛下の隠し子であるという噂は容易に事実となり、王位継承順位一位の地位を得られただろうに」

「公爵閣下、以前もお話ししましたが、私には私と同じ瞳の色を持つ父がおりますし、祖母もまたこの瞳の色でした。国王陛下の隠し子などというのが根も葉もない噂に過ぎぬことをご理解いただけたのではなかったのですか？　なぜまたそんなくだらぬ話を、わざわざ彼女になさるのです？」

「君はまだまだ若いな。事実など、たいした意味はないのだよ。君がその色の瞳を持ち、優れた能力と厚い人望があること、国王陛下からも深い信頼を得ていること、それだけで十分なのだ。『聖力』を持たずとも、その可能性があるというだけで人々は君に期待するのだよ」

　国王の隠し子疑惑に、王位継承権――？

　ヴォルフと公爵の会話は目の前で繰り広げられているにもかかわらず、その内容があまりに現実離れしていて、ほとんど頭に入ってこない。

「ヒンメルさん、ヴァルトマイスター卿と結婚の予定があるのなら、早めに済ませたほうがいい。卿は、今年やっと成人されるとか。そのタイミングに合わせて山ほどの縁談が舞い込むことになるだろう。それには上位貴族も含まれるはずだ。貴族間の熾烈《しれつ》な争いに平民の大切な恋人が巻き込まれることを卿も望むまい」

　ヴォルフがはっきりと否定したにもかかわらず、私を彼の恋人だと思い込んでいるのは困るが、かと言ってまた私から念押しで訂正するのも気が引ける。

　いずれにせよ、ヴォルフにもう息子《むすこ》がいることは公爵も知らないようだ。

「閣下、彼女におかしなことばかり仰《おつしや》らないでください」

「はっはっは。いやなに、いつも冷静な王子様が大切なお姫様を守ろうと必死になっているのが、なんとも可愛らしくてね。ヴァルトマイスター卿、警戒心が強いのは悪いことではないが、相手に敵意があることを簡単に悟られるのは得策ではないよ」

公爵にそう誤解されてもおかしくないほど、ヴォルフはまた私の身体を自分のほうに抱き寄せていた。ただの幼馴染みに、この距離感はおかしい。恋人ではないと言ったくせに、これでは私たちが本当にそういう関係だと公爵に誤解されてしまう。

少し身体を離そうと彼の胸をぐっと押してみるが、ヴォルフは離してくれるどころか私の身体をさらに強く自分のほうに抱き寄せ、ただじっと公爵を見据《みす》えている。

なんだか、とてもおかしな状況だ。困惑しつつ「ヴォルフ？」と声をかけると、はっと私のほうを見たが、それでも身体を離してくれないまま、軽く咳払《せきばら》いをした。

「閣下、誤解があるようですが、私が閣下に敵意を抱くなど滅相《めっそう》もございません。私はただ幼馴染みの彼女に故郷の村で馬鹿馬鹿しいゴシップネタを広められて、里帰りしたときにみんなの笑い者になりたくないだけです」

ふっと笑みを浮かべた公爵が、その言葉を信じていないことは明らかだった。

「ふむ、まあ今はそういうことにしておこう。ああ、長話をしてしまった。ヴァルトマイスター卿、ヒンメルさん、遠からずまた会うことになるでしょう。それでは」

そうして公爵は、笑顔のまま去っていった。あまりに唐突で、あまりに……私とは無縁の世界。

「ええと、そろそろ離してくれない……？」

未だ強く私を抱き寄せているヴォルフにそう言うと、彼は「ああ、悪い！」と言って、ようやく私を解放した。

「その、変な話ばっかりで、驚いたよな。ただのゴシップネタなんだけど、あの人はどうやらそうは思っていないようで。意味わかんないよな、俺にはちゃんと両親もいるし、聖力なんて特別な力も持ってない、ただの平民なのに」

「ヴォルフ、大丈夫？」

「えっ、あ、俺？」

「あの人、田舎者《いなかもの》の私でも知ってるくらいの大貴族でしょう？　そんな人からあんな……」

リンデマン公爵はヴォルフが彼に敵意を抱いていると言ったが、そう口にした公爵自身のほうがあからさまな敵意をヴォルフに向けていた。初対面の私にもわかるくらい、はっきりと。

あんなに大きな権力を持っている人から、いくら王立騎士団員になったとはいえ平民に過ぎないヴォルフが敵視されているなんて、正直不安でたまらない。

「ティーナ。大丈夫だから、何も心配しないで」

ヴォルフはとても優しい微笑みを浮かべてそう言った。

「まあ、あの人がなかなか厄介《やっかい》な人なのは事実だけどな。ティーナも知っていると思うけど、彼は公爵であるとともに元『塔の魔法使い』で、現在この国唯一の魔法使いだ。それゆえにこの国でも特別に大きな権力を持っている」

かつてこの国には、百人程の魔法使いが存在した。彼らは魔力を持たぬ人間と関わりを持つことを嫌い、国中の魔法使いが「魔塔」と呼ばれる大きな塔に集まって暮らしていた。そんな彼らを人々は「塔の魔法使い」と呼んで、ある種の畏敬《いけい》の念を抱いていた。

魔塔は王都の外れに建っていた。なにか用があるとき以外は「塔の魔法使い」たちは魔塔の中に籠《こ》もり、魔法の研究に明け暮れていたという。

魔塔は国家の有事には魔力で国を守るという契約のもと、国家により保護されていた。加えて、魔塔とその周辺をひとつの領地として、魔塔の長である魔塔主の家門リンデマン家には公爵の爵位まで与えられていた。

だが今から二十年ほど前、魔塔で凄惨《せいさん》な事故が起きた。魔塔にはその中心に「核《ケルン》」と呼ばれる特別な魔石があり、外部の攻撃から塔を守るとともに、塔内部の温度や湿度を一定に保っていた。おかげで塔の中は過ごしやすく、病気なども流行《はや》りにくい環境だったという。

その「核」が、なんらかの原因で大爆発を起こしたのだ。魔石は石の中に込められた魔力に不純物が混ざると不安定になり、それが極限に達すると魔力を放出して砕《くだ》ける。魔塔の「核」は特別に強大なエネルギーを持つ魔石であったがゆえ、魔塔全体を崩壊させるほどの事態となった。

この事故で、塔にいた魔法使いたち全員が一瞬で犠牲《ぎせい》になった。そのときの爆発音と振動は王都の中心部にまではっきり届いたほどだったという。

かつて魔塔に多くの「塔の魔法使い」がいたこと、だが大事故で魔塔が崩壊し、そこにいた魔法使いたちが犠牲になったことは、小さなメルクブルクの村で生まれ育った私でも知る常識だ。

しかしそれ以外の情報については、今ヴォルフから聞かされて初めて知った。

「王立騎士団員は魔物だけでなく、他国の魔法使いと戦う可能性もある。だから魔法やその歴史についても一般に知られている内容以上のことを教わるんだ」とヴォルフは言った。

そして唯一、体調の優れなかったリンデマン公爵家当主の代理としてこの日、偶然塔から出て王都に滞在していたリンデマン家の長子ウルリヒのみが、生き残った。

「公爵という地位にあるとともにこの国で唯一魔法が使える彼は現在、王位継承順位一位にいる。

そんな彼にとって、万が一にも『陛下の隠し子』なんてものが存在したら困るというのはわかる。

あの人とはこれまでにも何度か話をしたが、王位継承に執念を燃やしているようだから」

ヴォルフが「国王陛下の隠し子」などでないことは、私はよく知っている。だってヴォルフは彼のご両親にそっくりだ。容姿もだけど、性格や好みだってすごくよく似てる。それなのにただ目の色が特別だからというだけで、あんな人から敵意を向けられることになるなんて。

「そんな不安そうな顔するなよ。大丈夫だって。ただの誤解なんだから」

「だけど……」

「にしても、あんなわけわかんない話を急に聞かされていろいろ聞きたがるわけでもなく、最初に出た言葉が俺を心配する言葉って、本当にティーナはティーナだな！」

「何よ、『ティーナはティーナ』って。それ、いい意味なの？」

「ティーナを大好きな俺が言うんだから、もちろんいい意味に決まってる」

「なっ――――！」

さらっと「大好き」だなんて。王都ですっかり都会色に染まった彼にとってそう深い意味はないのだろうけど、耐性のない私には大ダメージである。

「そうやってからかってばっかり！　そんなことを軽々しく口にしていたら、勘違いした女の子にいつか襲われるわよ！」

「こんなこと、ティーナにしか言わないよ」

「ほら、それだって！　『こんなこと、君にしか言わない』なんて、口説《くど》きの常套句《じょうとうく》じゃない！」

「へえ、自分が口説かれてるって自覚はちゃんとあるんだ？　じゃあ、これからはもっと積極的に行こうかな。それで君の方から襲ってくれるなら、願ったり叶《かな》ったりだし？」

そんなことを言いながらヴォルフが、後ろからそっと抱きしめてきた。

「ちょ、ちょっと貴方、なにして……！」

「なあティーナ、俺は――」

「……ヴォルフ？」

後からかけられた声に振り向くと、王立騎士団員の制服を着たふたりの男性が立っていた。

「わっ、マジでヴォルフかよ⁉　えっ、お前なにこんなとこで女の子とイチャついてんだ⁉」

「うわ、珍しー！　女の子から追っかけられてるんじゃなくて、女の子を襲ってるお前が見られるとは。可愛いお嬢さん、危険な狼《ヴォルフ》から救って差し上げましょうか？」

「おい、近寄るな。こいつは俺のだから」

「はいっ⁉　ヴォルフ、変なこと言わないでよ！　っていうか、早く離してよね！」

しぶしぶとでもいうように私を解放したヴォルフだったが、肩はぐっと抱き寄せられたままだ。

「へえ……？　てっきり女避《おんなよ》けのための嘘かと思ってたんだけど、本当にいたんだなあ彼女」

「こういう子がタイプだったんだ？　でも、たしかに可愛いね。ヴォルフに飽きたら俺なんてどう？」

「ハインツ、お前って命惜しくないの？」

「お、おい、マジな目すんなって！　冗談だよ、冗談！　けど、紹介くらいはしてくれるんだろ？お前の未来の嫁さんなんだろうからさ？」

「ち、違っ――！」

ヴォルフからの突然のバックハグで十分混乱状態だったのに、その姿をヴォルフの同僚らしき人たちに見られてしまったばかりか、変な誤解までされてしまった。完全にキャパオーバーである。

とはいえ、騎士団員ということは今後もヴォルフとは長い付き合いがある人たちだ。すぐ誤解を解かねばと慌てるが。

「でもヴォルフ、たしかに言ってたもんなあ、将来を誓い合った女性がいるって。だからこそあれだけモテるのに、女遊びひとつしなかったわけだろ」

その言葉に動揺したせいで、私は訂正の言葉を言う機会を逃してしまった。

やっぱり、そういう女性がいたのだ。そしてそれが、トミーのお母さんだったのだろう。

いくらすごくモテるからって、ヴォルフが急に誰とでも関係を持つようになるなんて、さすがに想像できなかった。でも――将来を誓い合った相手がいたなら、話は別だ。

結婚するつもりで関係も持ったのに、なんらかの理由で別れることになったのだろう。でも別れた後で相手の女性は妊娠に気づき、トミーを産んでからヴォルフに――。

「名前はなんて言うの？」

「はい!?　あっ、ええと……」

同僚である彼らにヴォルフの恋人だと誤解されている状態で名乗ると、あとでもし彼がトミーの母親と結婚することになったとき困るのではないか。そう思い、すぐに答えられずにいると。

「クリスティアーナだ。ティーナ、こいつらは騎士団の同期で、右がマルク、左がハインツだ」

ヴォルフが私の代わりに答えてしまった。誤解を解かなくていいのだろうかと不安になって彼の表情を窺うが、意外にもヴォルフは困った様子もなく、むしろなんだか上機嫌だ。

「よろしく、ティーナさん」

「よ、よろしくお願いします！」

「本当、可愛いよねー。反応とかも、なんかちょっと小動物ぽいっていうかさ。……ああ、だから予定より早くこっちに呼んだわけか。故郷で待たせてたら、どっかのトンビに攫《さら》われるんじゃないかって不安になったんだろ？」

「こっちに呼んだってことは、結婚を決めたってこと？　みんなの『蒼玉の王子様』が結婚かぁ。王都が荒れるぞ！」

どんどん誤解が大きくなっていく。でも今更自分はヴォルフの恋人じゃないと言い出しづらくて、ただただいたたまれなさだけを感じた。

ヴォルフはどうしてこの誤解を解こうとしないのだろう？　本当の結婚の際に彼らになんて説明するつもりなのかな。まあ、私が心配しても仕方のないことなんだけど。

「ああでもそれで昨日、休暇申請なんか出したんだ？　休みを全然取らないお前が急に長めの休みを取るっていうから、何かあったんじゃないかってみんな心配してたんだぞ？　ほかのやつらにも、お前が休んでるのは故郷から来た彼女とイチャつくためだって伝えていい？」

「ああ」

信じられないという思いでヴォルフを見るが、彼はいたずらっぽく笑うだけだ。

「なあ、そろそろ行っていい？　見ての通り、俺たち今デート中なんだけど」

「ちょっとヴォルフ！」

「ああ、悪い悪い！　引き留めすぎたな。デート楽しめよ」

「あと、式の日取りが決まったらすぐ教えろ」

「うーっす。じゃあな」

いやいや、「うーっす」じゃない。日取りも何も、式の予定なんて何もないじゃないか。

……はあ。二年前まではこんな意味不明な冗談を言ったりしない、真面目《まじめ》な性格だったのに。

そのままふたりと別れたが、私はヴォルフの腕をぐっと掴むと足早により人気《ひとけ》のない路地へ入り、立ち止まった。

「こんな人気のないところに誘い込むなんて、もしかしてティーナ、さっそく俺のことを襲う気になってくれたわけ？」

「ねえ、なんで嘘吐いたの？」

「ん？」

「さっきのふたり、貴方の同僚なんでしょう？　あとで絶対困ることになるのに、どうしてあんな変な嘘を吐いたのよ？」

「嘘なんて吐いてない」

平然とそう言ったヴォルフを見て、私は深いため息を吐いた。

「ヴォルフ、やっぱり貴方、変わったわね」

「変わった？　俺が？」

「ええ、そうよ。私の知ってるヴォルフは、友人に平気で嘘を吐くような人じゃなかった。それに女の子たち相手にへらへら笑って愛想を振《ふ》り撒《ま》いたりもしなかったし、簡単に『綺麗だ』とか『可愛い』とか『大好き』なんて言葉を使ったりもしなかった」

「ティーナ、さっきも言ったけど、そういう言葉はほかの子には言ったことない。君にしか……」

嘘ばっかり。そう思ったけど、その言葉を飲み込んで、代わりに別の尋ね方をする。

「じゃあ、トミーのお母さんには？」

「……えっ？」

「私にしか、言ったことないんでしょ？　それなら、トミーのお母さんにも言ったことない？」

これは、一種の賭《か》けだった。「君にしか言わない」と言うのなら、たとえ嘘でも「そうだ」とすぐに肯定してほしかった。

だって、どうしたってずっと、トミーのお母さんのことが頭にちらついてしまう。

嘘でも「ティーナだけ」と言ってくれたら、私は騙《だま》されてあげるつもりだった。そしてトミーのお母さんのことは忘れたふりをして、王都にいる間だけは私がトミーのお母さんになってあげよう、ヴォルフと私とトミーで、家族ごっこを楽しんでしまおうと思っていたのだ。

——それなのに、私の言葉でヴォルフは固まった。「君にしか言わない」という優しい嘘を、彼は吐いてくれなかったのだ。

「嘘吐き」

「ち、違っ……！」

「ああ、違うわね。むしろ、馬鹿正直って言うべきなのかな？　ヴォルフ、貴方は今こそ嘘を吐くべきだったのよ。そしたら私は、馬鹿みたいにその嘘に騙されてあげたのに」

泣きたい気持ちでそう言うと、突然ヴォルフが路地裏の壁にドンと両手をついて、私はその間に挟まれてしまった。

「な、なによ」

「違う、ティーナ。俺はずっと、本当のことしか君に言ってない」

サファイアみたいな目が、じっと私を見つめる。逃げることもできるはずなのに、あまりに真剣なその眼差しから私は目が離せない。

「ティーナ、俺は本当に君が好きだよ。君を世界で一番可愛くて優しくて素敵な人だと思ってるし、そんな君のことをずっと前から好きだった。こんなこと、『君にしか言わない』。本当だ」

嘘吐き。そう言いたいのに、こんなにまっすぐ、真剣な眼差しで伝えられたら、それを心からの言葉のように信じてしまいたくなる。

「……俺が迎えに行くまで、待っててほしかった」

その言葉に、カチンと来る。

「それを、貴方が言うの？　ほかの人と子どもまで作ったくせに」

「俺は、そんなことしてない！　だってトミーは――」

「私だって、待っていたかったわよ!!」

「ティーナ……」

実際、私は馬鹿正直に彼を待っていたのだ。ヴォルフほどではなくとも、私にも言い寄ってくる異性はそれなりにいた。それでも私は「好きな人がいるから」と全部きっぱり断った。

――もし私に非があるとすれば、三年間おとなしく村で待っていられなかったことだけ。

ヴォルフに会えないのが想像以上に辛《つら》くて、我慢《がまん》できなくて……まだあと一年待つべきだったのに、こうして王都まで会いにきてしまったことだけ。

「ティーナ……本当にごめん」

「謝るくらいなら、どうして子どもなんて作ったの？」

「違う、そうじゃない。俺は本当にほかの女性とそういうことはしてない。したことないし、これからもする気ない。俺がそういうことをしたいのは昔も今もこれからも、ティーナただひとりだ」

「なっ……！」

そんな恥ずかしいことをまた性懲《しょうこ》りもなく――！　と思うが、その表情があまりに真剣だったから、思わず口を噤んでしまう。

「今謝ったのは、君を不安にさせたこと。寂しい思いをさせてしまったこと。もっと頻繁《ひんぱん》に手紙を書くべきだったし、贈り物だってすればよかった」

「手紙は……十分送ってくれてたと思うけど。それにプレゼントだって」

忙しかったはずなのに、二年間欠かさず二週に一度の手紙に返事を書いてくれていた。その手紙に、王都の小さなお土産《みやげ》が付いていることも少なくなかった。

「じゃあ、そこに気持ちを書けばよかったんだ。ティーナに会いたい、君がいなくてすごく寂しい、毎日君のことを想ってるって、そう書けばよかった」

「そ、そんなラブレターみたいな言葉……」

「ラブレターだろ。好きな相手に出す手紙なんだから」

「……本当、意味わかんない」

「ティーナ、好きだ。愛してる」

「あ、愛してるなんて言葉、そんな簡単に口にして――」

「簡単になんて、言ってない。ずっと、ずっと死ぬほど言いたかったのに我慢してた言葉だ。でも、言うべきだった。恥ずかしいとか思う暇あったら、ちゃんと全部伝えるべきだったんだ」

そんな言葉、信じるべきじゃない。そう思うのに、ずっと聞きたかった言葉が想像の何十倍もの量で降ってきて思考を麻痺《まひ》させる。信じちゃいけないのに、全部信じてしまいたいと思ってしまう。

「ティーナ、君を愛してる」

ゆっくりとヴォルフの顔が近づいてくる。顔を逸《そ》らさなきゃ、そう思うのに、サファイアみたいなその目にじっと見つめられた私は、少しも動けなかった。

「んっ……」

唇が重なり、思わず目を閉じる。それがそっと離れたあとも、やわらかなその感触ははっきりと唇の上に残っていた。

心臓がばくばくしている。まだ近すぎる距離からその瞳に見つめられて、思考がまとまらない。

「ヴォルフ、どうしてこんなことするの」

「君が好きだ。だから、君を振り向かせたいんだ。もう一度、俺にチャンスをくれ」

そう言って私を見つめるヴォルフの表情は、嘘を吐いてるようには見えない。

――でも、もう遅いのだ。私にはもう、彼の言葉を信じることができない。

誰よりも信じていた人をもう信じられない。その事実が、なにより辛い。

勝手に溢《あふ》れてきた涙を、ヴォルフが指でそっと拭《ぬぐ》う。

「ティーナ、泣かないで」

その優しい声も、頬に添えられた手の温《ぬく》もりも、私の涙をさらに溢れさせた。

そうして滲《にじ》む彼の顔が、輪郭のぼやけたサファイア色の瞳が、またゆっくりと近づいてくる。

「――っ、だめ！」

どんっと、ヴォルフの胸を強く押した。彼はばっと私から離れた。

「ご、ごめん」

「買い出し、途中だったね。早く行こう」

「あ……、ああ」

唇に残る、やわらかな感触。頭の中は混乱したままあのキスの甘さだけが余韻《よいん》のように残って、いつまでも私の胸を締めつけていた。

◆　◆　◆

その後。私たちは口数少なく買い物を済ませた。その間にも女の子たちが何度もヴォルフを取り囲んだが、「今日は急いでいるから、ごめんね」と言って逃げた。

普段ならそれでも諦めずに追いかけてくるのかもしれない。でもあからさまに元気のない笑顔を見せるヴォルフを見て、何か察したらしい彼女たちがそれ以上追いかけてくることはなかった。

買ってきたものを部屋に運び入れてから、預かってもらっているトミーを引き取りに、私たちはベルタさんの部屋へ行った。

「トミー坊やは今日も、とってもいい子にしていましたよ！　今は、遊び疲れて気持ちよさそうに眠っているわ。ところで……おふたりはどうやら、話し合いが上手くいかなかったようね？」

気まずい雰囲気を隠しきれなかったようで、ベルタさんにすぐ気づかれてしまった。

といっても、私とヴォルフがすべきだった「話し合い」がなんなのかは、わからないままだけど。

「貴方たちにはもう少し時間が必要みたいね。ラーツケラーで、ふたりでディナーでもしてきたらどうかしら？　坊やのことはもう少し私が見ていますから」

この気まずい状態でふたりで食事なんて、正直気まずさの極みだ。

といっても、この居心地の悪さがずっと続くのも困る。せっかく最後の思い出作りに残ることにしたのだ、気まずさを引きずるより、ひとつでも多くいい思い出を作りたい。

私の反応を窺いながら返答に躊躇《ちゅうちょ》しているヴォルフに代わって、ベルタさんに答える。

「素敵なご提案をありがとうございます、ベルタさん。お言葉に甘えて、ふたりで食事にいかせてもらいますね」

ヴォルフは驚きの表情を浮かべたが、彼からもベルタさんにお礼を言うと、私たちは再び部屋に戻った。

「食事に行くこと、勝手に決めちゃってごめんね」

「い、いや！　俺は、ティーナと行きたかったし。けど、少し驚いた。ティーナのほうが、俺とは行きたくないかと思ったから」

「私が、キスを途中で拒んだから？」

私の言葉に、ヴォルフはわかりやすく固まった。

「もしかして、キスを拒まれたのは初めてだった？」

わざとからかうようにそう言うと、ヴォルフはため息を吐いた。

「それ、なんのため息なの？」

「ティーナは、余裕あるんだなって思って」

「なにそれ、皮肉？」

「経験値の差を感じただけだ。俺には、全然余裕なんてないのに」

やはり、皮肉のようだ。とはいえ経験値ゼロの私をこんな風にからかうなんて、ヴォルフったら本当に意地悪になったものだ。

「はいはい、じゃあ子どもはいるけどキスの経験が少ないモテ男さん、今から行くレストランはドレスコードなんてなく食べられるところ？　それとも、一度宿に戻って着替えてきたほうがいい？」

「……まあ、着替える必要はないかな」

「そうなの？　よかった！」

万が一ドレスコードのあるお店に入るときに困るだろうと、一応はお出かけ用の服も持ってきているが、村の近くの町で買ったドレスなんて、王都の流行からは何年も遅れていることに王都の街を歩いていて気づいてしまった。だから、ドレスコードがないことにほっとした。

――でも、私はどうやらヴォルフに騙されたらしい。

「ねえ、ラーツケラーに行くんじゃなかったの？」

ラーツケラーは市庁舎の地下に作られたレストランだから、彼のアパートの目と鼻の先のはず。それなのにヴォルフが私を連れてきたのは中央広場を抜けた先にある、大きなドレスメーカーの店前だった。

「ドレスコードはないんじゃなかった？」

「ああ、本当にないよ。でもほら、まだ夕食には少し早い時間だし、ティーナとの初めてのちゃんとしたデートだから、せっかくならいい服を着て行きたいと思ってさ」

「デートじゃなくて、ただの食事でしょ……。それに私、こんなお店でドレスを買うようなお金、持ってきてないの。どう見たってここ、超一流店でしょう？　こんなところでドレスを買ったら、一週間の滞在費どころか帰りの旅費までなくなっちゃう」

「デートのときに女性に金を払わせる男がいるかよ。金のことなんて何も気にしなくていいから、とにかく一番気に入ったのを買おう！」

だから、デートじゃないってば！　という私の言葉は完全に無視されて、お店の中に強引に連れ込まれてしまった。

店内の視線が一気に私たちに集まる。「蒼玉の王子様」がドレスメーカーに女性連れで現れれば、目立って当然である。騒然とする店内で、店員がすぐさま私たちのもとへとやってきた。

煌《きら》びやかなシャンデリアが高い天井からぶら下がり、大理石の大きなフロアには驚くほど美しいドレスが整然と並べられている。

明らかに貴族であろう女性たちの視線を感じて場違い感を強く覚えるが、王立騎士団員としての地位がここでもしっかりと発揮されているようで、店員たちは平民である私をまるで貴族のように丁重に扱ってくれる。

——まあ、自分が場違いだという感覚はいっそう強まるばかりだけど。

「ヴォルフ、やっぱり私、こんなところで買えないよ……」

いたたまれなさを感じて俯《うつむ》きがちにそう言うと、ヴォルフが急に私の肩を抱き寄せた。

「彼女にドレスを一着、用意してもらえますか。これからすぐに着ていけるものがいいのですが。

私の特別な人なので、よろしく頼みます」

彼の言動に、私だけでなく私たちを見ていた女性たちや店員も、ものすごく驚いているようだ。

「承知いたしました！　すぐに最高のものをご用意いたします！」

「彼女が気に入れば、それを着せてあげてください。私は少し出て、すぐ戻りますから」

困惑する私をその店員に預け、ヴォルフは店を出ていってしまった。

奥の試着室へと案内された私は、お姫様にでもなったと勘違いしそうになるほどの丁重な接客を受けながら身体のサイズを測られ、好きな色を聞かれ、好きなドレスの種類を聞かれ（といっても、私はドレスのことなどよく知らないので、似合いそうなのを適当に選んでもらうことにした）、用意されたのはコーンフラワーブルー色の、うっとりするほど美しいアフタヌーンドレスだった。

「胸まわりと腕のレースの部分は、最高の職人が長い時間をかけて編んだものです。ドレス生地も全て、最高級のものを使っておりますわ」

びっくりするほど私好みのドレスなのは事実だ。店員にも「当店が自信を持ってお勧めする最高のドレスですから、お気に召したのであれば是非これを！」と言われてしまった。

とはいえこんなすごいドレス、目玉が飛び出るような値段に違いない。いくら素敵でもこんなの買えるはずがないと、もう少し安めのドレスはないかと店員に尋ねたときだった。

「いえ、これでお願いします」

振り返るとそこには、王立騎士団員の制服を纏《まと》ったヴォルフが立っていた。

深い青に金の縁取りのラインが黒地の軍服の中央と袖口、そして長いブーツの折り返しに入り、肩章には金の飾緒《しょくしょ》が繋《つな》がっている。腰には剣、ベルトの金のバックルには国章の双頭《そうとう》の鷲《わし》。制服姿のヴォルフは眩《まぶ》しいほどかっこよくて、思わずぼーっと見惚れてしまった。

「承知いたしました。では、今すぐこれにお召し替えいただくのでよろしいでしょうか？」

「ええ、お願いします」

「えっ!?　ちょ、ちょっとだめよ、ヴォルフ！　このドレス、ものすごくいいやつだって……！」

「ああ、こういうのに疎《うと》い俺が見ても、いいドレスだとわかるよ。これくらいのなら、ティーナに相応しいんじゃないかな」

「私が、このドレスに相応しくないの！　こんなすごいドレス、私には着られない！」

「ティーナ、君ほどこのドレスに相応しい女性はいないよ。俺を信じて。絶対、君に似合うから。では、彼女をお願いします」

「かしこまりました」

「ヴォルフ！」

抵抗も虚《むな》しく、にこにこ笑顔の店員たちによって件《くだん》のドレスに着替えさせられてしまう。しかも「このあと、デートなのでしょう？　でしたら、お化粧とヘアメイクも完璧にしましょうね！」と、ノリノリでメイクアップまでされてしまった。

「まあ、本当に素敵！　この姿をご覧になれば、ヴァルトマイスター卿も貴女にさらにメロメロになること間違いなしですよ！」

ヴォルフの「私の特別な人」発言によって、完全に彼の恋人と勘違いされている。反応に困るが、かといって今更この誤解を解く術《すべ》もなく曖昧《あいまい》に笑って誤魔化していたところ、がっつり着飾った姿を「恋人の」ヴォルフにお披露目《ひろめ》することになってしまった。

ドレスが素晴らしいのは間違いない。だがそれを着ているのが私では、せっかくのドレスのよさを活《い》かしきれないはずだ。そう思うと、少し足がすくむ。

でもせっかく店員さんたちが綺麗にしてくれたのだ。勇気を出し、カーテンの向こうへと歩み出た。

ヴォルフは、無言だった。私のほうをじっと見ているくせに、何も言ってくれないのだ。

——そんなに、期待外れだったのかな。やっぱり、着るんじゃなかった。

「女神か」

「……は？」

「ティーナ、綺麗だ。本当に、世界一美しいよ！」

「な、なに言って……」

「ご、ごめん、その……あんまり君が綺麗だから、上手い言葉が見つからないな。本当に驚くほど綺麗で……緊張する」

あまりにも大仰《おおぎょう》な褒《ほ》め言葉に、それがお世辞だとわかっていても恥ずかしい。

しかもそれをヴォルフが頬を赤く染めながら言うものだから、もしかして本当に綺麗だと思ってくれているのかなと、ドキドキしてしまう。

「え、えーと、皆さんがお化粧やヘアメイクまでしてくださったの。きっと、それで少しはまともに見えるのかも」

「そんなレベルじゃない。最高だよ、ティーナ！　そのせいで……ああなんか、君を外に連れ出すのが惜しくなってきた」

「えっ、どうして!?　やっぱり似合ってないんじゃ……！」

「違うよ。こんなに綺麗な君の姿をほかのやつに見せたくないの。俺だけが独占したいのにって、思ってしまう」

歯の浮くようなセリフに、私だけじゃなくまわりの店員さんたちも頬を赤くしている。

——ヴォルフめ、すっかり女ったらしになっちゃって。

でも、こんな風にヴォルフに褒められるのは悪くない。他の女の子たちにも散々同じようなことを言ってきたのだとしても、その言葉も、この甘く優しい表情も、今は私に向けられているのだ。

「まあ、おふたりとも真っ赤になって、本当に可愛らしいカップルですこと！」

恋人同士でないことを訂正もせず、ヴォルフはただ、やけに嬉しそうに笑っていた。

結局ドレスがいくらだったのかもわからないまま、ヴォルフにエスコートされて店の外に出た。

こんな風に彼にエスコートされるのは、「花の祝祭日」で「花の精」をやったとき以来だ。

「ねえヴォルフ、本当にこのドレス買ったの？」

「他の方がよかった？」

「ううん、これまでの人生で見たドレスの中で、このドレスが間違いなく一番素敵よ。だけど、ものすごく高かったんじゃないの？　自炊して、外食の回数を減らしてまで節約してたんでしょう？なのに、こんなところでこんなに大きな無駄遣《むだづか》いしちゃっていいの？」

申し訳ない気分でそう言うと、ヴォルフは何故《なぜ》かにっこりと嬉しそうに笑った。

「これは無駄遣いじゃない。っていうか、ずっとこのために節約してきたんだ」

「どういう意味？」

「君が王都に来たときに、めいっぱいかっこいいところを見せたかったんだ」

「あはは、なにそれ！」

「当然だろ。やっとティーナに、大人の男としての甲斐性《かいしょう》を見せられるんだから。ここでしっかりできる男をアピールして、かっこつけたかった」

「そんなことしなくても、ヴォルフは十分かっこいいのに」

「……えっ？」

「それにその格好も。王立騎士団員の制服を着てるヴォルフの姿をちゃんと見るのは初めてだよね。すごくかっこいいよ」

「あっ……ああ！　騎士団員の正装は制服なんだ。ラーツケラーにドレスコードはないんだけど、貴族も多く訪れる伝統ある名店だし、せっかくティーナにドレスを着てもらうのに自分だけ私服では釣り合わないだろ」

ヴォルフとあまりに釣り合わない自分がずっと気になっていた。でも、これだけ素敵なドレスを着せてもらえて、ヴォルフにも綺麗だと褒めてもらったら、今だけは自信を持てる気がした。

――にしてもヴォルフ、私が「かっこいい」って言った瞬間、耳まで真っ赤になってあきらかに動揺していた。かっこいいなんて死ぬほど言われ慣れてるだろうに……変なヴォルフ。


王都ケーニヒスシュタットのラーツケラーは、他のラーツケラーもそうであるように、市庁舎の地下にひっそりと存在する。知らなければ見逃してしまいそうなその入り口だが、扉を開ければ、そこは美しい内装の立派なレストランになっている。

入店するとすぐに、店中の視線が私たちふたりに集まった。

ドレスコードもないのにこんな姿では目立つかと思ったが、店内には私より派手なドレスの女性もいたのでほっとする。それでもこれだけ注目を集めてしまうのは、王立騎士団の制服で私をエスコートするヴォルフの存在ゆえである。

ヴォルフといると、本当にどこに行っても目立ってしまう。まあこうして視線を集めることには、今日一日で随分と慣れてきたけれど。

「少し待ってて」と言ったヴォルフが給仕の人と何か話している。そしてすぐに、やけに嬉しそうな表情で戻ってきた。

「じゃあ、行こうか」

「何を話していたの」と尋ねると、「すぐにわかるよ」とのこと。不思議に思いつつ先の給仕の案内で移動すると、あるものを発見して一気にテンションが上がる。

「わあ、メラーだわ！」

席の壁に飾ってあるのは、私とヴォルフが大好きな作家であるヨハン・メラーの肖像画だった。

「さっそく気づいたな！　戯曲《ぎきょく》『クリストフ博士』の中で主人公が訪れるレストランがここなんだ。メラー先生は亡くなるまでここケーニヒスシュタットで暮らしていたから、王都には彼にまつわる名所も多いけど、このレストランのしかもこの席は、メラー先生の定席だったそうだ。ここで彼は好物のフィッシュプレートを週一で食べていたんだってさ！」

テーブルの上には金のプレートが嵌《は》め込まれており、それには『文豪ヨハン・メラーが愛した席』と刻印されている。

「すごいわ！　作中のレストランが実在して、しかもメラー先生の席まで残っているなんて！」

「喜んでもらえてよかった。ちなみにその壁のガラスの中に飾られている本は、『クリストフ博士』のサイン入り初版本だ。それから、君の座っている椅子も見てごらん」

立ち上がり彼の指し示すところに目を向けると、またも金のプレートがあった。そこにはなんと『ヨハン・メラーが実際に使用した椅子』との刻印が！

「こ、こ、この椅子に、メラー先生が本当に座っていたの!?　えっ、そんな貴重な椅子に、普通にお客も座っていいの!?」

「ここの椅子は見ての通りかなり頑丈な作りだから、普通に座る分には壊れる心配がないんだよ。だから、追加料金を少し払えばこの特別席に案内してもらえる。もちろん先客がいると断られてしまうから、空いてて本当によかった」

「追加料金って、いくら……？」

「ははは。っ！　まじでたいした金額じゃないし、そうでなくとも気にせず黙って俺に奢《おご》られとけ！」

ドレスのときもだったけど、頑張って節約して貯めてたはずのお金を使ってしまうというのに、ヴォルフはやっぱり嬉しそうだ。

「ところで、ヴォルフはもうここに何度も来たことがあるのよね？」

「あー、騎士団仲間とはときどき。でも、この席は初めてだな」

「ほかの女の子とは来なかったの？」

「そんなことが気になるなんて、やっぱりティーナも俺のこと好きだろ？」

「ばっ――――！」

「初めてだよ、全部」

「……全部って？」

「誰かのためにドレスを買うのも、レストランで特別席を用意するのも、そもそもこうしてデートするんだって、全部ティーナが初めてだ」

まあ嘘だろうなと思いつつ、それでも今日は、全部騙されてあげてもいいなと思ってしまう。

「じゃあヴォルフもまだこの椅子には座ったことないのね？　だったらせっかくなんだし、貴方も座ってみて！」

私の勧めに従い、メラー先生がかつて座っていたというその椅子にヴォルフも座った。

「うわ、やっぱ感慨深いな。……この椅子に座ってるときに、作品の構想を練ったりしたのかな」

「きっと、そうよね！　クリストフ博士がケラーで大酒飲みの話を聞いているときのシーンなんて、もしかしたらメラー先生が実際にここで体験したことかも！　あるいは――きゃっ！　ちょ、ちょっとヴォルフ、なにするのよ⁉」

急に腰を抱き寄せられてバランスを崩し、気づけばヴォルフの膝《ひざ》の上だ。

「あるいは、ミヒャエルがラウラを膝に乗せて、その小さな口に食べ物を運んであげるシーンかも」

「ヴォルフったら！　すごくびっくりしたじゃないの！」

「せっかくだから、ミヒャエルがラウラにしたみたいに、俺が君に食べさせてあげよっか」

「馬鹿なこと言わないの！　ほら、みんな見てるじゃないっ！　貴方、自分がものすごく有名人になったこと、忘れてるんじゃないの⁉　早く離してよ……」

「みんなが見てるのは君だよ。『こんな美女、王都にいたか？』って驚いてるんだ。で、俺はそんな視線が気に入らないから、『この人は俺のだぞ』ってみんなにアピールしてるわけ」

「冗談ばかり言って！」

「冗談じゃない。全部、本当のことだよ」

絶対に私をからかっているのだ。そう思うのに、彼の表情が至って真面目だから、うっかり本心だと信じそうになってしまうのが本当に困る。

とはいえ好きな人にこんなこと言われて嬉しくないわけもなく、膝抱っこということの恥ずかしい状態も相俟《あいま》って、顔が燃えるほど熱くなってしまった。

「そんな可愛い反応されたら、本当にこのままずっと離したくなくなる」

耳元でいつもより少し低めの声で囁《ささや》かれたその言葉に、身体がずくんと震える。

「耳まで赤くなってる。可愛い」

「ひゃっ！」

耳の後ろを、鼻先でくすぐられたのだ。びっくりして固まっていると、ヴォルフは私の首もとにそっと顔を埋《うず》めてきた。背筋がぞくぞくして、なのに身体は妙に熱を帯びていく。

――このままではだめだ！　私は手足を無様にバタつかせ、ようやく彼の膝上から下りることができた。

「あーあ、逃げられた。でも……次捕まえたら、絶対逃がさない」

「ヴォルフったら、おかしなことばっかり言って！」

「おかしいことなんてなにも言ってないよ。ただ俺は、好きな子を振り向かせようと必死なだけ」

呆《あき》れるが、それでもその言葉を純粋に嬉しいと思ってしまう私は、やっぱり馬鹿かも。

それから私たちはメラー先生の好物だったというフィッシュプレートを食べた。ハーブのたくさん入った緑色のソースが白身魚にたっぷりかかっていて、とっても美味しかった。

特にそのハーブのソースは香りがよくて爽やかで、家でもまた再現してみようという話になり、なんのハーブが入っているかをふたりで当てっこした。

デザートが運ばれてきたとき、私たちはダメ元でグリーンソースに使われているハーブの種類を店の人に聞いてみた。すると、なんとすぐに七種類のハーブを全部教えてくれた。

ただ、隠し味のスパイスだけは秘密とのことなので、それが何かふたりで考えながら、グリーンソースを完全再現してみようということになった。

「再現できたら、ヴァルトマイスター家秘伝のレシピとして子どもたちに代々引き継がせよう」

「それ、いいわね！　ヒンメル家でも秘伝のレシピとして引き継がせてもらうわ」

「残念ながら、それは無理だなあ」

「えっ、どうしてよ!?」

「だってティーナ、一人娘だろ」

「ああ、そういうこと？　だったら、私の未来の旦那様《だんなさま》の家で引き継がせてもらうわよ」

「ならやっぱり、ヴァルトマイスター家の秘伝ってことで問題ないな？」

ヴォルフがにやりと笑う。

一瞬困惑したが、まもなく意味がわかって「変なことばっかり言わないで！」と彼を小突いた。

赤くなった顔を、怒っているせいだと思ってくれればいいんだけど。

「本当に素晴らしいディナーだったわ！　最後の木苺のムースも最高に美味しかったし！」

ラーツケラーからの帰り道、そう言ってヴォルフのほうを見ると、彼はやけに穏やかな表情で微笑んでいた。

「どうしたの？」

「こうして今、ティーナと過ごせてるのが夢みたいで」

「夢？」

「こうして君とデートするのがずっと夢だった」

『デートじゃないって言ってるでしょ』、そう言うつもりだったのに、あんまり幸せそうな顔で笑うヴォルフを見たら、まあ今はいいかな、なんて思ってしまった。

「あらまあ、なんて素敵なんでしょう！　まるで女神様みたいねぇ！」

トミーを引き取るためにベルタさんの部屋を訪ねると、出迎えてくれた彼女にこう言われ、私は思わず吹き出してしまった。

「あら、本当のことよ？」

「ベルタさん、どうもありがとうございます。でも今笑ったのは、実は全く同じことをヴォルフにもさっき言われたからなんです。『女神みたい』って、王都で流行りの褒め言葉なんですか？」

「ティーナが本当に綺麗だからだよ」

「ヴォルフったら！」

「まーまっ！　ぱーぱっ！」

ひょこっとドアのところから顔を出したのは、小さなトミーだ。

「わあっ！　トミーって、伝い歩きもできたのね！」

「へ？　ああ、そうか！　そういえば君がいるときはトミーがいつも抱っこばかりせがむから、見たことなかったんだな。もうすぐ一歳だから、かなり活動的だよ。むしろ抱っこしててもすぐ『下に降ろせ』って手足をバタつかせるし。でも君がいるときは、できるだけ甘えていたいみたいだ」

実際、今もトミーは私に手を伸ばして抱っこしてほしがっている。すっかり懐かれてしまったが、こんなに懐かれては、お別れがどうしたって辛くなるだろうな。

「トミー、ごめんな。ママは今ドレスを着てるから、抱っこできないんだ。パパが抱っこしてやるから、今はそれで我慢してくれ」

「らあ」

「俺はトミーを連れて部屋に戻るから、ティーナは一度宿に戻って、着替えてからまた俺の部屋に来てくれる？」

「えっ？　ええ、それはいいけど」

「じゃあ、またすぐに」

「あっ、でもこのドレスはっ――」

「わかってると思うけど、ドレスはティーナにあげたんだからな？　脱いだのを持ってこられても、俺は着ないぞ？」

いたずらっぽい笑顔でそう言うと、ヴォルフはトミーを抱き上げて「おかげでいい時間を過ごせました」とベルタさんにお礼を言って、さっさと階段を上がってしまった。

「ふふふっ！　ヴァルトマイスターさんは、貴女のことが本当に好きで好きでたまらないのねえ」

「そんなんじゃ……」

「さあさあ坊やもママが来るのを待っていますよ。私が手伝ってあげるから、早く着替えていっておあげなさいな」

「あの、ベルタさんは聞いてないのですか？　私はトミーの母親ではないんです。ですから……」

「トミー坊やが貴女をママと呼んでるんですから、それで十分じゃありませんか。坊やにとって、ママはティーナさんなんです。だって坊やは、私のことはママなんて絶対に呼びません」

そんなことを言われたら、どうしたって考えてしまう。もしこのまま本当にトミーのお母さんが帰ってこないなら、私がトミーのお母さんになるのもありなのかなあって。

トミーの母親とヴォルフはかつて将来を誓い合ったのかもしれない。でもヴォルフの私に対する言動からして、今はもう完全に終わっているようだ。

だったらいっそ、本当にトミーのお母さんになるのも悪くないかもしれない。幸いトミーは私のことを気に入っている。ヴォルフがもう相手の女性を想っておらず、むしろ私のことを好きだと言うのなら……一度の過ちくらい、許してあげてもいいかも。

——まあ、一発くらいはぶん殴ってやりたいところだけど！

その後、ベルタさんはわざわざ私の部屋まで来て、ドレスの着替えを手伝ってくれた。

初めて会ったときからマルガレーテおばあちゃんに似ていると思っていたが、こうして話しているといっそうその感覚が強くなる。ヴォルフがベルタさんに甘えちゃうの、わかるなあ。

着替えを終え、再びアパートへ。お礼を言ってからベルタさんとはそのまま一階で別れ、すぐに五階のヴォルフの部屋へと向かった。

「まーまっ！」

ドアを開けた途端、トミーが嬉しそうに出迎えてくれた。

「ティーナが戻ってくるのを待ちきれなかったようだ」

手を伸ばして抱っこをせがむトミーをそっと抱き上げると、天使みたいな笑顔を見せてくれる。

「ちょうどトミーを風呂に入れようとしてたところなんだ。ティーナはその辺でゆっくりしてて」

「私も手伝うよ」

「いいのか？　助かる」

浴室に行くと、小さな子ども用のお風呂にお湯がたっぷり入っていた。ヴォルフがタオルなどを用意している間に、私がトミーの服を脱がせたのだが。

「あれっ？　これって……怪我《けが》の痕《あと》？」

ぷにぷに可愛いトミーの小さな右腕、肩から肘《ひじ》のあたりにかけて、細く赤黒い痕が斜めに入っていた。怪我自体はすっかり治っているようだが、その痕があまりに痛々しくて驚いてしまった。

「……ああ、前に怪我をしたんだ。もう痛くないはずなんだけど、怪我したときのことを思い出すからか、そこを洗うときは嫌がるんだ。だから、泡でそっと触れるだけにしてやってくれ」

「うん……わかった」

ヴォルフのアドバイスにしたがって、たっぷりの泡でその小さな腕を洗ってあげる。トミーはたしかに一瞬だけぐずったが、思ったほどは嫌がらなかった。

ただ、そのトミーの様子を見守っているヴォルフがなぜかとても悲しそうな表情を浮かべたので、それがやけに気になった。

入浴後、甘えん坊なトミーはまた抱っこをせがんだので、抱っこしながら絵本を読んであげたら、ものすごくはしゃいで楽しそうだった。

でも、お話が全部終わる前に眠くなってしまったらしい。続きを聞きたいのに眠気に襲われて、必死で睡魔と戦うトミーの姿はものすごく可愛かったが、「またあとで読んであげるから、今は寝ましょうね」と言うとやっと眠気に身を委ねてくれたので、そっとベビーベッドに寝かせた。

「トミー、また眠っちゃったね」

「ティーナの読み聞かせの声、懐かしかったな」

「マリアにもよく読んであげてたもんね」

「君の声、本当に好きだよ。すごく優しくて、澄んだ綺麗な声だ」

「ひゃっ！」

あまりにまっすぐな褒め言葉。それを耳元で、しかも自分こそすごくいい声で囁くものだから、動揺して変な声が出た。

「ごめん、くすぐったかった？」

「っていうか、そんなところで喋るから……」

「ティーナ、耳まで真っ赤だ。可愛い」

「――っ！　変なことばっかり言わないでよね！　あっ、もうこんな時間だし、私帰るね」

「うちに泊まっていけって言ってるのに」

「だからそれはだめだってば。っていうかどうしてそんなにここに泊めたいのよ？　ちゃんと部屋だって取ってるんだし、トミーはもう眠ってるから別れ際に泣き出す心配も――」

「俺が、ティーナと離れたくないんだ」

好きな相手から真剣な顔でこんなことを言われて、動揺しない方法があるなら教えてほしい。

「そ、そんなこと言ってもだめだから！　明日も来てあげるから、それでいいでしょ！」

「……わかった」

しょげた子犬みたいな顔をしないでほしい。もっと、一緒にいたくなるじゃない。

昨夜と同様、ヴォルフは私を宿の部屋まで送ると言って聞かなかった。別れるときも「俺が行ったらすぐ鍵《かぎ》をかけるんだぞ？　あと万が一誰か来ても、絶対に開けちゃだめだ。わかった？」と、やけに心配するものだから、王都ってそんなに治安が悪いのだろうかと、少し不安になった。

短時間とはいえ部屋でひとりにするわけにも行かないのでトミーはヴォルフが抱っこして連れて来ていたが、幸い彼の腕の中でいい子に眠っていて、昨日みたいに泣き出すこともなかった。

ふたりを見送り、彼の言いつけ通りにちゃんと鍵をかけた。それから鞄を置くと、今日ヴォルフが買ってくれたドレスが目に入った。

素晴らしいドレスをぼーっと眺めながら、今日のことを思い出す。リンデマン公爵やヴォルフの同僚に会ってしまったり、ヴォルフに突然キスされたりと、かなりいろんなことがあったけど――。

「なんだかんだ、楽しんじゃってるんだよねぇ」

昨日トミーの存在を知ったときは、この世の終わりみたいに絶望していたくせに。

自分の神経の図太さというかお気楽さに、思わず苦笑する。

それから手を洗おうとして、ようやく気づく。

「……あっ、指輪」

いつも必ず右手中指に嵌めている指輪がない。そういえば、トミーをお風呂に入れてあげるときに一度、外したのだ。

肌身離さずつけている、大切な指輪。置いた場所は覚えているけれど、万が一なくなったら困るし、小さいものだから、床に落ちたのを拾ってトミーが飲み込みでもしたら危険だ。

私は再びコートを羽織ると、ヴォルフのアパートへと引き返した。

◆　◆　◆

部屋に戻り、腕の中で眠っているトミーをベビーベッドにそっと寝かせた。

ティーナが帰った部屋はがらんとして、いつも以上の寂しさを感じる。

ふいに、ベビーベッドに寝かせたトミーがむくりと起き上がり、きょろきょろと何かを探す。

「……まーま？」

「ああトミー、起きちゃったか」

はっとこちらを向いたトミーは俺を見つけて、一瞬安堵《あんど》の表情を浮かべたが。

「まーまぁ？」

賢い坊やは、俺の表情からティーナの不在に気づいてしまったようだ。

「ママは、今日はもう帰っちゃったんだ。でも明日になったら、また会えるからな」

俺とそっくりな真っ青な目をぱちくり。ああこれ、だめなやつだ。そう思った直後には。

「いやぁーっ！　まーま──っ！」

──また、これか。

今朝《けさ》も目を覚ましてティーナがいないことに気づいた途端、これだった。そして全然泣き止んでくれなくて本当に困った。こんなの、トミーが来て最初の二日以来だ。

「ごめんな、トミー。ママはもうねんねなんだ。だからトミーも、いい子に寝るんだぞ？」

だが、火がついたように泣く坊やの耳には届かない。抱っこして、背中をとんとんしてやっても、ママに会いたいという気持ちは抑えきれないらしい。

「……パパも、ママと一緒にいたいよ」

ぽつりと呟く。

もう二年間もこの部屋にひとりで住んでいたのに、さっきまでティーナがいたこの部屋は、彼女がいないというだけで全然違う場所みたいだ。

抱いているうちに少し落ち着いてきたが、まだぐずついているトミーにミルクでもあげようかと思いつく。

「トミー、パパはお前のミルクを作ってくるから、いつもみたいにうさちゃんといい子に遊んでてくれるか？」

トミーお気に入りのうさぎのぬいぐるみを渡す。すると、ぐずりながらもそのぬいぐるみをぎゅっと抱きしめ、小さく頷いた。

ようやく一歳になるというこの坊やは本当に頭がよく、手のかからない子だ。それこそ俺のもとに来てすぐは母親を求めてずっと泣いていたが、三日もすると俺とふたりの生活にも慣れたのか、夜泣きすることもなくなった。だからこそ、子育て経験もない俺でもなんとかやってこられた。

だがティーナが現れたことで、最初の頃に逆戻りだ。困るなあと思う反面……トミーがティーナを求めて泣くのを、この上なく嬉しいと思う自分がいる。

「やっぱり、ママのほうがいいよな。なあ、トミー」

半べそをかきながらうさぎのぬいぐるみを抱きしめるトミーを見て、自然と顔がにやけるのを感じつつ、俺はミルクを作りにキッチンへ向かった。


ミルクが温まったところで洗った哺乳瓶《ほにゅうびん》を拭《ふ》く新しい布巾《ふきん》を忘れたことに気づき、浴室横の棚のほうへ行く。

そのとき棚の上で、キラッと何かが光った。

「あっ、ティーナの指輪だ」

さっきトミーを風呂に入れたとき外して、そのままここに忘れたらしい。明日来たときに彼女に渡さないと。そう思い、ポケットに入れた。

キッチンに戻り、洗ったばかりの哺乳瓶にミルクを注ぐ。

「……トミー？」

ほんの一分ほど前までぐずっている声が聞こえていたのだ。それが急に静かになっていたので、やっと泣き止んだのかなと思いつつ、ミルクを持って戻ってきたのだが。

さっきまで座っていたマットの上には、トミーが抱きしめていたはずのうさぎのぬいぐるみだけが転がっていた。

どくん、と心臓が鳴る。一瞬にして最悪の想像が頭の中を駆け巡り、魔物と対峙《たいじ》したときよりもはるかに大きな恐怖に身が竦《すく》んだ。

「きゃーあっ！」

はっと振り向けば、床に座り込んで絵本を広げ、そこに描かれている猫の一家を見て楽しそうに笑っているトミーの姿があった。

「トミー!!」

俺の声にはっと顔を上げたトミーを、ぎゅうっと抱きしめる。

やわらかくて、温かい。その温もりをたしかめるように抱いていると、「ぱーぱ？」と心配そうに俺の様子を窺い、それから頰にそっと触れて慰《なぐさ》めてくれる。

「トミー……よかった」

いなくなったのかと思った。最初に俺の前に現れたときのように、また突然いなくなってしまうのかと。

「トミーが消える」、それは俺にとって、今もっとも恐ろしいことだ。

この子の本来いるべき場所に戻ったのなら、それでいい。だが、今この状況で急にいなくなるということは、別の可能性を考えざるを得ない。

それは、俺の選択ミスによってこの子が「この世から存在しなくなる」という、絶対にあってはならない可能性を意味するから。

「にゃーにゃ」

「……ああ、絵本を見てたんだな。邪魔して悪かった」

トミーを抱き、絵本を手に取って見せてやる。

「ティーナに読んでもらったやつだな」

「まーま、ぱーぱ」

「ああ、そうだね」

「にゃーにゃ、ねーね」

一匹ずつ指さして、嬉しそうに笑っている。

そのトミーの笑顔を見ながら、心からの安堵を覚えた。

トミーが現れたこと、それによってティーナに手紙を出せなかったこと。このふたつのことが、俺たちの運命を大きく変えてしまった。

そのせいでティーナは恋人を作ってしまい、そのくせここ王都には来てしまった。そしてトミーのことを誤解したばかりか、もっとも避けたかったのに公爵とも出会ってしまった。

今のところ、全てが悪いほうに出ている。ここから本当に挽回《ばんかい》できるのか、正直なところ不安でたまらない。

それでも……トミーが存在する限り、希望はあるのだ。

ミルクを飲ませてから、トミーをベビーベッドに連れていく。うさぎのぬいぐるみと絵本をまた渡してやると、上機嫌だ。

不意に、トミーが呟く。

「まーまぁ？」

ティーナ、どうして気づかないんだ？　こんなに可愛い赤ちゃんが君をママと呼んで、こんなに君を求めているのに。

「まーま！」

にっこりと、トミーが笑った。

……ああ、この笑顔。

ティーナもほかの人たちもみんな、トミーは俺にそっくりだと言うが――。

太陽の輝きのように眩しいティーナの笑顔が、愛しい我が子の顔にはっきりと重なる。

「トミー、お前の笑顔は、本当にママそっくりだ」

◆　◆　◆

部屋の前で呼び鈴を鳴らそうとして、手を止める。あれから、三十分ほど経っている。トミーはさっきの時点でおねむだったから、今はもうぐっすり眠っているに違いない。

呼び鈴を押さずに入る方法はと考えて、もしかしたら鍵が開いてないかなと、試しにドアノブを回すと――開いてしまった。

自分はあんなに「すぐ鍵をかけろ」って言ったくせに。本当に不用心なんだから。

奥のほうで話し声が聞こえる。方向的に、トミーのベビーベッドのほうだ。どうやらヴォルフがトミーに話しかけているらしい。

「まーまぁ？」

ベビーベッドの上のトミーがこちらに視線を向ける。

「まーま！」

私の存在に気づいたらしいトミーがにっこりと笑う。そのあまりに可愛い笑顔に抱きしめたいという気持ちが湧き上がって、ふたりに声をかけようとした――そのときだった。

「トミー、お前の笑顔は、本当にママそっくりだ」

氷漬《こおりづ》けにされたように、身体が固まった。

「みんなお前は俺に似てるって言うけど、俺に言わせればお前はママにそっくりだぞ？　顔の作りとか、表情とか……ほらその、最高に可愛い笑顔もそうだ」

「らあっ！」

「ははっ、トミーもそう思うか！　……ごめんな、ママが恋しいよな。パパも、ママが恋しいよ。でも、今はまだ、だめなんだ。もう少しだけ……ふたりで我慢な」

もうこれ以上聞くべきじゃない。そう思うのに、足が床に張りついたようになって、動けない。

「まーまぁ」

「トミーも、ママと一緒にいたいよな。パパも……ママと一緒にいたいよ。思いっきり抱きしめて、絶対離さないって言って、たくさんキスするんだ。今はまだ、後悔ばかりだけど……これからは、間違えない。もう二度と――離れ離れなんてごめんだ」

頰を、熱い涙が伝う。

「トミー、愛してるよ。でも、ママの次にな？　パパはさ、ママのことが世界で一番好きなんだ。それだけは、誓って一生変わらない。心から……ママを愛してるから」

――ああ、そっか。ヴォルフは今も、トミーのお母さんのことが好きなんだ。ううん、それだけじゃない。心の底から愛してるのだ。あんなに優しい笑顔で、あんなに幸せそうな顔で話すくらい、特別で大切な人なのだ。

ずっと張りつめていた心が、粉々に砕けてしまうのを感じた。

袖でぐっと涙を拭い、わざと大きめの声で「入っていい？」と声をかける。

驚いているヴォルフに、「指輪を忘れたの」と告げると、「あ、ああ！　それならさっき見つけて、明日渡そうと……」と言いながら、ポケットから取り出したそれを私に渡した。

「わざわざ取りに来なくてよかったのに。危ないだろ、夜にひとりで出てくるなんて」

この過保護な優しさも、今は無性に腹立たしかった。

「もう、帰るね」

「まーまっ！」

「あっ、そうだ。さっきもトミーが君を呼んでたんだ。せっかく戻ってきたんだから、一回抱いてやってくれないかな」

「……じゃない」

「ん？　なんて言った——」

「私は、トミーのママじゃない!!」

ぼろぼろっと零《こぼ》れ落ちた私の涙にものすごく驚くヴォルフの姿が、滲んで見えた。

「えっ、どうして泣いて……」

「もう止めて！　私がトミーにママって呼ばれる度、どんな惨めな気分になるか知らないくせに！」

「ティーナ……？」

「私のことをママなんて呼ばせる暇があるなら、この子の母親をちゃんと探しなさいよ！　愛してるんでしょ？　もう二度と離れたくないくらい、世界で一番その人のことを好きなんでしょ!?」

「――！　ティーナ、さっきの聞いてたのか？」

「そうよ、聞いちゃったの！　聞きたくなんて、知りたくなんてなかったのに!!　どうせなら、最後まで騙してくれたらいいじゃない！　私がここにいる間だけでも、家族ごっこをさせてくれたらよかったのよ！　そうしたらこんな……こんな酷《ひど》く惨めな気持ちにならずに済んだのに」

呆然《ぼうぜん》と突っ立っているヴォルフに背を向けて、私は彼の部屋を走り出た。そして階段を駆け降り、アパートのエントランスを抜けようとした。

「ティーナ！」

ぐっと、腕を掴まれる。トミーを抱いて追いかけてきたヴォルフだった。

「離してよっ！」

「嫌だ、離さない！　聞いてくれ、さっきのママっていうのはティーナ、君のことだ！」

「嘘よ！」

「嘘じゃない！　トミーだって、ずっと君のことを『ママ』と呼んでるだろ！」

「でも、私聞いたもの！　顔の作りとか、表情とか笑顔とか、トミーはママにそっくりだって！」

「だからそれはっ！」

「あらあら、坊やもすっかり驚いてますよ？　それにこんなところで叫んでいたら、ご近所さんの迷惑になるでしょう」

「ばーばぁ……ふえっ」

振り返ると呆れ顔で微笑むベルタさんが立っていて、ヴォルフの腕からトミーを抱き上げた。

「ご、ごめんなさいっ！」

「すぐ、部屋に戻りますので！」

「いいのよ。ただ、子どもの前で夫婦喧嘩はよくないの。今はふたりとも興奮しているようだし、頭を冷やしてから、またちゃんと話し合いなさいな」

「で、でも俺はティーナに大切な話が――！」

「私は貴方に話なんてないわ‼」

「ティーナ……！」

「ヴァルトマイスターさん、今日はもう遅いですし、ティーナさんだって疲れているはずですよ。こんな状態で話し合っては、上手くいくものもいかなくなります」

ベルタさんの言葉に説得されたらしいヴォルフは、ようやく私の腕を離してくれた。

「まーまぁ……」

ベルタさんに抱かれているトミーが、私に手を伸ばす。

この状況でどうすべきかわからず躊躇《ためら》っていると、トミーが「ふえぇっ……」と泣き出しそうになってしまった。それでたまらず、ベルタさんの腕の中からトミーを抱き上げた。

「……どうでしょう、ティーナさんは今夜、トミーと一緒に私の部屋に泊まっては？」

「えっ？」

思いもよらぬ提案に困惑していると、ベルタさんが優しく微笑む。

「トミー坊やはティーナさんから離れたくないようだし、かといって宿で坊やのお世話をするのは大変よ。私の部屋なら坊やのためのベッドやおもちゃもあるし、お客さん用のベッドもあるわ。もちろん、トミーのパパであるヴァルトマイスターさんが許してくれたらですけど」

「お、俺は構いませんが、トミーも一緒なんて、ベルタさんにご迷惑では……」

「まさか！　トミー坊やはいつでも大歓迎ですし、なによりティーナさんとは一度ゆっくりお話ししてみたかったの。ティーナさん、泊まっていってくれないかしら？」

こうして私はベルタさんの部屋に泊めてもらうことになった。


「寝間着《ねまき》はこれでいいかしら」

「あっ、ありがとうございます！」

「嬉しいわ。王都に来てからはずっとひとり暮らしだったの。だから、こうして誰かと一緒に寝るのはとっても久しぶり！」

ベルタさんは本当に嬉しそうに笑いながら、私に青いハーブティーを出してくれた。

「……これ、マロウのお茶ですか？」

「ええ、よく知ってるわねえ。喉《のど》にいいお茶なのよ」

さっき叫んだせいで喉が少し掠《かす》れていた。きっと、それを心配してくれたのだろう。

「このお茶、よくおばあちゃんが私たちに淹《い》れてくれたんです」

「そうなの？」

「はい。ヴォルフのおばあちゃんなので、この美しい青色とそっくりな瞳をしていました。それと……ベルタさんに、とてもよく似ていたんです」

「私に？」

「はい。もうかなり前に亡くなったので、顔をはっきりと覚えている訳ではないのですが、記憶の中にぼんやりとあるおばあちゃんとベルタさんはすごくよく似ていて」

それから私はハーブティーを飲みながら、ベルタさんにおばあちゃんのことをいろいろ話した。とても優しくて、どんなときも私たちの味方になってくれたこと。料理がとても上手だったこと、面白い昔話をたくさん知っていて、私たちにいろいろお話ししてくれたこと。そして——私たちはふたりとも、おばあちゃんのことが大好きだったことも。

「おばあちゃん、急に亡くなったんです。前日まですごく元気だったのに、翌日起きてこなくて。お別れもちゃんとできず、本当に悲しかった。そのせいか、ベルタさんといるとまたおばあちゃんに会えたみたいで嬉しくて。勝手に亡くなった人と重ねるなんて、失礼かとも思うんですが」

「失礼だなんて、そんなわけありません。むしろ……本当に嬉しいわ。実はね、私にも可愛い孫がふたりいるの。ちょうど、男の子と女の子でね。とっても可愛くて、本当にいい子たちで、でも、訳あって長いあいだ会えなくて」

「あの、ご家族とはどうして離れて暮らしていらっしゃるのですか？　あっ、もし答えづらければお答えにならなくても……」

「ふふ、大丈夫よ。仲違《なかたが》いしたとかではないから。私は家族が大好きだし、家族も私のことを大切に思ってくれているわ。でも離れなければならなかったのは、私には果たすべき役割があったから。こんなおばあちゃんだけど、私にしかできないことがあるんですって！」

その「果たすべき役割」が何かはわからなかったが、そう言ってにっこりと微笑んだベルタさんの笑顔は自信に満ちていて、なんだかすごく素敵だった。

時間の経過とともにマロウのハーブティーは色が変わる。ヴォルフやマルガレーテおばあちゃんの瞳の色だったそのお茶は、今は綺麗な紫色へと変化していた。

「このお茶にレモンを垂らすと色が変わるのは知っているわね？」

頷くと、ベルタさんはレモンを一切れ持ってきてくれた。

「レモンは酸っぱくて、少し苦みもあるけれど」

「えっ？」

「ときに、とっても素敵な変化をもたらすものよ。貴女たちにとって今回の経験が、そんなレモンのひとかけでありますように」

ベルタさんが願掛けをしてからそっとレモンを絞《しぼ》り入れると、紫色のお茶は魔法のように一瞬で美しいピンク色に変化した。「夜明けのハーブティー」と呼ばれるそのお茶は今、私たちの夜よりもひと足先に、夜明けのときを迎えたようだ。

ふと窓の外に目をやるとレモンを切ったような半月が、真っ暗な夜空にひときわ明るく浮かんでいた。

第三章★本当の気持ち

目覚めると、また見覚えのない天井《てんじょう》があった。しかも楽しそうにきゃっきゃと笑っているトミーの声まで聞こえてくる。

「あら、ティーナさんも起きたみたいね。おはよう」

「まーまっ！」

「おはようございます、ベルタさん。そしておはよう、トミー！　とってもいい子にねんねしてたのね！」

ヴォルフの妹であるマリアが一歳の頃は夜泣きがすごくて、隣の、うちの家まで毎晩その泣き声が聞こえていた。でもトミーは、昨夜はあれから一度も泣かなかった。その前にさんざん泣いたせいかもしれないが。

「トミー坊やはいつも本当にお利口《りこう》さんですよ。息子《むすこ》がこれくらいのときなんて、夜泣きがすごくて毎日寝不足だったわ」

「あっ、手伝います！」

早起きのベルタさんはすでに朝食の用意に取り掛かっていたので私も急いでベッドから出たが、「手伝いはいいから、身支度が済んだらトミーと遊んであげてね」と言われ、お言葉に甘えた。

トミーは上機嫌だったが、ヴォルフがいないことには困惑しているようだ。「ぱーぱ？」と周囲を見回しているので、「パパにはあとで会えるからね」と言うと、こくこく頷《うなず》いて笑った。

「さあ、朝食にしましょう！」

机の上にはいろんな種類のチーズやハム、ソーセージが並び、たっぷりのバターと木苺《きいちご》のジャムが、薄くスライスしたライ麦パンの横に添えられていた。

――そして、もうひとつ。

「うさぎりんご！」

「らあっ！」

「ふふふっ、可愛いでしょう？　トミーがこれを大好きなの」

「私たちのおばあちゃんも、よくうさぎりんごを作ってくれたんです。私もヴォルフも、りんごが大好きだから」

「そうだったのね。たくさんあるから、たーんとお食べ！」

笑顔も、その言い方までもがおばあちゃんそっくりで、込み上げてきた涙を私はうさぎりんごと一緒に飲み込んだ。

食後、私たちは王立公園に行った。広大な面積を有する自然豊かな公園で、天気がいいのもあり芝生広場でピクニックを楽しむ家族や、春の花々が香る花園を散歩する人々で賑《にぎ》わっていた。

私たちは今、公園中央の大きな池の周りをゆっくりとお散歩している。鏡面のようになって青空を映す池の上を白鳥が悠々と滑り、そこを「青い宝石」とも呼ばれるカワセミが、日の光に輝きながら飛んでいった。

「たあーっ！」

その羽根の色に心を奪われたらしいトミーだが、彼の瞳もまた青い宝石のように輝いていることを彼自身は知っているだろうか。

『私、青色の瞳が一番好きよ！　空と海の色だもの！』

ヴォルフとふたりで瞳の色の話をしていたときに、私がそう言ったことがある。

あの頃にはもうヴォルフへの恋心を自覚していたが、そのときはただ純粋に彼の瞳の色が本当に一番綺麗《きれい》だと思ったから、そう口にしたのだ。

でもそのあとでヴォルフが、少し口籠《くちご》もってから小さく呟《つぶや》いた。

『俺は……ティーナの緑色の瞳が、一番好きだ』

彼の言葉にも驚いたけれど、そのあとぱっと頬《ほお》を染めて俯《うつむ》いたヴォルフを見て、急に恥ずかしくなってしまった。その日はそのままずっとぎくしゃくして、でもずっと胸がぽかぽかしていたのを覚えている。

『もしかして、ヴォルフも私のことを好きなのかな？』――あの頃から、そんなことを考えるようになった。でも、ほかのことならなんでもヴォルフに話せるのに、ひとこと『私のこと好きなの？』と聞くことも、『私はヴォルフが好きよ』と言うことも、どうしてもできなかった。

あの頃にほんの少しだけ勇気を出せていたら、未来は変わっていたのだろうか。

そんな馬鹿げた「もし」を考えて、ひとり苦笑してしまった。

「……ねえティーナさん、もし話したくなかったらいいのだけど」

「ヴォルフとのことですよね」

「ええ」

もし昨夜あのままひとりでアパートに戻っていたら、一晩泣《な》き腫《は》らしたあとで今も部屋から出ず引き籠もっていたはずだ。

でもベルタさんは昨夜、一度もヴォルフとのことを聞かず私のそばにいてくれた。マロウのお茶を淹《い》れ、全て包み込むような温かな微笑《ほほえ》みを浮かべながら、私がマルガレーテおばあちゃんの話や故郷メルクブルクの話をするのをただずっと聞いてくれていた。

そのおかげで、気持ち的にはもうすっかり落ち着いていた。すっかり吹っ切れたというと嘘《うそ》になるが、少なくともこの春の陽気を楽しみ、小さなトミーがはしゃいでいる姿を見て素直に愛《いと》おしく思えるくらいには復活できた。

ベルタさんが一緒にいてくれて、本当によかった。そう思うと同時に、ベルタさんになら自分の気持ちを正直に話してもいいかなと思えた。

「少し……聞いていいいただけますか？」

「ええ、もちろん」

私たちは見晴らしのいい場所に腰を下ろした。綺麗な野花がたくさん咲いていて、トミーはその花々の真ん中に座って、花や蝶《ちょう》と戯《たわむ》れている。

その様子を眺《なが》めながら、私は再び口を開いた。

「小さい頃からずっとヴォルフのことが好きでした。そして彼もきっと同じ気持ちでいてくれてると思ってたんです。王都に発《た》つ前の晩なんて、『三年したら役職がついて結婚もできるようになるから待っててくれ』なんて。好きな人からそんなこと言われたら、勘違いしますよね!?」

「そうね、間違いなくプロポーズだと思うわねえ」

頷きながらベルタさんは言った。

「でも王都に行ったヴォルフは、たった二年で一児の父になっていました。正直……裏切られたと思いました」

「それは本当にショックよね。ティーナさんはもっと彼に怒っていいと思うわよ？」

「ですよね!?　あんの馬鹿ヴォルフ!!　思わせぶりなことばっかり言っといて、いったいなんのつもりだって感じで!!」

思わず語気が荒くなってしまうが、ベルタさんは優しく微笑んだまま頷いてくれた。

「ただ彼はトミーの母親の話を全然したがらないし、今更私のこと好きだとかなんとか言ってきて。だから、もしヴォルフが本気で反省するなら、私がトミーのお母さんになってあげるのも悪くないなあって……そんなことまで考えちゃって」

「ひどい裏切りを受けたと思っても許してあげたいって思うくらい、彼のことが好きなのね」

小さく、頷いた。自分でも本当に馬鹿だなあと思うけど、まさにその通りだったから。

「……でも昨日、ヴォルフがトミーに向かって話すのを偶然聞いてしまって、彼がトミーの母親を今も心から愛していると知ってしまったんです。そうしたらもう、わからなくなってしまった」

昨日の夜のことを思い出すと、今も胸がきゅうっと強く締め付けられる。

相手の女性に未練がなく、その上で彼が私を好きだと言うのなら、本当に甘いなあとは思うけど、彼の想いを受け入れるつもりだった。

でもそうじゃなかった。ヴォルフは今も思いっきり相手の女性のことを引きずっていて、帰ってきてほしい、やり直したいと想っているようだった。一夜の相手なんかじゃなく、「かつて愛した人」でもなく、今も本気でその人を愛しているのだ。

それだけでもものすごくショックなのに、そのくせトミーの母親代わりは必要だから、もっとも都合のいい相手として私にその役割を担わせようとしているらしい。

「好きだ」という言葉もあのキスも、全部そのためだったのかな。そう思ったら、もう無理だった。絶対に許せないと思った。

「彼を好きだから、なんとかして彼を許したい、彼の想いを受け入れたいって、思ってしまった。それが間違いだったんです。だからもう、決めました。私、村に帰ります。そしてもう、ヴォルフのことを想うのをやめます」

毅然《きぜん》と、そう言ったつもりだった。でもやわらかい真っ白なハンカチでベルタさんに頬を拭《ふ》かれ、自分がぽろぽろと涙を流していることに気がついた。

「たくさん、傷ついたのね。辛《つら》かったわね」

ベルタさんは私をぎゅっと抱きしめ、それから背中を撫《な》でてくれた。その優しい温《ぬく》もりでよけい涙が溢《あふ》れた。

「まーま」

小さな手が、私の手にそっと触れる。はっと見ると、トミーが私を心配そうな眼差《まなざ》しで見つめていた。

ヴォルフにそっくりな小さな坊や。ヴォルフと、彼が心から愛する女性との間に生まれた「愛の結晶」。そう思ったら、これまで感じたことのないくらい、この胸が苦しくなるのに。

「まーま、いいこ」

ベルタさんの真似《まね》をして私をぎゅっと抱きしめてくれるトミーの優しさと温もりに、不思議なくらいほっとしてしまった。

「ねえティーナさん、ヴァルトマイスターさんが昨日言っていたことですけど」

「昨日……？」

「彼が愛している『トミーのママ』というのは、本当にティーナさんのことなんじゃないかしら」

「や、そんなわけ……」

「この二年、ヴァルトマイスターさんは毎日朝から晩までお仕事で、ほかの騎士団の方がわざわざ来て、少しは休めって言ってるのを何度か見たほどだったわ」

休まなさすぎて休みを取れと言われていたというのは、ヴォルフ自身も話していたことだ。

「それで私は彼に、『なんのためにそんなに頑張ってるんですか』と聞いたことがあるの。騎士団員ならお金に困ることもないはずなのに、不思議だったから。すると彼、なんて答えたと思う？」

私が首を傾《かし》げると、ベルタさんはにっこりと笑った。

「『故郷に、将来を誓い合った女性がいるんです。その人をできるだけ早く迎えに行きたくて』って」

「えっ」

それが本当なら、出発前夜のあれは私の思い上がりなどではなく、本当にプロポーズだったということだろうか。同僚の人に言っていた「将来を誓い合った女性」というのも、本当に私のことだったのだろうか。

「……でもそれなら、もっとひどいです。結婚を約束している相手がいるのに、ほかの女の人とそういう関係になったってことじゃないですか」

「ええ、そうかもしれないわね。でもこの二年、彼はいつもティーナさんのお話をしていましたよ。ほかの女性の話なんて、ただの一度もしなかったのに。そして貴女《あなた》のお話をするとき、いつだって彼はとびきり優しい表情だった。その女性を本当に愛しているのだとわかったわ」

——馬鹿だなあ、私。この期に及んで性懲《しょうこ》りもなく、こんなに嬉《うれ》しいと思っちゃうなんて。

「まーま」

私を小さな身体《からだ》で一生懸命抱きしめてくれていたトミーが、今度は私に抱っこをせがむ。それで抱き上げてやると、嬉しそうににっこりと笑った。

「……ふふっ！」

突然声を上げて笑った私を見て、ベルタさんが不思議そうに首を傾げた。

「ベルタさん、私の話を聞いて慰《なぐさ》めてくださって、本当にありがとうございます。そしてトミーも、ありがとうね。ふたりのおかげで、決心がつきました」

「決心？」

「私、ヴォルフともう一度、話してみます。そして今度こそ、私の気持ちを伝えようと思います」

「ティーナさん……」

「ベルタさんのおかげで、気づきました。トミーのお母さんのこととか、ヴォルフの本当の気持ちとか、私はまだなにも聞けてない。いろいろうやむやにしたまま村に帰っても、きっと後悔すると思うんです。だったらこれが最後の機会だと思って、素直に全部ぶつけてみようと思います」

「そう。ええ、それがいいと思うわ！」

ベルタさんはにっこりと微笑んだ。

「馬鹿ですよねえ、この期に及んでまだ彼への想いを諦《あきら》められないんです。真正面からぶつかって玉砕《ぎょくさい》でもしないと、いつまでもいつまでも引きずってしまいそうだから」

「馬鹿なんかじゃありませんよ。それだけ相手を深く想えるのは、とっても素敵なことだもの」

ベルタさんの優しい笑顔ににっこりと微笑み返すと、清々《すがすが》しい気持ちで真っ青な空を見上げた。

◆　◆　◆

……後をつけて来てしまった。こんなの、まるでストーカーみたいじゃないか。

公園で小さなトミーの手を握るティーナが、優しい微笑みを向けている。この一ヶ月、いやそれよりももっとずっと前から、この幸せな光景を俺は何度も夢想したものだ。

だがまさかそれがこんな形で、こんなに早く実現するとは思わなかったし、しかもそんなふたりの隣にいるのが俺じゃなくて大家のベルタさんで、俺自身はというと複雑極まりない心境で彼らの後ろを犯罪者みたいにこそこそついて回ることになるとはな……。

普段は「蒼玉《そうぎょく》の王子様」なんて馬鹿げた呼び名から逃《のが》れるために身につけている長いコートは今、俺の不審者感を増すのに大変効果的な役割を果たしている。

このままだと職務質問されそうなレベルだが、それで俺とバレれば王立騎士団員としてとんだ恥《はじ》晒《さら》しだ。

だが今、そんなことを気にしている余裕はない。

あの男かその手先がいて、俺のいない隙を狙いティーナたちに危害を加えないとは限らないのだ。さすがにこれだけ賑わっている場所でそんなことは起こらないとは思うが、用心するに越したことはないだろう。

三人の後を追いながら、昨夜のことを思い出す。

ティーナは、ひどく泣いていた。誤解とはいえ、愛する女性をまた泣かせてしまった罪悪感に、胸が痛んだ。

――だが同時に、仄暗《ほのぐら》い喜びも覚えてしまったのだ。

あの言葉をティーナは完全に誤解していた。だがそれであんなに取り乱して泣いたということは……彼女もまだ、俺のことを想ってくれているってことだ。――たぶん。

ティーナはもうすっかり落ち着いているように見える。トミーと仲良く歩くその姿はどう見ても幸せな母子で、その夢のような光景に、感動で胸が震えた。

だが、俺がしっかりしなければ、この美しい光景は本当に夢となって消えてしまうかもしれないのだ。なにより大切なあのふたりを、なんとしても守らなければ。

三人が、池の近くの芝生に座る。そばでトミーを遊ばせながら、何やら話し込んでいるようだ。俺のこととか話しているのかなと思うと、気持ちが落ち着かない。

ふいに、ベルタさんがティーナをぎゅっと抱きしめた。どうやら彼女を慰めてくれているようだ。誤解とはいえ、俺が彼女を傷つけたのに彼女に謝罪もできないままこうして遠くから見守ることしかできないことに、強いもどかしさを覚える。

そのとき、背後に視線を感じて、ぱっと振り返る。

するとさっと身体の向きを変えた、ひとつの人影を目の端に認めた。

俺と同じような長いフード付きコートを着用している人物だ。体格からして、男性だろう。顔は見えないが……明らかに、不審者である。何者なのか、突き止めなければ。

その人物にゆっくりと近づいてみる。するとその男はまるで俺から逃げようとするかのように、進行方向を変えた。

やはり、怪しい。こうなったら直接問い詰めて――。

「ヴォルフ？」

その声に驚いて振り向くと、ティーナが俺のすぐ後ろに立っていた。

「やっぱりヴォルフだ。ねえ、こんなところでなにしてるの？」

ど……どうして、気づいたんだ!?　コートのフードで、顔もしっかり隠してたのに――！

はっと、さっき男がいたほうを見る。すると長いコートの男が、小さな子どもと遊んでいるのが見えた。

あれ？　子連れ……だったのか？　俺を監視しているように感じたのは、ただの気のせいだったのだろうか。

「そっちに何があるの？」

「あっ、いや！　知り合いかと思ったんだけど、人違いだったみたいだ」

「そうなの？　で、だったらどうしてこんなところにひとりでいるの？」

「それは……その……」

こっそりつけていたなんて知ったら、気持ち悪いと思われるだろうか。

不安になり、何も答えずに固まっている俺を見て、ティーナがなぜか微笑んだ。その笑顔の意味が分からず、困惑していると。

「ねえヴォルフ、あとで貴方《あなた》の部屋に行っていい？」

「……へっ？」

思いもよらぬ提案に、混乱はさらに深まる。

「だめなの？」

「い、いや！　今すぐ来てくれて全然問題ないけど、ただその……少し驚いて」

「考えてみたら、貴方に作ってあげるつもりで昨日いろいろ食材を買い込んだのに、結局まだ何も作ってないでしょ。だめになっちゃう前に作ってあげたくて。だからこのあと、行っていい？」

「え、あっ、ああ、もちろん！」

「よかった。それと……そのあとで、少し話したいこともあるし」

ティーナは昨日泣いていたときとは全く違う、とても清々しい笑顔でそう言った。

俺は、その場で卒倒するかと思った。その表情から、彼女がすっかり吹っ切れたのだとわかってしまったからだ。

きっと彼女は、心を決めたのだ。そしてそれは、俺にとって恐ろしい決断かもしれない。完全に俺を身限り、今日を最後にもう関わってくるなと言い渡して、村へ帰るつもりなのかも――。

――だとしても俺は、絶対諦めない。身勝手と言われてもいい、ダサくてかっこ悪いと思われてもいい。どんな手を使っても、ティーナの心を繋《つな》ぎとめてみせる。

「ああ、わかった。俺からも、君にとても大切な話があるんだ」

「そう。わかったわ」

はっと、振り返る。また視線を感じた――気がしたのだが。

「どうしたの？」

「……いや、なんでもない」

気のせいか。――昨夜はほとんど眠れなかったから、少し神経質になっているのかもしれないな。

ベルタさんに抱かれてやって来たトミーが、俺のほうに一生懸命その手を伸ばしている。

「ぱーぱっ、だっこ！」

「ああトミー、おいで」

ベルタさんからトミーを受け取ると、トミーはとっても嬉しそうに笑った。

「トミー坊や、ずっとパパを探して、会いたがっていましたよ」

「ベルタさん、昨夜も今日も、本当にありがとうございました。そして、こんなことに巻き込んでしまって本当に申し訳ありません」

「いいんですよ、そんなこと。むしろ、ティーナさんとたくさんお話しできて、とっても楽しかったです」

ベルタさんはにっこりと笑い、それからそっと、俺にだけ聞こえる小さな声で呟いた。

「大丈夫。ちゃんと素直に伝えれば、貴方の想いはきっと伝わるわ」

俺は静かに頷き、三人とともに公園を後にした。

◆
◆
◆

「うまっ！　えっ、これなに⁉」

「これね、お父さんが大好きだった料理なの。お父さんの生まれ育った土地の伝統料理で、名前が『天と地《ヒンメルウントエアデ》』って言うんだって」

「そっか、おじさんが……」

「コンポートのりんごが『天』を、マッシュポテトが『地』を表してて、上に載ってるブラッドソーセージとよく合うでしょ？　お父さんが亡くなってからずっと作ってなかったらしいんだけど、ヴォルフに作ってあげたらいいって、お母さんが教えてくれたの」

「……わざわざ、俺のために？」

「だってヴォルフ、ジャガイモもりんごも大好きでしょ？」

ヴォルフはとても嬉しそうに笑った。

レンズ豆のスープも大好評で、トミーもすごく気に入ってくれたようだ。りんごのコンポートもマッシュポテトもスープも、ちょうど赤ちゃんが食べやすいもので本当によかった。

——昨夜あんな風に別れたのに、私たちは不思議なほど「いつも通り」だ。それがとても楽で、安心して……でもドキドキもして、すごく楽しい。ちょっとしたやりとりの中で「ああ、やっぱりこの人が好きだなあ」って、何度も何度も思うのだ。

ヴォルフとのこの空気感が、本当に好き。絶対に失いたくない、私のとても大切なもの。

だからこそ今夜、私は勇気を出さなければいけない。今逃げてしまえば、この大切なものだってきっと永遠に失われてしまうから。

ヴォルフが後片付けは自分がやるからトミーを構ってやってくれというので、お言葉に甘えてトミーとのんびり過ごさせてもらった。

片付けのあとでヴォルフがお茶を淹れてくれた。それがまたマロウのお茶で、「昨日ベルタさんも私に淹れてくれたのよ」と言うと「そんなところまで本当にばあちゃんそっくりだな」とヴォルフも驚いていた。

そのタイミングで呼び鈴が鳴り、ヴォルフが出ると噂《うわさ》をすればのベルタさんだった。実は夕食も一緒にと誘ったのだが「少し用事があるから」と断られたのだ。

もう、用が済んだのかもしれない。夕食は終わってしまったがデザートはまだ残っていたので、「中でデザートだけでも召し上がりませんか」とお誘いしたのだが。

「お誘いは嬉しいのだけど、貴方たちにはまだ、先に済ませるべきことがあるはずですよ」

優しく微笑んだベルタさんは、今夜一晩トミーを預かるから、時間は気にせずふたりでしっかり話し合いなさいと言った。

「ですが、昨夜もお世話になってしまったのに」

「そんなこと気にしないの！　私は貴方たちふたりが大好きなの。もちろん、トミーもね。だからちゃんと不要な誤解は解いて、仲直りしてほしいわ」

「ベルタさん……」

「ふたりには、とにかく話し合う時間が必要だと思うわ。そこに赤ちゃんがいたら気が散るでしょ。

だから遠慮しないで。私にとってトミー坊やをお世話するのはご褒美《ほうび》みたいなものですからね！」

私たちはベルタさんのご厚意に甘えることにした。

「ベルタさん、本当にありがとうございます。では、トミーのことお願いします。トミー、ベルタさんのところでちゃんといい子にするんだぞ」

「あい」

こくんと頷いたトミーだったが、なぜか、小さなその手で摑《つか》んでいる私の指を離してくれない。

「トミー？　どうしたの？」

「ぱーぱ」

トミーはもう片方の小さな手をヴォルフの指のほうへ伸ばす。困惑しつつヴォルフがそっと手を差し出すとトミーは小さな手でヴォルフの指をしっかりと握りしめ、ぎゅっと引き寄せた。

ちょんと触れる、ヴォルフと私の指と指。

はっと顔を上げると、思ったより近くにヴォルフの顔があって、少し驚いてしまった。

「ふふふっ、どうやらトミー坊やも、ママとパパに早く仲直りをしてもらいたいみたいね」

どう反応すべきかと戸惑《とまど》いつつヴォルフの反応を窺《うかが》うと「ああ、トミーありがとう。パパ頑張るからな」なーんていうものだから、よけい困ってしまった。

◆　◆　◆

「さあさあ坊や、私のお部屋に行きましょうね」

天使のように愛らしいトミーを抱きながら、私は一階にある自分の部屋へと降りる。

少しも不安でないといえば……まあ、嘘になるわね。でも、これくらいのことでふたりの関係が終わるなんてことは、正直全く心配していない。

部屋に着き、小さなトミーをベビーベッドに寝かせる。

「ばーば」

「おやおや、こんな時間だというのに、まだ眠くないようねえ？」

「うー」

「それじゃあ私がお歌を歌ってあげましょう。貴方のパパも、大好きだった歌よ」

歌い始めると、トミーが真っ青な瞳をきらきらさせてじっと私を見つめる。まるで、過去にでも戻ったような錯覚《さっかく》に陥《おちい》る。

——ふふっ！　でもそれでは、「真逆」なのにねえ？

子守唄《こもりうた》の三曲目でトミーはうとうとし始め、五曲目でぐっすり眠ってしまった。天使のようなトミーの寝顔を眺めながら、今頃話し合っているふたりのことを考える。

この数日、どれだけ私が介入すべきなのか、ずいぶんと悩まされた。私が間に入れば、お互いの誤解を解いてあげることは簡単にできたはず。そうすればすれ違いは起こらず、あのようにふたりを苦悩させることもなかっただろう。

でもこの二年、ティーナのことを想ってずっと頑張っていたあの子を見ていたからこそ、部外者である私がふたりの関係に介入するのはよくないと思った。

ふたりなら、この試練も乗り越えられるだろう。むしろこの経験が、ふたりをより強い絆《きずな》と愛情とで結びつけるはず。

すやすやと気持ちよさそうに眠る愛しい赤ん坊に、そっと語りかける。

「大丈夫よ、トミー。パパもママも、お互いをちゃーんと信じてるし、心から愛し合っているもの。きっと全部、うまくいくわ」

第四章★告白

ベルタさんがトミーを連れて行って、私とヴォルフふたりきりになった。

さっきまで座っていた椅子に座り、ヴォルフが淹《い》れてくれたマロウのお茶をひとくち飲む。

「「ええと……」」

ぶはっと、ふたりで吹き出す。

「また、完全に被《かぶ》ったな」

「そうだね」

「で、その……話だけど」

ヴォルフの言葉を遮る。

「ねえ、覚えてる？　二日前にもこうして被ったとき、貴方《あなた》に先に話してもらったの」

「ああ、覚えてるよ」

「だから、今度は私から話すね」

「えっ？」

「だめ？」

「い、いや、いいけど……」

いいとは言いながら、私から話すことにヴォルフは少し焦《あせ》っているようだ。

彼からもなにか大切な話があると言っていた。ようやくトミーのお母さんの話を私にしてくれる気になったのかもしれない。

先にその話を聞いてしまいたい気もする。でもその話がどんなものであれ、私は彼にこの想いを伝えると決めたのだ。彼の話を聞いて決心が鈍る前に、ちゃんと伝えたかった。

「じゃあ話すね。私、恋人なんていないわ」

「……えっ？」

「嘘《うそ》を吐《つ》いたの。貴方に子どもができていたのがショックで、裏切られたと思った。だから私にも恋人ができたって言ったのよ。そう言ったら、貴方も少しは嫉妬《しっと》してくれるかなーって」

ヴォルフは目をまん丸くしたまま、固まっている。

「で、話っていうのはね。本当は二年前に、貴方に伝えるはずだったことよ。ほら、出発の前の晩に一緒に星を見たでしょう？」

ごくっと、ヴォルフが唾《つば》を呑《の》む音が聞こえた。こんなに静かでは、私の心臓の音も彼に聞こえてしまうんじゃないだろうか。平静を装ってはいるけれど、ものすごく大きく鳴っているから。

「ヴォルフ、私ね、貴方のことが好きよ」

「――っ!!」

「本当はあの日、貴方に告白するつもりだったの。だけど先に貴方がまるでプロポーズみたいなことを言うから舞い上がっちゃって、伝えそびれちゃったわ」

「ティーナ、本当に……？」

「こんなことで嘘吐いたって仕方ないじゃない。で、貴方は私に、トミーの母親になってほしいのよね？　その気持ちがまだ変わっていなくて、貴方が条件を飲むっていうなら私、トミーの母親になるわ」

「条件……って？」

「もう、私に嘘を吐かないで」

「へ？」

「まだ貴方がトミーのお母さんを好きなら好きでいい。でもそれなら、トミーに母親が必要だからって理由で私を口説《くど》こうとするのは止《や》めて」

「そ、そんなこと、したことない！」

「あと、私を選ぶと言うのなら、いつかトミーの母親が帰ってきても私は貴方と別れてあげないし、トミーのことだってその人に渡さない。それでもいいなら私、トミーの母親になるわ」

呆気《あっけ》に取られたような表情を浮かべて、ヴォルフは固まっている。

「……どうする？」

じっと私を見つめたまま何も答えないヴォルフに、返事を促《うなが》す。

「ははは……ああ、馬鹿だなあ」

「なっ――!?」

一世一代の告白に対して、馬鹿とはなんだ、馬鹿とは！　憤慨《ふんがい》して抗議しようとするが、言葉を発する前にヴォルフに強く抱きしめられてしまった。

「ちょ、ちょっとなにを――！」

「馬鹿だな、俺。本当に……救いようのない馬鹿だ」

私の肩の上で、鼻をすする音。見れば、ヴォルフのサファイア色の瞳から透明な涙が零《こぼ》れていた。

「――えっ!? ちょ、ちょっとヴォルフ、貴方泣いてるの!?」

ヴォルフが泣くのを見たのは、たぶんマルガレーテおばあちゃんが亡くなったとき以来だ。でもあのときはまだ八歳だったから、もうすぐ十八になる彼の涙に、ものすごく動揺《どうよう》してしまう。

「恥ずかしいから、あんまり見ないでくれ……」

ええぇ……そんなこと言われても……見る。

「……ねえヴォルフ、本当に大丈夫なの？」

「ああ、大丈夫だよ。ただ、嬉《うれ》しかっただけだから」

そっか、嬉し泣き。

「ってことは、条件を飲むってこと？」

私の質問に、ヴォルフは泣きながら笑った。

「ああ、もちろんだ！」

「じゃあもう絶対に嘘吐いちゃだめだからね!?」

「誓うよ。そもそも俺、君に嘘を吐いたことないし」

「あーっ、さっそく嘘！」

「嘘じゃない。俺は君には嘘を吐けないんだ。ただ、秘密にしたことならある。そしてそのせいで君を誤解させて、傷つけて。嘘吐きだって思わせてしまったのかもしれない。だから、そのことは本当にごめん。どうか……許してほしい」

「許すかどうかは、その秘密っていうのを教えてもらってから決める」

ヴォルフはそっと私から身体《からだ》を離すと、まだ涙で潤《うる》むその青い瞳でじっと私を見つめた。

「そのことを今夜、君に話すつもりだった。もっと早く話すべきだったんだ。でも、俺がひとりで君を守ってみせるなんて馬鹿なエゴから真実を隠し、そのせいで結局君を不安にさせて、傷つけてしまった。俺が……馬鹿だったんだ」

ヴォルフは私の両手をそっと取り、優しく包んだ。

「ティーナ、いっぱい不安にさせてごめん。何度も泣かせてしまって、本当にごめん。もう二度とあんな風に君を悲しませないって約束する。だから……俺の話を聞いてくれるか？」

「……いいけど、もし納得いかなかったら平手打ちしてやるから」

「ああ、していいよ。何発でも、気が済むまで殴《なぐ》っていい。だから、最後まで聞いてほしい」

「わかったわ」

「ありがとう。ええと、なにから話そうか。そうだ、まずは最大の誤解を解きたい」

「誤解って？」

「ティーナはトミーのことを俺がこっちに来て二年の間に、誰か君の知らない女性に産ませた子だと思ってるよな？　だけどそれは、本当に違う」

「……なら、トミーはいったい誰なの？」

「ティーナ、覚えてるか？　おじさんが亡くなった日の夜のこと」

「なんでそんなこと急に」

「いいから答えてくれ。あの夜のことを覚えてる？」

「そんなの……忘れるわけない」

それどころか今も、昨日のことのように鮮明に思い出せる。それまでの人生でもっとも悲しく、
でも、とても優しい一夜の記憶だ。

もともと身体の弱かった父は、私が十歳の頃に亡くなった。

父が亡くなったのは、夕方だった。父のことを大好きだった母は、死んでもう動かなくなった父に縋《すが》り付きながらずっと泣いていた。私はそんな母が可哀相《かわいそう》で、ずっとそばについて、母の背中を撫《な》でてあげていた。

それから夜が来て、寝る時間になって、ベッドに入らされて。でもまだ、父の眠っている部屋に戻った母がずっと泣き続けているのを知っていた。私は眠れず、かといって泣くこともできず、なんだかまるで夢を見ているみたいな気分で天井《てんじょう》を見ていた。

そんなとき、窓をノックする音が聞こえたのだ。驚いたが、そうやって私の部屋を訪ねてくるのはヴォルフだけだ。それで窓を開けると、ひょいっとヴォルフが私の部屋の中に入ってきた。

「おじさんが亡くなったって、母さんに聞いて。時間も遅いし、今はそっとしておいてあげろって言われたんだけど……ティーナが泣いてるか、心配になった」

「……泣いてないよ」

「うん、そうだろうと思った。母さんもそう言ってたし。だから、来てよかったよ。ティーナは、きっと泣けないだろうと思ったから」

その言葉の意味がわからず困惑していると、急にヴォルフは私をぎゅっと抱きしめた。

「泣いているおばさんを見て、自分は泣いちゃだめだって思ったんじゃないか？　自分が泣いたら、お母さんを心配させてしまうって。そうしたら、お母さんが泣けなくなっちゃうって」

驚いて、声も出なかった。

ヴォルフの言った通りだった。「泣いちゃだめだ、お母さんがもっと悲しむもの」そう思ったら、ひっこんだ涙はもう出なくなっていた。

「ティーナは、優しいからな。いつも、誰よりも優しいから、勝手にいっぱい我慢《がまん》してしまうんだ。いつもほかの人を優先して、自分が我慢すればいいって思ってる」

私を強く抱きしめるヴォルフが、優しく背中を撫でる。

「でも俺は、ティーナに我慢してほしくないよ」

「えっ？」

「ティーナ、トーマスおじさんが大好きだったじゃないか。早く元気になるようにって、たくさんお祈りもしただろ。それなのに死んじゃって、本当はすごく……ものすごく悲しいよな」

ヴォルフの抱きしめてくれる温度が、背中を撫でてくれる優しさが、私の気持ちを私以上に理解してくれているというその事実があんまり嬉しくて、熱い涙がぼろぼろっと零れた。

「ふっ……ううっ……お父さん、どうして……！　どうして死んじゃったのよ！　絶対に、元気になるって約束したのに！　私が綺麗《きれい》な花嫁さんになるのを絶対この目で見るんだって、嬉しそうに言ったくせに!!」

一度溢《あふ》れ出した涙は、もう止まることを知らなかった。私はヴォルフの腕の中でひたすら泣き続けて、その間ずっとヴォルフは私の背中を優しく撫でてくれていた。

ヴォルフのことをずっと好きだった。でも――それが明確な恋に変わったのは、たぶんあの夜だと思う。

「あのときヴォルフが来てくれなかったら、そして私を泣かせてくれなかったら、私はもっと長くお父さんの死を引きずっていたと思う。あのときは本当にありがとう」

ヴォルフは恥ずかしそうに頭を掻《か》いたが、「じゃああの約束も覚えてる？」と言って、なんのことだろうと首を傾《かし》げると、「ああ、やっぱり覚えてないか」と、少し残念そうに笑った。

どうやらまだ、忘れている何かがあるらしい。

「あのあと、俺と一緒に寝たの、覚えてる？」

「えっ？　ああ、そういえばそうだったわね。たしかあのまま……」

あの夜、私は泣き疲れてそのままヴォルフの腕の中で眠ってしまった。翌朝私の母と、ヴォルフの姿が見えないので朝一番でうちにやってきた彼の母親に見つかるまで、私たちはお互いを強く抱きしめたまま眠っていたのだった。

でも眠ってしまう前の「約束」というのは本当に覚えていない――いや、そう言われてみると何か言われたような気がしなくもないが……。

首を傾げたまま考えていると、少し呆《あき》れ顔《がお》のヴォルフにちょんっとおでこを突《つつ》かれた。

「『いつか俺たちに子どもができたら、男の子ならおじさんの名前を取って、トーマスにしよう』」

その言葉で、あのときの記憶が鮮明に蘇《よみがえ》る。十歳のヴォルフの笑顔と、そのあとの――額への、とっても優しいキス。

「ヴォルフ、あのとき私のおでこにキスした！」

「やっと、思い出したんだな？　ティーナめ、俺からのファーストでこちゅーを忘れるとは」

嬉しそうに笑うヴォルフを前に、顔がぶわあっと熱くなった。

そうだ、当時の私には額へのキスでも相当な衝撃で、恋心を自覚した直後だったのもあってその衝撃がさらに増して——結局、あの出来事を忘れることで、なんとか平常心を保ったようである。

「キスしたらティーナ、気絶するみたいに寝たからな。声かけても、名前を呼んでも起きないし。びっくりして、寝息が聞こえ始めるまで生きた心地がしなかった」

私がすっかり忘れてしまっていたそれは、どうして今まで忘れていられたんだろうってくらいに甘く、そして優しい記憶だった。

「で、そのときの約束を果たしたから、あの子はトーマスなんだよ」

一瞬意味がわからずぽかんとしてしまったが、まもなくはっと気づいた。

「えっ！　ま、まさかヴォルフ、あのとき私と約束したから、自分の息子《むすこ》に私のお父さんの名前をつけちゃったってこと!?」

あの日の約束を覚えていて、それを律儀《りちぎ》に守ってくれたことはたしかに嬉しいが、それはちょっと違うんじゃないだろうか。

「いやその、俺の息子っていうか……『俺たちの息子』だから」

「はい？」

「君が来た初日に俺が中央駅で言ったこと、覚えてるか？　『この子は、俺と君の子だ』って」

「……まあ、覚えてはいるけど」

「ティーナ、あれは事実なんだ。トミーは、あの小さなトーマスはほかでもない、俺たちの息子だ。

数年後の未来からやってきた、俺と君の息子なんだよ」

「……ねえヴォルフ、さすがにそれは無理あるよ？」

呆れるが、悪い冗談にしてはヴォルフの顔は真剣そのものだ。かといって、「はいそうですか」と信じるには、あまりに突拍子もない話である。

「信じ難《がた》いのはわかる。でも、それが事実なんだ。証拠だってある！」

勢いよく立ち上がったヴォルフは、ベッドのサイドテーブルから手のひら程の箱を取り出した。

「一ヶ月前の朝だ。突然、目の前に光の塊が出現して、魔物かと思った俺はそばに置いていた剣をすぐさま手に取って構えた。だがその強い光が弱まるにつれ、赤ん坊であることに気がついたんだ。それが、トミーだった」

「そ、そんなの信じられるわけ……」

「トミーは、この箱を抱いていた。この箱の中にあるものを見れば、君も俺の話が嘘じゃないとわかるはずだ」

ヴォルフは私にその箱を渡した。困惑しつつそれを開けた私は、目を疑った。そしてすぐに自分の右手にそれがちゃんと嵌《は》まっているのを確認し、その上で私は箱の中にあるもうひとつの指輪に、再び驚愕《きょうがく》の眼差《まなざ》しを向けた。

「どうして……どうしてお父さんの指輪が、ふたつあるの？」

私の父であるトーマス・ヒンメルは誰にも真似《まね》のできない精巧な作品を生み出す、金細工師《きんざいくし》だった。そんな父の最高傑作ともいえる指輪が、父が私に遺《のこ》したこの指輪だ。

一見、普通の金の指輪に見える。しかし近くで見れば、それがどれほど精緻《せいち》で美しい彫金の施された特別な指輪であるかがわかるだろう。

多少デザインが違っていたとしても、これほどの技巧で彫金できる人間が父のほかにいるなんて思えない。

実際、父の特別な技術を求めて国外からの依頼も多数あったほどだ。その収入があったからこそ、父が亡くなった後も母と私は大きな不自由なく生活を続けることができた。

例のドレスメーカーには素晴らしい宝飾品も数多く販売されていたが、彫金技術は父の足元にも及ばないと感じた。父と同じレベルの金細工師は、ここ王都にも存在しないようだ。

にもかかわらず、この箱の中にある指輪はその彫金技術はもちろん、デザインも細部に至るまで完全に同じなのである。

父の作品で目が肥えている私にはわかる。間違いない。このふたつの指輪は、全く同じものだ。

本当ならありえないことだが、しかしそうとしか考えられない。

「ティーナ、これは君の指輪だ。ただしこれは君が未来の息子であるトミーに持たせた、未来から来た君の指輪なんだ」

トミーが未来から来たなんて、ありえないことだと思った。でもこの指輪がもうひとつ存在するということは、もしかしたら本当にトミーは……。

「指輪の下にあるものも、少し長いけど読んでほしい。俺が説明するより、それを読んでもらったほうが正確に伝わると思うから」

箱の中の封筒には、分厚い手紙の束が入っていた。そしてその字を見たとき、私は固まった。

「――嘘、これ私の字だわ！　でも私、こんなに長い手紙を書いたことなんて一度もないのに」

「それもそのはずだよ。だってこれは未来の君が過去の、つまり今の俺に宛《あ》てて書いた手紙なんだから」

困惑しつつ、その分厚い手紙を読み始める。

「親愛なるヴォルフガング　突然驚かせてしまってごめんなさい」——そんな言葉で始まる未来の私を名乗る存在からの手紙には、信じられないようなことばかりが書かれていた。

「トミーが……魔力保持者？」

「ああ。それも、超特級の」

「えっ、でも魔力って遺伝性でしょう!?　魔力なんて、私たちどっちも持ってないのに！」

「持ってるんだよ、君が」

「わ、私!?」

「この手紙によるとティーナ、君は魔力保持者だ。そして君の父親であるトーマスおじさんもな」

ありえない。だって、これまで一度も魔法なんて使えたことがないのに。

しかし、ヴォルフに促されるまま手紙の続きを読み進めると、そこには私の知らなかった、父の出自に関する驚くべき事実が記されていた。

トーマス・リンデマン、それが父の本名だった。リンデマンと言えば、今はなき魔塔の魔塔主を代々担った家門。父は、その次男として生まれたという。つまり、現リンデマン公爵ウルリヒの弟で、「塔の魔法使い」だった。

しかし例の大事故によって魔塔は壊滅、魔力が特別優れていた父は一命こそ取り留めたものの、重傷を負った。

そんな父の命を救ったのが、私の母、ユリアーネだったという。

彼女は父親とともに王都を訪れており、魔塔から少し離れた川のそばを通っていたとき、川辺に倒れるトーマスを発見した。

瀕死《ひんし》のトーマスをユリアーネは父親と街へ運んで治療を受けさせると、仕事がある父親が先に村へ帰ってからもひとりで王都に残り、トーマスが目覚めるまで懸命に看護した。そして目を覚ましてからも、彼がひとりで動けるようになるまでずっと献身的に支えたようだ。

そうしてトーマスがすっかり元気になるころには、ふたりはお互いを深く愛するようになっていたという。

ユリアーネの実家があるメルクブルクの村に一緒に戻ったふたりはまもなく結婚し、トーマスは母方の姓であるヒンメルの家名を名乗って金細工師として生計を立てるようになった。そのうちにクリスティアーナ、つまり娘の私が生まれたのだという。

しかし父トーマスは、例の塔の大事故に巻き込まれた際に負った怪我《けが》の後遺症で、身体がとても弱くなってしまった。私が生まれて以降はそれが顕著《けんちょ》となり、自分の先が長くないことを悟った父はあることを準備した。それこそが「指輪」の作成だったという。

父は例の魔塔の事故をただの事故だとは思っていなかった。というのも、あのとき唯一塔の外にいたことで無傷で生き残った彼の兄ウルリヒが、彼らの父である魔塔主リンデマン公爵《こうしやく》と事あるごとに対立していたのをよく知っていたからだ。

特に事故の少し前に、公爵が次期当主として兄ウルリヒではなく弟トーマスを指名したことで、両者の関係は最悪となった。まさにそんなときに、例の大事故が起こったのである。

――あの事故は、兄のウルリヒが仕組んだことではないか。その疑念をトーマスが抱いたのは、至極当然のことだった。

ただ魔塔は完全崩壊し、彼が目覚めたときにはすでに瓦礫《がれき》も撤去《てっきょ》されていた。たとえウルリヒが何かを仕組んでいたとしても、証拠を見つけることはもはや不可能だった。

それでも、魔塔唯一の生き残りとしてリンデマン公爵の爵位を継いだ兄が満足げに微笑《ほほえ》む様子を新聞で目にしたとき、トーマスは自分の悍《おぞ》ましい推測が残念ながら正しいことを痛感した。

家族同然の仲間の魔法使いを皆殺しにし、実の両親と弟も容赦《ようしゃ》なく殺してこの国唯一の魔法使いとして権力を得ることをウルリヒは望んだのだ。

魔塔での爆発による犠牲者《ぎせいしゃ》たちは遺体の損傷が激しく、個人の判別ができなかった。そのため塔にいた魔法使いは全員死亡という扱いになっており、「トーマス・リンデマン」の名も死亡者リストに上がっていた。そのおかげでトーマスの生存をウルリヒは知らない。

――だがもし、弟である自分が生き伸びて娘までいると知れば、ウルリヒはなんの躊躇《ためら》いもなく自分たちの命を奪おうとするのではないか？

その予感にトーマスは戦慄《せんりつ》し、自分たち親子の存在を決して兄ウルリヒに知られてはならないと思った。そうして作ったのが、あの指輪だった。

「おじさんが君に贈ったその指輪には、強力なふたつの魔法がかけられているらしい。その魔法というのが、『魔力封印』と『保護魔法』だそうだ」

手紙によると「魔力封印」の魔法がかかったものを身につけると魔法使いは魔力を発揮することができなくなるが、同時に魔力を無意識に使ってほかの魔法使いに魔力を感知されるという心配もなくなる。魔法使いが、己の正体を隠すときに使うものらしい。

　もうひとつの「保護魔法」は、身につける者を危険から守ってくれるという。

魔力を有するものは本来、その身に降りかかる危険から自分の身を本能的に守ることができる。

だが「魔力封印」はその防衛本能さえ無効化するので、魔力を封印されている者を守るため補助的にかけるのがこの「保護魔法」だという。

　なお、「保護魔法」でも対処しきれない危険に晒《さら》されたときには魔力封印が解除され、以降指輪には保護魔法だけが残るようになっているそうだ。

　父の出生を含むこれらの事実は、結婚のときに渡すようにと父が母に預けた手紙に詳細に書かれていたらしく、未来の私は結婚前夜、ヴォルフとともにこの手紙を読んだようである。

　魔法のことはよくわからないし、自分が魔法使いだなんて、正直まだなんの実感も湧かない。

　ただ、父はこの指輪を私にくれたとき、これを「お守り」だと言った。もしいつか自分が死んでしまってもこの指輪が必ず私を守ってくれるから、肌身離さずつけていなさい、と。

　おまじない程度のものだと思っていたが、それが事実なら、父はこの指輪を通して本当にずっと私を守ってくれていたことになる。じんと、胸が熱くなった。

「でも、だったらどうして未来でトミーが魔力を持つことが公になってしまったの？　それが危険だということを、手紙のおかげで結婚前夜には未来の私たちも知っていたはずなのに」

「手紙の続きを読めばわかるけど、トミーに魔力があることがバレるのは、国王陛下《へいか》が未来で『啓示』を受けるからだ。その啓示により陛下は俺たちの息子であるトミーに特別な力が宿っていることをお知りになり、トミーのさまざまな能力の測定を命じられたようだ」

「啓示」とは聖力を持つこの国の王族のみが天から受けるもので、歴代の王族が受けた啓示は、この国をさまざまな危機から救ってきたという。ゆえに啓示は、我が国ではとても特別なものだ。

未来の私たちがどんなにトミーの能力を隠そうとしても、国王陛下が啓示を受けてトミーの能力を知ってしまうことは、さすがに防ぎようがない。

この能力測定により、記録されている歴代の魔法使いの中でも最高レベルの魔力をトミーが潜在的に持っていることが判明したという。それが公にされることで、トミーはまだ一歳にもならない赤ちゃんにもかかわらず、超有名人になってしまうようだ。

「結果、恐れたことが現実となる。トミーが、何者かに命を狙われる事件が起きるんだ。お風呂のときにトミーの右腕に怪我の痕《あと》があるのを見ただろ？　あれは、そのときに負った傷だそうだ」

あの小さなトミーが未来で命を狙われた――恐ろしい事実に、戦慄する。

「国王陛下の聖力による『癒《い》やし』で痛みはもうないらしいが、傷痕は残ってしまったのと、襲われたときの恐怖心もトミーの中に残ってしまった。そのせいで、傷に触れられるのを嫌がるんだ」

「そんな……」

一歳にもならない小さなトミーがそんな恐ろしい目に遭《あ》ったなんて。ショックで、言葉を失う。

「そのときは未来の俺が近くにいたことで、負傷こそしたものの最悪の事態は免《まぬが》れた。だが実行犯が自害したことで真相は闇の中。未来の俺たちはリンデマン公爵が犯人だと半ば確信していたが、証拠がないのでどうしようもなかったようだ」

――リンデマン公爵。この手紙の内容が事実なら、昨日会ったあの人は私の父の兄にして、父の両親や仲間を死なせ、そして父自身の命も縮めた人物ということ。そして今はヴォルフを敵視し、未来では私たちの息子であるトミーの命を狙うという。

こんな言葉を使う日が人生の中で来るとは思っていなかったけれど、リンデマン公爵はどうやら私たちにとっての「宿敵」と言える存在なのだろう。

国王陛下に次ぐ権力を有し、そのうえ魔塔唯一の生き残り。そんな相手が私たちの宿敵だなんて、正直信じたくない。

でももし本当に父を苦しめ、早逝《そうせい》する原因を作ったのがリンデマン公爵なら……私は決してあの人を許すことができない。

「公爵は王位継承順位一位にあるが、高圧的な性格ゆえに敵も多い人物で、あくまでゴシップネタとしてだが『魔塔の事故は彼の仕業《しわざ》ではないか』という噂《うわさ》も、彼が公爵の爵位を継いだ頃からずっと囁《ささや》かれている。つまり、決して人望がある人ではないんだ」

そんななか、国王陛下が「啓示」を受けたこの国の特別な存在として、トミーが現れた。

それまで公爵はこの国唯一の魔法使いとされていたが、より大きな魔力を潜在的に有し、その瞳は王族のみが持つはずのコーンフラワーブルー色をしているトミーの存在が、王位を狙う公爵にとって邪魔にならぬはずがない。

だからこそ公爵は、トミーの魔力が覚醒《かくせい》する前に亡き者にしようとしたようである。

魔法使いには本来強い自己防衛本能があり、意識せずとも危険から身を守ることが可能だという。その防衛能力は持っている魔力量に比例するとのこと。

潜在魔力量から言えば歴代最高の魔力を有するトミーを害することは、たとえ本人がまだ小さな赤子で、相手が一流の魔法使いだとしても、ほぼ不可能だろうとのことだ。

「魔力の覚醒は生後十ヶ月から遅くとも一歳までに必ず起こるとあり、トミーの誕生日が今日からちょうど一週間後らしいから、遅くとも一週間以内にトミーは覚醒する。覚醒さえすればトミーは自分の身を自分で守れるようになり、そのタイミングで未来へ帰ることになるようだ」

「ということは、トミーがこっちにいられるのは長くてもあと一週間なのね……」

「期間が限られていたからこそ、トミーの世話も俺ひとりでなんとかなるかなって思ったんだ」

「でも、現時点ではまだ普通の赤ちゃんと変わらないってことよね？　そんなトミーがどうして過去に？　この手紙を持ってたってことは、意図的に未来から送られてきたんでしょ？」

未来から過去へ人を送れること自体驚きだが、魔法かなにかでそれができたとして、なぜ小さなか弱い赤ちゃんを過去に送る必要があったのか。

不思議に思っていると、ふいにヴォルフが座っている私の手を取り「こっちに来て」とベッドへ私を移動させた。

ベッドの縁に並んで座ると、彼はそっと私の手を握った。

「ヴォルフ？」

「今から話すことは、君を不安にさせてしまうと思う。だが、安心してほしい。そんな未来は俺が絶対に阻止する」

そう言ったヴォルフの表情は硬く、私を安心させるために握っているその手も僅《わず》かに震えているのがわかった。

「そんなに恐ろしい未来が、私たちに待っているの？」

「公爵が、君の命を狙っている」

「……私の？」

「ああ。それも、『今の君』の」

困惑する私に、ヴォルフは手紙の続きを話してくれた。

未来でトミーの暗殺に失敗した公爵は、警備が厳重化されたトミーの暗殺を諦《あきら》めて、別の方法を思いついた。それが、トミーの母親となる「私」を過去に遡《さかのぼ》って亡き者にするというものだった。

「俺を害することは、過去でも未来でもあの男にとって簡単なことではない。だがティーナは違う。そして君が存在しなくなれば、未来でトミーも生まれなくなる。あの男は過去で君を殺すことで、未来を自分に都合よく変えようとしているんだ」

未来の公爵は独自に編み出した過去の自分に憑依《ひょうい》するという魔法によってトミーが生まれるより前の、私とヴォルフが再会し想いを通じ合わせることになるこの時期に現れて、私を殺すつもりだという。

「公爵は君がメルクブルクを離れ王都に出て来るこのタイミングを狙ったんだ。というのも、憑依魔法では魂が本来宿っていた身体から大きく離れることができない。より強い結びつきを持つ本体に魂が引っ張られ、憑依した身体から引き剝《は》がされてしまうそうだ」

手紙によると、通常の憑依魔法なら元の身体との繋がりを切ってしまえば別の身体に魂を完全に定着させることもできるそうだが、過去の自分への憑依の場合、もともと自分の身体なのでそれができない。

魂は時間の概念を超えて存在できるため過去へも行けるが、未来に存在する身体と繋がったままなので、公爵は未来の自分の身体を置いている王都から遠く離れたこの国の東端の村、メルクブルクまで行くことはできない。

だからこそ公爵は、私がメルクブルクから王都に出てくるこのときを狙ったようである。

この事実をやはり「啓示」で知ったという国王陛下は、御身《おんみ》を危険に晒すことを覚悟で「王家の秘法」を使うことを決断されたという。

「『王家の秘法』なんて、初めて聞いたわ。まあ秘法なんだから、聞いたことがなくて当然なのかもしれないけれど」

「詳しくは書かれてないけど、どうやら聖力を有する王族だけが使える『時空移動』という秘法で、人ひとりを過去か未来へ送れるらしい」

ただしそのためには膨大《ぼうだい》な聖力を必要とするそうで、体力的な消耗《しょうもう》も激しいうえに下手《へた》をすれば術者自身に大きな反動が返ってくる。

そんな危険な術を一国の王が行うなんてと思ったが、歴代で最高の魔力を有するとわかっているトミーが国家にとって極めて重要な人材であるという事実に加え、啓示を公表したことで彼が危険に晒されることになったという事実を重くみて、陛下自らこれを提案されたのだという。

とはいえ、どうしてトミーだったのか。赤ちゃんに手紙を持たせて過去の私たちに警告するより、事情を知る大人をひとり送る方が安全かつ確実な気がするけれど。

「それについてははっきり書かれていないが、時空を超えて送られる人間側にも適性が必要らしい。そしてどうやらトミーは、その適性を持っていた。もしかすると、魔力の有無が関係するのかもな」

つまり、トミー以外に過去へ送れる人間がいなかったので、赤ちゃんであるトミーがその役目を担うことになったのか。あんなに小さいのに、すごい大任を担わされたものである。

「トミーの役目は未来からの警告である手紙を俺に渡すこと。つまりもう役目を果たしているから、あとは誕生日までの一週間のうちに魔力を覚醒させて未来に帰ることになる。だがそこで俺たちの戦いが終わるわけじゃない」

――その通りだ。トミーを何事もなく未来へ返すことは必須としても、憑依した公爵が私の命を狙ってくるという危険が去るまでは、なにも安心できない。

「だから俺は今、ひそかに公爵のことを調査してるんだ」

「調査？」

「事故当時、王立騎士団が塔の現場調査を行っていた。事故と思われていたから見逃された情報もあるのではと過去の資料を調べたら、いくつか使えそうなものがあった。役職がつけば機密情報も確認できるから、さらに証拠を集めてから、この手紙とともに国王陛下にお届けするつもりだ」

ヴォルフは公爵の罪を暴くことで彼を物理的に捕らえ、私に危害を加えられないようにするつもりだったようだ。

私を危険に晒さないように。

私を不安にさせないように。

ヴォルフは全部ひとりで抱え込んで、私を守ろうとしていたのか――。

不意にぎゅっと、ヴォルフに抱きしめられた。

「ヴォルフ？」

「ティーナ、大丈夫か？」

急に沈黙してしまったので、彼を心配させてしまったらしい。

「いろいろ考えてたら、ぼーっとしちゃっただけ。大丈夫だよ」

「ほら、まただ」

「えっ？」

「君はすぐ『大丈夫』って言う。急に未来のこととか、命を狙われてるとか言われたのに、大丈夫なわけないだろ」

ヴォルフは私をさらに強く抱きしめた。

本当に、大丈夫なのにな。

そう思いつつ、でもこうして抱きしめてもらっていると、ヴォルフとの二年ぶりの再会からずっと張り詰めていた緊張のようなものが、彼の温《ぬく》もりによってゆっくりと解《ほぐ》されていくのを感じた。

「あ……れ？」

頬を熱い液体が伝《つた》う。泣くつもりなんて少しもなかったので驚いてしまう。

「やっぱり泣いてるじゃないか！」

私の涙を優しく拭ってくれたヴォルフは、自分こそ泣きそうな顔をしていた。

「……ふふっ！」

「泣いてるくせに笑って、いったい何がおかしいんだよ？」

「だってたぶんこれ、本当にそういう涙じゃないもの」

「どういうことだ？」

「ほっとしたの」

「……は？」

呆気にとられたような顔をしているが、無理もないだろう。自分でも、不思議なんだから。

「ありえないような事実を一気に知ることになって。正直ショックも受けてるし、不安も感じてる。でも……それ以上に私、『よかった』って気持ちのほうが大きいみたい」

「よかった……？」

「だって、そうでしょ？　ヴォルフは私を裏切ってなかった。貴方の隠し子だと思った赤ちゃんは私たちの未来の子どもで、私はヴォルフと未来で結婚して、子どもまでいるってわかったんだよ？　そんなの、嬉しいに決まってる！」

こんな状況なのに喜びのほうが勝ってるなんて、ちょっと――というかかなり変なのかもしれない。やっぱり私、ものすごーく神経が図太いのかも？

「――えっ、な、なんでまた貴方が泣いてるのよ!?」

「へ？　……うわ、まじだ。なんでだろ」

「あらあら、二年で急にすごく大人になっちゃったのかと思ったのに、むしろ前より泣き虫さんになったみたいね？」

よしよしと、頭を撫でる。するとヴォルフはせっかくの整った顔をくしゃっとさせて、なんだかさらに情けない表情になってしまった。

「可愛いねえ、ヴォルフ。本当にトミーそっくり！」

「……はあ。なんで俺はティーナの前でばかり、かっこ悪いとこ見せちゃうのかなあ」

「かっこ悪くないよ。むしろ、すごーくかっこいい」

「どこがだよ、男のくせにこんな風に泣いてんのに」

「私たちの未来を守るために、ひとりで戦ってくれてたんでしょ？」

わずかに目を見開いてから、ヴォルフは笑った。——あ、泣きながらだけど。

「まあでも、文句はあるよ？『なんでもっと早く言わないのよ！』とか。私を不安にさせたくなかったって言うなら、それこそ最初に教えてくれるべきだったわ。私は貴方に裏切られたと思って、死ぬほど傷ついたんだから！」

「そ、それは本当に悪かったと思ってる……」

「可愛いトミーが私のことを『ママ』って呼んでくれて、でもその度に胸が張り裂けそうなくらい悲しかったんだよ？」

「うん……本当にごめん」

「だから、約束通り、一発殴らせてね？」

「うん、もちろん殴って……えっ！」

「なによ、だめなの？　納得いかなかったら平手打ちさせてくれるって約束したくせに」

「あ、いや！　だめじゃない！　それで君の気持ちが晴れるなら、何発殴ってもいい！」

「言ったわね!?　じゃあ、歯を食いしばんなさいよ！」

大きく振りかぶる私を見て、ヴォルフは慌《あわ》てて目を瞑《つむ》った。

——ぺちん。

「え？」

ぎゅっと、ヴォルフを抱きしめた。

「馬鹿ヴォルフ。もっと、私のこと頼ってよ。信じてよ」

「ちゃ、ちゃんと信じてるよ！　俺はただ――」

「でも。私も悪い」

「……ティーナはなにも悪くないだろ」

「ううん。だってヴォルフは最初からトミーは私たちの子だって言ってた。それを信じなかったのは私よ。あそこで私が『恋人がいる』なんて変な嘘を吐かずにちゃんと事情を聴いていれば、こんなすれ違いをせずに済んだもの」

「けど、こんな話を急にされたら誰だって信じないよ。それよりも俺が躊躇わずにこの手紙と指輪を見せればよかったんだ」

「まあ、それはそうよね！　本当にどうしてそうしなかったのよ？　俺たちの息子だって言うくせに、『事情があるんだ！』なんて」

「……こんなことがなければ、あと二ヶ月くらいで、君を迎えにいくはずだったんだ」

「えっ？　あと一年かかるんじゃなかったの？」

「俺の働きが認められて、二年で役職がつくことになったんだ」

ヴォルフはふいに立ち上がると、ベッドサイドの引き出しからもう一通、手紙を取り出した。

「これ、本当は一ヶ月前に君に出すはずだった手紙だ」

「私に？」

手渡された手紙はたしかに宛名《あてな》が私になっていて、差出人の名はヴォルフだった。

「でも、出さなかった。出せなかったんだ。この手紙を出そうとしていたその朝に、トミーが俺の前に現れたから」

「……これ、読んでいいの？」

「もちろん。もともと君宛だ」

手紙には今ヴォルフが言った通りのこと、つまり、本来なら三年目でつくはずの役職が二年目でつくことになったこと、だから少し早いけれど私をメルクブルクに迎えに行こうと思っている旨が書かれていた。

文面からも、この手紙をヴォルフが嬉々《きき》として書いていたのが滲《にじ》み出ている。手紙の最後には、『愛する君にやっと会える』なんて、普段なら絶対書かないような言葉まで添えられていた。

「未来からの手紙によると、元の過去では一ヶ月前にこの手紙を君に出し、その手紙を見た君が俺が迎えに行くよりも先に自分で王都に来て、ちょうど今の俺たちと同じ時期に再会したようだ」

元の過去でもしっかりフライング……。たしかに私の性格上、ヴォルフからこんな手紙が来たら村でおとなしく待っていたりしないだろうな。

「だが、王都に来たらリンデマン公爵と出会ってしまうかもしれない。騎士団の伝手《つて》で人を雇って、公爵の動向を逐一報告させていたが、君が王都に来ないのが一番だと思った」

加えてヴォルフは護衛を数人雇ってメルクブルクに送り、私と私たちの家族の警護も密《ひそ》かに命じようとしていたという。たしかに憑依した公爵自身がメルクブルクに来られなくても、手先を送ることならできる。ヴォルフはそれを心配したようだ。

「だが、おかしいんだ。本当なら今、公爵は王都にいないはずだった。王都から馬車で半日ほどのリンデマン公爵領で行われる重要な会議に出るため、一昨日の夜に王都を出る予定になっていた」

たしかに昨日公爵と遭遇《そうぐう》したとき、ヴォルフはものすごく驚いていた。公爵と街中で会ったことに驚いたのではなく、ここに今いないはずの公爵がいたからあんなに驚いたのか。

でも、どうして公爵は重要な会議を蹴《け》って、王都に残っていたのだろうか。少し考えたところで、はっと気づく。

「もしかして、二日前に私と会ったから？　お父さんや公爵と同じこの目の色と、『ヒンメル』と私が名乗ったから私の正体に勘づき、予定を変えた……？」

「実は俺も、その可能性が高いんじゃないかと思ってる」

一昨日初めて会ったとき、公爵は私の存在にものすごく驚いていた。あの時点ではまだトーマスの娘である私の存在を知らなかったのだと思う。

とすると、一昨日の時点で未来の公爵はまだ憑依していなかったと思われる。

にもかかわらず、公爵は予定を変更した。一昨日の遭遇で私の正体に勘づき予定を変えたのだとしたら――たとえ憑依前でも、私たちの脅威となる可能性があるということだ。だってあの人は、野心のために家族と魔塔にいた百人の人間を殺してしまうような人なのだから。

「ティーナ、心配しないで。必ず俺が、この命に代えても君を守るから」

不安な顔をしてしまったからか、そう言ってヴォルフが抱きしめてくれた――けれど。

「そんなの、絶対だめ」

「えっ？」

「ヴォルフの馬鹿。命に代えてなんて、守ってほしくないわよ。ちゃんと、貴方ごと私を守って。私をひとりにするなんて、死んでも許さないから」

「……ああ、そうだな。約束する。絶対に、死んでも君をひとりにしない」

ちょうどそのとき、零時《れいじ》を告げる大聖堂の鐘が鳴り始め、それに続くように小さな教会の鐘たちも鳴り出した。

「ヴォルフ、十八歳のお誕生日おめでとう」

ゆっくりと、私からヴォルフの頬に手を伸ばす。そして唇にそっと口づけた。

驚いているヴォルフに、私は告げる。

「お誕生日のお祝いのキスよ」

「……最高の贈り物だ」

今度はヴォルフから、私に口づける。でも今度のは、唇を重ね合わせるだけのものではなかった。

深く、長く、とても甘い口づけ。舌を絡《から》め合い、互いを強く求め合う。息が上がり、互いの呼気も身体もだんだんと熱くなっていくのをはっきり感じる。

「はぁ……ティーナ……好きだ。ずっと……本当にずっと、好きだったんだ」

「私もよ、ずっと貴方のこと、好きだったわ」

ヴォルフの手が、私の背中を撫でる。でもそれは八歳の頃に私を慰《なぐさ》めるために撫でてくれたときとは全く違っていて、なんていうかすごく——官能的だ。

「ああっ……」

腰が砕《くだ》けたみたいになって、ヴォルフに抱きとめられた。

上がった息と速い鼓動《こどう》、熱を帯びた視線が絡み合い、そしてじっと見つめ合った。

——たぶん、いま私たちは同じことを考えている。

「ティーナ」

「……うん」

「その……もし嫌だったら、断っていい。その、いくら気持ちをたしかめ合ったとはいえ、俺たちはまだ――」

「嫌じゃない」

「……本当に？」

「本当よ。っていうか……私も、したい」

ヴォルフの瞳が、青い炎のように揺れる。

「きゃあっ！」

突然抱き上げられ、ベッドまで運ばれてそのまま押し倒された。

「ごめん、余裕ない」

その言葉通り、全く余裕のない様子で私の服を脱がせようとしてくる。でも女ものの服を脱がせるのに不慣れなのがまるわかりなそのもたつき方に、思わずくすりと笑ってしまった。

「笑うなよ……」

恥ずかしそうに赤くなっているヴォルフが、本当に愛《いと》おしい。

「嬉しくて！」

「へ？」

「てっきり、モテモテのヴォルフは王都で女の人といっぱい遊んできたんだと思ってたから」

「俺、そんなに信用なかったのか……」

「だって子どももいたし、女性の扱いも上手《うま》くなってたし……すごーくかっこよくなってたし！」

少し驚いた表情を浮かべたあとで、ヴォルフはとても嬉しそうに笑った。

「ティーナにかっこよくなったって言ってもらえて嬉しい」

「かっこいいなんて貴方、言われすぎてもう飽き飽きしてるんじゃない？」

「ティーナに言われるから嬉しいの。好きな子から言われるから、特別なんだ」

その言葉に、わかりやすく照れてしまう。

「けどそれを言うなら、ティーナは綺麗になりすぎだ」

「えっ？」

「ティーナはもともと綺麗だったけど、この二年でさらに美人になった。君がこんなに綺麗になるのを二年も隣で見守れなかったんだと思ったら、悔しくて仕方ない」

「ふふっ、なにそれ！」

「大袈裟《おおげさ》に言ってるとかじゃないからな？　それどころか君は恋人を作ったとか言うし、そいつと……ヤッたとかまで言うから……俺、嫉妬でおかしくなりそうだった」

「きゃっ！」

下着を取られて、胸が完全に露《あらわ》になった。

「は、恥ずかしい……」

「ティーナ……本当に、すごく綺麗だ」

「そんなにまじまじ見ないでっ」

「やだ。見る。こういう姿のティーナも、恥じらってるその顔も俺しか見たことないし、これからも俺以外の誰も見られないんだと思ったら嬉しすぎて、……一生このまま見ていたい」

「馬鹿なことばかり言って――あんっ！」

先端にちゅっと吸いつかれて、甲高い変な声が出た。

「可愛い声」

「か、勝手に出るのっ……やんっ！　そ、そこ、吸っちゃ――ああっ！」

私の反応を楽しむように、両方の胸の先端を交互に吸ったり舐《な》めたりしながら、同時にもう片方のふくらみをやわやわと揉《も》みしだく。

くすぐったいのに、でもそれだけじゃない。身体の中に甘い痺《しび》れが蓄積してお腹《なか》の奥がきゅんと疼《うず》くのを感じ、思わず内腿《うちもも》を擦《こす》り合わせた。

「感じてる？」

「わ、わかんないっ！　だって全部、初めてだし！」

「くうっ……」

ヴォルフが急に頭を抱えて唸《うな》った。

「……どうしたの？」

「嬉しすぎて。もうティーナの初めてはもらえないと思ってたから」

「もう……ヴォルフったら」

彼の手が私の下半身に伸び、秘められた場所にそっと触れた。

「ひゃっ！」

「……濡《ぬ》れてる」

それが、私の身体が彼を受け入れる準備ができているってことだと、私は知っている。ヴォルフよりもほんの一足先に十八歳になった私は、そのタイミングで母からいろいろ教えられたのだ。

……そういえばあのときにはもう王都に行くことが決まっていた。もしかすると母は、こっちで私たちがこういうことになる可能性を見越していたのだろうか。

男らしいヴォルフの指が、私の秘所を優しく探る。キスと胸への愛撫《あいぶ》だけですっかり濡れているそこに指を這《は》わされれば、未知の感覚に身体がびくっと震えた。

「痛くないか？」

「あっ、うん！　でもその……なんか、変な感じがする」

「嫌か？」

「ううん、嫌じゃない。嫌じゃなくて……なんだか、ふわふわする」

「ふわふわ？」

「ええと……少なくとも、やめてほしくはない……かも」

ごくっと、唾《つば》を呑む音が聞こえた。

優しくそこを指で撫でられていると、くすぐったくて腰のあたりがぞわぞわするのに、お腹の奥のほうがきゅんと疼いて、もっと触ってほしくなる。

「ひっ！」

不意に、ぴりっと痺れるような感覚が走り、ヴォルフの腕にぎゅっとしがみついた。

「痛かったか!?」

「違っ……じゃなくて、今触ったとこ、身体がびくって——ひゃあっ！」

「ここ？　この、少し膨《ふく》れてるとこ？」

「あっ、や、やだっ、そこ触られたら身体がびりびりしてっ……やあんっ！」

「その声、やばい。ティーナ、ここ触られるの好き？」

「わ、わかんない！　でも、なんか変になる……えっ、ちょ、ちょっとヴォルフ、何を――！」

ヴォルフが不意に私の腰をぐっと持ち上げ、左右に開いた脚の真ん中に顔を寄せた。

まさかと思ったときにはもうヴォルフの舌がその敏感なところをぺろっと舐めていた。

「ひゃうっ！　ヴォルフ、やだ、そんなとこ舐めちゃだめ――はぁんっ！」

「すごい、ここ舐めたら、中から蜜が溢れてくる。舐めとっても舐めとっても、いっぱい」

「やだあ……そんなの、わざわざ言わないでよぉ……」

「くっそ可愛すぎるだろ……。ここ、でいいのかな」

「ひっ……あ、ちょ、な、か、だめえっ！」

ヴォルフの舌が、私の中へとゆっくり入ってきた。あまりに淫猥《いんわい》なその感覚に腰を引こうとしても、しっかりと彼に腰を摑《つか》まれていて逃げられない。

甘い痺れが全身へと広がり、完全に私の思考を蕩《とろ》かしてしまう。感じたことのない気持ちよさに身体中の力が抜けて、でも何かが、奥底から湧き上がってくるのを感じる。

「あっ……ヴォルフ、なにか来るっ……！」

ヴォルフが指先で敏感なところをくにっと強く捏《こ》ねた。その瞬間、それが一気に込み上げてきて、頭の中で真っ白な爆発が起こった。

強張《こわば》った身体が脱力する。

全力疾走したあとのような倦怠感《けんたいかん》だけど、ものすごくふわふわして――気持ちいい。

「ティーナ……」

そっと、額に口づけられる。私を見つめるヴォルフは、その表情もその声もとっても色っぽくてドキドキした。

さっき舌が入っていたところに、今度はヴォルフの長くて太い指がゆっくりと差し込まれる。

「あんっ」

「痛くない？」

「……ふふっ！」

「な、なんで笑うんだよ!?」

「だって、あんまり何度も聞くんだもの！」

「それはその……あんまり狭いから。本当にここであってるのか、正直不安で」

「……嬉しい」

「へ？」

「ヴォルフも、本当に初めてなんだなあって！」

「当たり前だ。俺はティーナ以外を抱きたいと思ったことないしこれからもそうだって誓える——んっ！　……ティーナ、ここでキスするのは反則だ」

「だって、本当に嬉しかったんだもの！」

顔を赤くしたヴォルフが、また私にキスしてくる。でもそれは私からしたみたいな触れるだけのキスじゃなくて、舌を絡める深いキスだ。

「んっ……」

キスをしたままで、ヴォルフの指がさらに奥へと入ってくる。思ったより奥深くまで入ってきたそれは、自分でも触れたことのないところを優しく撫でてくる。

「ああっ……」

「ティーナの中、すごくあったかくて……やわらかい」

じゅぷじゅぷと、淫猥な水音が部屋の中に響く。

恥ずかしいのに、気持ちいい。気持ちよくて……もっとたくさん、ヴォルフに触れられたい。

彼はそのあとも何度も「痛くないか？」と聞いてきたけれど、指が二本、三本と増やされても、痛いとは感じなかった。

むしろ……こうして指で中を解されれば解されるほど、なんともいえぬもどかしさみたいなものを強く感じてしまう。

「ねえヴォルフ……奥が疼いて、たまらないの」

指の動きが止まる。

「……ヴォルフ？」

「ティーナ、それはだめだ」

「えっ？」

「好きな子にそんなこと言われたら、男は完全に理性飛ぶ」

その言葉が嬉しくて、唇にそっとキスをする。すると「はあああぁ……」と深いため息を吐いたヴォルフが私の首筋に顔を埋《うず》めてきたので、そんな彼が可愛くてぎゅっと抱きしめた。

「なあティーナ、本当に初めてなんだよな？」

「そう言ったでしょ。なんで？」

「男の煽《あお》り方が、小悪魔すぎる」

「それ、褒《ほ》めてくれてるって思っていい？」

「童貞《どうてい》をこれ以上煽って苦しめるなと言いたい」

思わず吹き出してしまった。

「でもそれなら……そろそろ、大丈夫だよな？」

ヴォルフはどこか切羽《せっぱ》詰まったような様子でシャツを脱ぎ捨てると、下のほうも勢いよく脱いだ——のだけど。

「きゃあっ！」

思わず声を上げてしまった。

だって男性のそれを見たのは彫刻や絵画以外では初めてだったし、それだけじゃなくて大きさや形、その状態まで、私が予想したものとは全然違っていたから。

「その……それって、そんなに大きいものなの？」

「えっと、ほかのやつら曰《いわ》く、俺はでかいほうらしい」

「そ、そっか」

「いっ、痛くないように、気をつけるから！」

「大丈夫よ！　私、痛くても、ちゃんと我慢できるから！　……たぶん!!」

ふたりともベッドで向き合った状態でこんなことを言い合って、なんだかおかしくなって笑ってしまった。それで、緊張は少し解れたみたい。

「じゃあ……挿《い》れるよ」

覚悟を決めてこくんと頷くと、優しく唇にキスされた。

そのまま仰向けに寝かされて、上からヴォルフが覆《おお》い被さってくる。

ちょっとだけ、怖い。だって「初めては痛い」っていうし。

でも……ずっと、ずーっと大好きだったヴォルフとひとつになれるのだと思ったら、怖さよりも嬉しさのほうがはるかに大きいのだから、不思議だ。

「……ここで、本当にいいんだよな？」

「もう、ヴォルフったら！　さっき散々舐めたり、指入れたりしてたくせに」

「けど、その、想像してたよりずっと狭かったから……。なあ、痛かったら俺のこと殴って止めてくれるか？　それくらいしてくれないと、途中でもう止められる自信ない」

「大丈夫だってば。心配性なんだから」

そっと、彼が私の頰を優しく撫でる。

「俺が、どれだけこのときを待ち望んでたかわかる？」

「えっ？」

「ティーナと想いを通わせ、俺を受け入れてもらうこのときを、ずっと夢見ていたんだ。二年どころじゃない。もうずっと、ずっと前から」

とても真剣な声と表情に、自分の胸がおかしいくらいドキドキしてるのがわかった。

「ヴォルフ、来て」

彼が、その硬く熱いものを私のそこにそっとあてる。それだけでぞくぞくっと震えて、身体の奥が甘く痺れた。

先端が、私の中へ入ってくるのをはっきりと感じる。

「くうっ……」

ヴォルフが小さく唸った。我慢している彼の表情があまりに色っぽくて、不安や恐怖よりも期待と渇望をより強く感じてしまう。

「ヴォルフ、好きよ」

そっと手を伸ばし、今度は私が彼の頬を撫でる。

「だから、私を貴方のものにして」

「――――っ!!　……ああ。……やってしまった」

「えっ？」

なぜか呆然《ぼうぜん》としているヴォルフが、先端だけ入っていたそれをそっと抜いてしまった。

困惑しつつ、ふと抜かれる直前に感じた不思議な感覚はなんだったのだろうと思い、さっきまで彼と繋《つな》がっていた部分に視線を落とせば、白いものがとろっと中から零れているのが見えた。

「ヴォルフ、これってアレ……だよね？」

「ごめん……ティーナがあんまり可愛いことというから我慢できなくて……すぐ、出してしまった」

つまり、本来もっと後で出すものを途中で出してしまった――ということなのだろう、きっと。

「その、私って今、処女なの？　それとも……これで私、ヴォルフのものになれた？」

「ええっ、なにその可愛すぎる発言」

「えっ？」

「ああもうっ！　ティーナ、もう一回だけやり直しさせて！　一回出したことで、今度はちゃんと我慢できると思うから！」

「あ、うん！」

……結局、まだ処女ってことなのかな。

わからないが、ヴォルフのあそこはさっき以上に大きくなっているように見える。なんにせよ、もう一度できるようでよかった。このままだと、私は結局ヴォルフに初めてを捧《ささ》げられたのかよくわからないし。

それからさっきと同じように彼の前で仰向けにされて、私のそこに彼のものがあてがわれた。

「俺のが……中から溢れてる」

「なにか言った？」

「なっ、なんでもない！」

また顔を真っ赤にしているヴォルフは、可愛さと色っぽさを同居させながら、私に優しくキスをした。

「痛かったら――」

「ちゃんと突き飛ばすから、大丈夫！」

私が笑うと、ヴォルフも笑った。

「じゃあ……今度こそ、最後まで挿れるよ」

さっき以上の覚悟を感じさせる声で言うと、ヴォルフは彼自身をぐっと私の中に押し込んだ。

「んっ……」

痛いというより、ぐっと内側から押し広げられるような圧迫感を覚える。

ヴォルフは小さく唸りながら、ゆっくりと私の中へそれを押し進める。すでにさっきよりも深く入って来たと思う。

――ちょっと、痛い。いや、かなり痛いかも。やっぱりヴォルフのそれは想像以上に大きくて、内側から裂けるんじゃないかと心配になる。

「いっ――!!」

「ティーナっ……本当に大丈夫……か?」

「だ、いっ、じょう、ぶ!」

とは言ったものの、涙は勝手に溢れてくる。するとヴォルフはその涙に優しく口づけ、それから私の手をそっと握ると、今度は深く口づけてきた。

「ふわあ……」

「キスで痛み、紛《まぎ》れるかも」

彼の言葉は、正しかった。キスに集中することで痛みから意識が逸《そ》れ、緊張感から強張っていた身体の力もうまく抜けたみたいだった。

そうして力が抜けたおかげか、彼のそれが一気に入ってきて、身体の一番深いところが押し上げられたような感じがした。

「ああっ!」

「――っ! はあ……はあ……ティーナ、これで全部、入ったよ」

すごく優しい顔で、本当に幸せそうに笑うヴォルフが私の頬を優しく撫で、そして合わせるだけのとても優しいキスをした。

「痛い、よな？」

「ん……ちょっとだけ。でも……ヴォルフとひとつになれて、すごく嬉しい」

「ティーナ……。俺もだよ。きっと誰にも想像できないくらい、最高に幸せだ」

深く繋がったまま、ぎゅっと、優しく抱きしめられる。

その温もりがまだ残る痛みも消してくれる気がして、自分からもぎゅっと彼を抱き返した。

「くっ……」

「ヴォルフ？」

「少し、動いてもいいか？　痛かったら止めるから」

必死で何かに耐えながらいつもより少し低く囁いたヴォルフのその声も表情もすごく色っぽくて、ドキドキしながらこくりと頷《うなず》いた。

「ありがとう、じゃあ……動くよ」

次の瞬間、私の中に入っていたものがぐっと一気に引き抜かれた。

少しの痛みと痺れるような快感が腰から全身へと走る。声も出せないまま彼にしがみついていると、一度引き抜かれてかろうじて繋がっていたそれが、また一気に最奥《さいおう》まで私を貫いた。

「ああっ！」

甘ったるい悲鳴みたいな声が漏《も》れる。強すぎる快感にくらくらするが、その余韻《よいん》がまだ残っている状態でヴォルフが同じ動きを繰り返した。

「やっ――、あっ……ああっ！　もっ……これっ、変にな、るっ!!」

「ティーナ……ティーナ、好きだっ……！」

その言葉に、きゅううんっと自分の中がきつく締まるのを感じる。

「くうっ――！」

「あぁぁっ……!!」

今までで一番大きな、真っ白い爆発が起こった。

意識が飛びそうなほどの強い快感。全身が甘く痺れて脱力し、心地よい疲労感に襲われる。

腕に、力が入らない。それでも彼に強く抱きしめられている感覚があまりに幸せで、ぎゅうっと抱き返した。

奥に、じんわりと広がる熱を感じる。自分の一番深いところで彼の子種を受けたのだとわかって、ものすごい幸福感と充足感に満たされた。

「ティーナ……愛してる。もう、二度と離さない」

深く繋がったまま、何度も、何度もキスされる。自分からも、何度もキスを返した。

「俺いま、人生で一番幸せだ」

「私も」

勝手に溢れた涙に、ヴォルフが優しくキスしてくれた。私がにっこり微笑むと、今度はまた唇に甘いキスを落とされた。

「これでトミー、できちゃうのかな？」

「んー、でも誕生日が一週間後だろ？　十月十日っていうなら、もし来年だとしてもまだだよな。それに来年じゃなくて再来年以降に生まれるかもしれないし」

「ああ……たしかに。――はっ！　私たちがするタイミングずれることでトミーが産まれないとか、トミーじゃない赤ちゃんが生まれちゃうとか、そんなことないよね⁉」

「んー、どうだろ？」

「ヴォルフったら！　あんなに可愛いトミーが生まれなくなっちゃったらどうするのよ⁉」

「ははは！　ティーナは本当にトミーが好きだよな！」

「へ？　そんなの当たり前じゃない！」

「そうか？　トミーが俺たちの未来の子どもだってわかってる今はともかく、まだ俺の隠し子だと思っていた頃から、ティーナはトミーにメロメロだっただろ。何度トミーに嫉妬したことか……」

「えっ、トミーに嫉妬なんてしてたの⁉」

思いもよらない言葉に驚いてしまう。

「だってティーナ、俺のことは勝手に女たらしだと思い込んで冷たくしたくせに、トミーはずっと可愛がってたし。もし俺が逆の立場で、知らない男との間に生まれたティーナそっくりの子なんて存在したら、絶対あんな風に可愛がれない。敵意剝《む》き出《だ》しの、大人気ない態度を取ってたと思う」

外見はすっかり大人の男性になってしまったのに、まるで子どもみたいなことを言うヴォルフが……すごく、愛おしい。

「そりゃあトミーにメロメロになるよ。だって……ヴォルフにそっくりなんだもの」

「……俺に、そっくりだから？」

「好きな人にそっくりな赤ちゃんだよ？　そりゃあ、最高に可愛いって思っちゃうでしょ！」

ヴォルフはとても嬉しそうに笑い、それから私の額に優しくキスをした。

「俺も、トミーがとっても愛おしいよ。髪と目の色のせいでみんな俺似だっていうけど、トミーの笑顔や表情、顔の作りとかは全部ティーナそっくりだ」

「……そうかなあ？」

「ああ、そうだよ。誰よりもティーナを愛する男が言うんだから、間違いない」

「そう？　じゃあ信じちゃう！」

くすくすと笑い合う。

「で、さっきの話だけど。俺は、トミーは必ず俺たちのもとに生まれてきてくれると思うよ」

「どうして？」

「んー、明確な根拠があるってわけじゃないけど、トミーが生まれてくるのは偶然じゃなくて必然というか――運命みたいなものな気がする。未来でも必ず会えるって、なぜかそんな気がするんだ」

「……ああ、なんだかそれは、わかる気がする」

優しく微笑んだヴォルフが、私の額にちゅっとキスを落とした。

「これから、俺たちには大変な未来が待ってるのかもしれない」

「うん」

「でも俺は、その未来が馬鹿みたいに愛おしい。君が隣にいる未来が、愛おしくてたまらないんだ」

ヴォルフの胸に抱かれ、大好きな彼の匂《にお》いに包まれて……私の胸はこれから起こることへの不安や恐怖ではなく、期待と喜びとに満たされていた。

その夜、私たちは互いをぎゅっと抱き合ったまま、何度もキスをして眠りについた。

第五章 ★ 花の祝祭日

楽しそうな笑い声に目を開けると、そこにはまたまた見慣れぬ天井《てんじょう》があった。

「よしよし、いい子だから、あんまり大きな声を出しちゃだめだぞ？　ママが起きちゃうからな」

明るい笑い声の主に優しく語りかけるのは、いつまでもずっと聞いていたくなる、私の大好きな声だ。

昨夜のことは、どうやら夢ではなかったらしい。胸の中が、深い安堵《あんど》と喜びに満たされる。

「あっ、待て待て！　ははは！　こらトミー、白い髭《ひげ》みたいになってるぞ？」

「らあっ！」

やっぱり、夢を見ているのかも知れない。だって本当に、夢みたいに幸せな光景だ。

夢ならどうか、覚めないで。こんな幸せな光景なら、一生見つめていたいから。

「あっ、ティーナ！　……おはよ」

不意に振り返ったヴォルフと目が合い、少し照れながらも、とても嬉《うれ》しそうな笑顔を向けられた。

——ああ、幸せだな。どうやら私の現実は、夢の中よりもっと夢のようだ。

「おはよう、ヴォルフ」

「好きなだけ寝てていいんだぞ？　身体《からだ》、まだ辛《つら》いだろ？」

昨夜のことを思い起こさせるその言葉に頬《ほお》が熱くなるのを感じつつ、「ううん、もう大丈夫！」とすぐに答えた。

「そうか？　でも、無理するなよ。なにか欲しいものがあったら言ってくれ」

「でも本当に大丈夫なのよ？　それに今日は貴方《あなた》の誕生日なんだから、貴方が私に我儘《わがまま》を言ってくれないと！」

「……もう、十分すぎるよ」

「何が十分なの？」

「君がいて、トミーがいて。こんな幸せな十八歳の誕生日を迎えられるなんて、想像もしなかった」

ヴォルフがあんまり嬉しそうな顔で笑うので、なんだか恥ずかしくなってしまう。それでぱっと顔を逸《そ》らすと、トミーのそばにいたヴォルフがなぜか私のいるベッドのほうに来た。

「ど、どうかした？」

「人間っていうのは本当に欲深い生き物だな」

「えっ、急に何言ってるの？」

「一緒にいてくれるだけで十分すぎるほど幸せなんだけど、俺のベッドの上で俺のシャツを着てるティーナが照れてるのを見たら、もっと我が儘を言いたくなってきた」

気づけば私はヴォルフのシャツを着ている。私が眠ったあとか朝起きてから、ヴォルフが着せてくれたようだ。でも、彼のシャツを着ているからなんだというのだろうか。

「我が儘って？」

「キスがしたい」

「はいっ!?　で、でも私まだ本当に起きたばっかりで――んっ!?」

私が止めるのも聞かず、ヴォルフは私の唇を奪った。

「ヴォルフっ……待って――んんっ……」

「はあっ……ティーナ、そんな可愛い反応されたら止まれなくなるって」

「そんなこと言われたって！　ちょ、ちょっとヴォルフ、どこ触って――あんっ！」

シャツの下からするっと入ってきたヴォルフの手が、私の胸を揉《も》んでくる。止めようとするのに、ちゅっ、ちゅっとキスしながら両胸の頂《いただき》をきゅっと優しく摘《つま》むので、甘い痺《しび》れが広がって全然抵抗できない。

「やんっ……ヴォルフ、だめえ」

「ここ、こんなに硬くして感じてるのに？　ああティーナ、めちゃくちゃ可愛い。その表情も声も、最高にそそる――」

「まーまっ！」

「「!?」」

ベッドに押し倒していた私の上から、ヴォルフが飛びのいた。

「もうっ、ヴォルフの変態！　子どもの前でなんてことしてくれてるのよ!?」

「ははは……ごめん、調子乗った。けどほら、両親が仲睦《なかむつ》まじい様子は子どもにいい影響を与えるらしいよ？」

「らあっ！」

「ほら、トミーもそうだって！」

「はいっ!?　……ふっ、あははは！　ヴォルフったら、馬鹿なことばっかり言って!!」

私が声を上げて笑うとふたりも一緒に笑い出して、三人で笑いが止まらなくなってしまった。

なんだかもう、本当の家族みたい。それがすごく嬉しくて、夢みたいで……でも、いつか本当にやってくる未来なんだと思ったら、喜びと幸せで胸がいっぱいだ。

「着替えだけど、俺が君の部屋に取りに行ってくるよ」

「えっ、いいわよそんなの、自分で取りに行くから」

「だーめ。今日は祭りだぞ？　外はもう観光客だらけだ。そんなエロい格好をしたティーナを外に出すわけないだろ」

「さすがにこの格好のままでは出ないよ。昨日着てた服を一旦着ればいいんだし」

「それでもだめだって。さっきのでまだ頬が赤い。そんな顔した君を外に出せないよ」

「だっ、誰のせいだと思ってるのよ!?」

恥ずかしくて怒りながら言ったのに、ヴォルフは嬉しそうだ。

「持ってきてほしい服とかある？」

「あっ、それなら申し訳ないけど鞄《かばん》ごと持ってきてもらえる？　大きい鞄なんだけど、あれに全部入ってるから」

服だけならともかく、下着類までヴォルフに選んで持ってきてもらうわけにはいかない。いくら昨日あんなことをしたとはいえ、それとこれとは話が全く別なのだ。

「了解！　じゃ、鞄まるごと持ってくるから、トミーと遊んでやっててくれ」

「うん、わかった！　ありがとう！」

ヴォルフが部屋を出ると、トミーはすぐに私を呼んで抱っこをせがんだ。

「まーま」

「トミーは本当に抱っこされるのが好きねえ？」

私の腕の中で、トミーが満足げに笑っている。昨日までは、トミーに「ママ」と呼ばれる度に、愛《いと》おしく思うと同時にとっても悲しい気持ちになった。

でも、今は違う。この天使みたいに愛らしい子は私の未来の息子《むすこ》で、大好きなヴォルフとの間に生まれてくる、最高の宝物だとわかったから。

「……私、貴方のママになれるのね。本当に……本当に嬉しいわ。トミー、大好きよ」

「らあ！」

嬉しそうににっこりと微笑《ほほえ》むトミーは、まるで私の言ってることを全部わかっているみたいだ。

思えば、トミーは最初から私を「ママ」と呼んでいた。本当に、初めて会ったときから、ずっと。

『親バカみたいなこと言うけど、トミーは頭いいよ。だから、ちゃんと理解してる』

ふと、ヴォルフが言っていた言葉を思い出す。

――ヴォルフの言った通りだ。トミーはちゃんと、私が誰かわかっていたんだ。

その事実があまりに嬉しくて、勝手に顔がにやけてしまう。

「……それにしても、見れば見るほどパパそっくりね？」

「そうかな？　ママにもすごーくよく似てると思うけど」

「わっ！　ヴォルフ、もう戻ってきたの!?　早すぎてびっくりしちゃった」

「ほら。昨夜も言ったけど、この笑い方なんか本当にティーナそっくりだ」

ヴォルフがあんまり嬉しそうな顔で言うものだから、なんだか照れてしまう。まあ自分ではよくわからないんだけど。

「あっ、荷物ありがとう！　すぐ着替えてくるね」

「ここで着替えればいいのに。ティーナが着替えるところ、見たい」

「……ヴォルフの変態」

笑っているヴォルフから鞄をひったくるように受け取ると、私は着替えに行った。

「あっ、そのドレス！」

「覚えてた？　あのときのドレスをお母さんがアレンジしてくれたの！」

「すごく似合ってる。綺麗《きれい》だよ」

——ヴォルフが気づいてくれたのも、綺麗と言ってくれたのも嬉しいな。

実はこのドレス、私が「花の精」に選ばれた年に着たドレスをお母さんが直してくれたもので、サイズもだけど、デザインも当時より大人っぽくなっている。

「花の祝祭日」には、女の人はみんな白地に春の花をめいっぱい刺繍《ししゅう》したドレスを着る風習がある。ヴォルフの誕生日を祝いに行くと決まったとき、「あのときのドレスを直してあげるから、それを着てヴォルフとお祭りを楽しんできなさい」と母が言ってくれたのだ。

「あのとき、ヴォルフがエスコートしてくれたの、すごく嬉しかったのよ。女の子たちの間ではね、『花の精』に選ばれたときに好きな人にエスコートしてもらうと、その人と恋人になれるっていうおまじないがあって——」

「知ってたよ」

「そうなの？」

「ああ。だから君のエスコート役をさせてもらえるように村長に必死で頼み込んで、エスコート役を任してもらう代わりに、二週間雑用をさせられた」

「ええっ、そうだったの!?」

「あとで聞いたら、もともと俺が君のエスコート役に選ばれる予定だったらしいから、じいさんに上手《うま》く利用されただけだったみたいだけど」

「あははっ！　村長さんに騙《だま》されたのね！」

「あのじいさん、本当に人使い荒いんだよな……まあ、なにかと美味《うま》いものを食わせてくれるから嫌いじゃないけどさ」

「変わり者だけど、優しい人だもんね。村長さんもすごくヴォルフに会いたがってたよ。もちろん、ほかのみんなも」

不意に、ヴォルフが嬉しそうに笑う。

「どうしたの？」

「俺のティーナは『会いたい』って思ってくれてただけじゃなくて、我慢《がまん》できなくなってわざわざ王都まで俺に会いに来てくれたんだよなあって思ったら、なんかにやけた！」

「な、なによそれ！」

恥ずかしくって視線を逸らすが、頬にそっと手を添えられて、視線を戻されてしまう。

「ヴォルフ……？」

「ティーナが会いに来てくれて、本当に嬉しかった。これからはもう、ずっと一緒にいような」

そう言って、ごく自然にまたキスされてしまった。

顔が……熱いな。ヴォルフが王都に行って、二年。変わってないところも多くて安心したけど、二年というのはやはり短くない期間だったらしい。

だってすごく照れやさんだった幼馴染《おさなな じ》みの男の子が、隙《すき》あらば甘い言葉を吐きながら抱きしめてきたりキスをしたりしてくる、困った素敵な恋人へと偉大なる進化を遂げてしまうくらいだもの。

「ねえ、王都のお祭りって村とはかなり違う？ ヴォルフは去年も行ったのよね？」

「ああ。同期の連中と一緒に回ったよ」

「昨日の人たち？」

「そうそう、あいつらのほかにもあと三人いて、そいつらも一緒にな。わりと同期で仲良いのかな、よく一緒にメシ食いに行ったりするんだよ。今年も一緒に行くはずだったんだけど、トミーの世話することになったからって断ったんだ」

「そうだったのね。王都のお祭りともなれば段違いに盛大なんでしょう？」

「たしかにすごい人だよ。国中から人が集まるからね。それに、本当に街中が花でいっぱいになる。あの光景を一緒に見られるのが嬉しいな。君のいない『花の祝祭日』は初めてだったから、去年はすごく寂しかった」

そう言って笑うヴォルフを見て、胸がきゅんとした。昨年、私はヴォルフの妹であるマリアと一緒に回ったけど、「ヴォルフもきっと今頃王都のお祭りを回ってるんだろうな、でもヴォルフは私みたいに、隣に私がいないことをそんなに寂しいとは思ってないんだろうな」とか思って勝手に悲しい気持ちになっていた。

だけど……そうじゃなかったんだ。ヴォルフも、私のことを考えてくれていた。そう思ったら、ものすごく嬉しかった。

「トミーにとっては初めての『花の祝祭日』のはずだから、きっと喜ぶぞ！　今日は天気もよくて暖かいから、ある程度長く外にいても大丈夫だろうし」

「らあっ！」

「トミーも楽しみみたいね！」


外に出ると、甘い花の香りが街中に充満していた。公共の場や店などはもちろん、個人の家々も窓や玄関周りなどにたくさんの花を飾って、街中が色とりどりの美しい春の花で溢《あふ》れている。

「すっごく綺麗……！」

「だろ！　中央広場がメイン会場だから、あの辺は特にすごいぞ。その分、人もかなり多いけど」

トミーはヴォルフに抱っこされながら上機嫌だ。花々の香りも色鮮やかな街の景色も、とっても気に入っているみたい。

ちなみに今日ヴォルフは帯剣している。さすがに白昼堂々、大勢の目のある祭りの日にわざわざ狙ってくることはないだろうが、用心するに越したことはないだろうとのこと。

一方で例のフード付きコートを置いていこうとしたので、これは私が無理やり着せた。

「注目されているほうが逆に狙われないかもしれないし、ティーナとの関係を王都の人間に知ってもらいたいからこのまま行く」とか言ってたけど、私だけならともかく、トミーまで連れていたら

『蒼玉《そうぎょく》の王子様』に隠し子⁉」みたいな誤解を生んで大混乱が起きる可能性がある。それは避《さ》けねばと、半ば強引に着せたのだ。

「それにしても、本当にすごい数の人ね。さすがは王都のお祭りって感じ」

「ティーナ、もっとこっち」

「えっ？　きゃっ！」

急にぐっとヴォルフに肩を抱き寄せられて、驚く。

「どうしたの？」

「これだけ人が多いんだから、はぐれたら困るだろ。なにより公爵《こうしゃく》やその手先が潜んでいるかもしれないんだ、できる限り俺の近くにいてくれないと」

「それはそうだけど……でも、ここまで近い必要ある？」

ただ肩を抱くだけならともかく、トミーと私を両手に抱きしめるような状態のまま歩こうとするのはどうかと思う。歩きづらいし、なによりめちゃくちゃ目立つんですが……。

「それはほら、牽制《けんせい》？」

「牽制？」

「ティーナは俺のだって」

……すぐこういうこと言うんだから。

「ほら、そこに大きな屋台がある。いいクランツがあるんじゃないか？」

「あっ、そうだね！」

祝祭日には、花冠《ブルーメンクランツ》を屋台で買って頭に被《かぶ》る。春の到来を祝い、天に感謝を示すという意味があるのだ。

「どれがいい？」

「どれもとっても綺麗だから悩んじゃうわ。ねえ、トミーはどれがいい？」

「たあっ」

「これ？」

「あい！」

とっても元気よくトミーが答える。

色とりどりのクランツがある中でトミーが選んだのは、コーンフラワーとブルースターの花たちを編み込んだ冠で、虹色に反射するガラスのビーズが茎の部分に通してあり、日の光でキラキラと美しく輝いている。

「じゃあこれにしましょ！」

「ああ、そうだな！　これ、みっつください」

「はいはい、これをみっつですね。あらまあ、可愛らしい赤ちゃんですこと！　ひとつはこの子用？　だったらこっちに子ども用がありますから、ひとつはこっちにしたらどうかしら？」

「わあっ、ちっちゃくて可愛い！　ではそれをお願いします！」

優しい笑顔のおばさんは、私たちに大きなクランツをふたつと小さなクランツをひとつ渡してくれた。

「坊やはおいくつ？」

「もうすぐ一歳です」

「そうなのねえ。ふふっ、坊やはママとパパのことが大好きみたいね」

「えっ？」

「だってこの子、ずっとパパとママのことをにこにこの笑顔で見ているもの！　いっぱい愛されて育ってきた赤ちゃんだって、一目でわかりますよ」

みっつのクランツを受け取った私たちはその屋台の近くの噴水のそばに移動し、ヴォルフが私の、私がヴォルフとトミーの頭に、それぞれクランツを載せた。

「すごく可愛い」

「ねっ！　トミー、本当に『花の精』みたい！」

「トミーはもちろん可愛いけど、今言ったのはティーナのことだよ」

「私!?」

「すごく似合ってる。世界一綺麗な『花の精』だ」

ヴォルフってば、さらっとこんなことばかり言うんだから本当に困る。

「さっきの店の人も言ってたけど、こうしてると俺たち、家族にしか見えないんだろうな」

「まだ違うのにね」

「でも、もうすぐだよ」

「らあっ！」

元気よくトミーに同意されて、ヴォルフは満足げだ。

「こっちはコーンフラワーだけど、もうひとつの青い花は、ブルースターだね。ねえ、知ってる？　ブルースターの花言葉ってね……」

「『信じあう心』と『幸福な愛』」

「あら、知ってたの？」

意外に思って尋ねると、ヴォルフはにっこりと笑った。

「俺って、わりと気が早いからさ」

「気が早いって？」

「さあな」

含みのある笑顔でそう言うと、ヴォルフは「少し腹が空かないか？　屋台で何か買って食べよう」と続け、先程の言葉の意味は適当に誤魔化《ごまか》されてしまった。

食べ物を売る屋台はクランツの屋台よりもっとたくさん出ていて、どこもすごくいい匂《にお》いを漂《ただよ》わせている。

「なにが食べたい？」

「こんなにたくさんあると、迷っちゃうわね。ヴォルフ、おすすめとかある？」

「定番のソーセージはもちろん旨《うま》いよ。あとは、ライベクーヘンが人気かな。メルクブルクにはなかったけど、こっちの地方では人気の屋台メシで、ジャガイモのパンケーキだ。りんごのソースをつけて食べる」

「またジャガイモとりんごね！　そういえば、昨日作ってあげた同じくジャガイモとりんごを使う『天と地《ヒンメルウントエアデ》』はお父さんの故郷の味だって言ってたんだから、この辺りの伝統料理ってことよね」

「この辺は土地が痩《や》せているから、ジャガイモやりんごみたいな痩せた土地でも育つ作物を使った料理が多いんだろうな」

私たちはソーセージとライベクーヘン、王都の名物菓子レープクーヘンとアップルジュースも買うと、屋台近くに用意されているたくさんのベンチのうち、ちょうど空いていたひとつに腰掛けた。

「トミー、次はどれ食べたい？」

「あうー」

「またこれ？　ふふっ、やっぱりトミーはこれが好きなのね！」

「あいっ！」

ライベクーヘンをすっかり気に入ったらしいトミーは、小さくちぎったそれを嬉しそうにもくもくと食べている。

「でもこれ、本当に美味《おい》しいっ！　作るのは簡単そうだし、レシピを調べて村のみんなにも教えてあげないとね。炭火焼きソーセージはハーブが効いててとってもいいお味だし、レープクーヘンは中のナッツ類とスパイスのバランスが絶妙だわ！　どれも全部、すっごく気に入っちゃった！」

「これからは、いくらでも食べられるな？」

「いくらでも？」

「そうだろ？　だって――」

「あれっ、一昨日《おととい》の！　ってことはフードのお前、ヴォルフか!?」

声のするほうへ振り向くと、そこには一昨日会ったヴォルフの同僚のふたりと、さらに三人の男の人たちが立っていた。どうやらヴォルフの言っていた、同期の仲良し五人のようだ。

「お前らか」

「やっぱりヴォルフだ！　ってことは、彼女が噂《うわさ》の『蒼玉《そうぎょく》の王子様の秘密の恋人』か」

「は？　なんだそれ」

「おいおい、今朝《けさ》の新聞まだ読んでないのか？　俺なんて朝イチで妹に詰められたぞ、『この記事は事実なのか』ってな」

曰《いわ》く、「蒼玉の王子様」は一昨日、正体不明の女性と街中デートを満喫しており、群がる女性たちを前に「今、彼女とデート中なんだ」とはっきり口にしてふたりで立ち去ったほか、某有名ドレスメーカーで最高級ドレスを購入したり、その後はラーツケラーのヨハン・メラー・シートでデートを楽しむ様子が目撃されたとか。

心当たりは……まあ、大いにある。でも最初の女の子たちの前での一件以外は特に大きな騒ぎになることもなかったので、まさか記事になるとは思わなかった。王都でのヴォルフの人気を完全に舐《な》めていた。

「デートしただけで記事になるとか、さすがはみんなの王子様だな。ところで、まさかその子って、隠し子!?」

「あい」

「こらこら、『あい』じゃないだろ。ほら、前に話した預かってる親戚の子だよ」

「ははは、わかってるよ！　……にしてもお前にそっくりだな？　親戚みんな、その目の色なの？」

「ああ、ほとんどそうだよ」

「じゃあやっぱりあれはただの噂なのかあ。ちぇっ、噂通りお前が陛下《へいか》の隠し子ならよかったのに。そしたらヴォルフが国王になったとき、俺は専属護衛騎士にしてもらって、大出世だ！」

戯《おど》けた様子でそう言ったのは、マルクさんだ。

「ばーか。なんで自分より弱いやつを護衛騎士にするんだよ。お前、ヴォルフに手合わせでただの一度も勝てた事ないだろ」

「そんなこと言ったら、ヴォルフより強いやつって誰だよ？　団長も『一対一じゃ、ヴォルフには敵《かな》わない』って言ってたぞ？　それに隠し子じゃなくたってさ、公爵なんかよりヴォルフが国王になってくれたほうが絶対いいと思うんだよ。だってあの人って――」

「おい、外で滅多なことを言うな。どこで誰が聞いてるかもわからないのに」

「けど、それが民意だろ」

どうやら、公爵に人望がないというのは事実のようだ。だからこそ公爵は人望のあるヴォルフを目の敵にしているのだろうが、迷惑この上ない。

「でもまあ、そうしてフードを被っているのは正解だと思うな。今の王都でお前とティーナさんがお祭りデートしてる姿なんて、注目の的になるに決まってるし。しかも子連れだろ！」

ハインツさんのその言葉に、無理やりにもあのコートを着せてきてよかったと心底安堵した。

その後、一昨日いなかった三人の同僚の人たちをヴォルフが私に紹介してくれ、私も簡単に自己紹介をした。ただ一昨日と今日でひとつ、大きく変わったことも。

「ねえ、ティーナさんとヴォルフって、付き合って長いの？」

「付き合い自体は長いんですけど」

「正式に恋人になったのは、ごく最近だよな」

最近……というか、今日だけど。

でも一昨日までとは違い、今日の私は胸を張ってヴォルフの恋人だと言える。いや、胸を張って言うのはまだ恥ずかしいけど……でも間違いなく、私は彼の恋人なのだ。

「うわぁ、照れて赤くなってるの、めちゃくちゃ可愛い！」

「おい、ティーナをおかしな目で見たらまじで殺すぞ」

「本当に物騒なやつだな⁉」

「はははっ！　超牽制するじゃん！　ヴォルフのそういう姿、新鮮すぎだわ。あっ、じゃあさ、お互い初恋同士？　ヴォルフはそうだって知ってるけど、ティーナさんもなの？」

「おい、ティーナを困らせるなって――」

「そう……です」

「「「「おおーっ！」」」」

知ってるくせに、ヴォルフは驚いた顔で固まっている。そして彼に抱っこされているトミーは、五人の声が綺麗に揃《そろ》ったのが楽しかったらしく「おーっ！　おーっ！」と楽しそうに真似《まね》をした。

たしかに、本当ならあえて答えなくてもいい質問だろう。でもヴォルフと当然のように恋人同士だと認識されていることも、ヴォルフも私もそれを否定する必要がないってこともすごく嬉しくて、はっきり言葉にしたくなったのだ。

「幼い頃から、ずっと好きだったんです。でも、ずっと言えなくて。だから……私いま、とっても幸せです」

燃えるように顔が熱いし、恥ずかしい。でも、胸がぽかぽかする。

「ヴォルフ、聞いたか⁉　愛しのティーナさんが、初恋のお前と恋人同士になれて嬉しいって！」

「なんだよ、めちゃくちゃ幸せかよっ！　俺もそんなこと言ってくれる幼馴染み彼女欲しー……」

「馬鹿、幼馴染みの女の子は後からできねえよ。っていうかヴォルフ、顔、いや耳まで真っ赤だな！　今なら蒼玉《そうぎょく》の王子様じゃなくて紅玉《こうぎょく》の王子様──」

「お前ら、散れ」

「「「「へっ？」」」」

「散れっ!!」

真っ赤なままのヴォルフにそう言われた五人の同僚たちはにやっと笑うと、「ご馳走様《ちそうさま》でした！」と言って、楽しそうに駆け足で行ってしまった。

「ヴォルフったら！」

まともに挨拶《あいさつ》もできないまま、追い払うみたいになってしまったことに申し訳なさを感じつつ、ヴォルフの態度や彼らの反応から、本当に仲がいいんだなあというのがわかって嬉しくもあって。

「ティーナ」

「なあに？」

「あんまり可愛いこと言われると、困るんだけど」

「……本当のこと、言っただけだもの」

また熱くなった頬に、ヴォルフの手がそっと触れる。

「んっ……ヴォルフ、ちょ、ちょっとこんなところで」

「ティーナが悪い。あんまり俺を煽《あお》るから」

「あ、煽ってなんか……んんっ──」

「たあっ！」

キスをする私たちのすぐ下からトミーの元気な声がして、ようやくヴォルフがキスを止《や》めた。

「もう、ヴォルフったら！　誰かに見られたらどうするのよ!?」

「別に俺は構わないけど？　声かけてくるような無粋《ぶすい》なやつがいたら『恋人とイチャイチャしたいので放っておいてください』って言えばいいだけだし。な、俺の恋人さん？」

ヴォルフってば、完全に開き直ってる……。

とはいえ、さっきのキスだって本当は少しも嫌じゃなかったし、むしろ「俺の恋人さん」なんて言われてすっかり舞い上がっている私もなかなかだ。


音楽隊が演奏する軽快なメロディが、花びら舞う美しい街に響いている。ちょうどこれからメインイベントである「花の精の舞い」があり、その後で市民たちも中央広場を中心にダンスを楽しむことになる。

「花の祝祭日」にはそれぞれの町で、その年に十五歳となる女の子の中から毎年一人が「花の精」に選ばれて、特別な舞いを踊る。私も十五のときにその役目を仰せつかり、ヴォルフにエスコートしてもらって無事役目を果たした。

「とっても可愛い『花の精』ね！」

生花で飾られた真っ白なドレスに身を包んだ愛らしい少女が、中央広場に設置された舞台の上に現れる。もちろん彼女が、この街の今年の「花の精」だ。ほかの女の人たちもみんな白ドレスだが、花は刺繍。その年の「花の精」だけが、生花をドレスに纏《まと》うことが許される。

「懐《なつ》かしいな、思い出すよ。あの日の君、本当に綺麗だった。でも……今の君はもっと綺麗だ」

「……ふふっ！」

「どうしたんだ？」

「なんでもなーい！」

ヴォルフは不思議そうな顔をしているが、私は上機嫌だ。だって、昨日までのヴォルフの反応の意味をようやく理解したから。

再会してからヴォルフが私にすぐ「綺麗だ」とか言うから、王都で女性慣れしたせいだと思って苛立《いらだ》ってしまった。なのにヴォルフが「君にしか言わない」なんて真面目《まじめ》な顔で言うものだから、それならトミーのお母さんにも言ったことないのかと尋ねると、思いっきり狼狽《うろた》えていた。

あのときヴォルフが嘘《うそ》でもすぐ肯定してくれなかったことがショックだったけれど……今なら、彼がどうしてあんな反応をしたのかわかる。

ヴォルフはただ、馬鹿正直なだけだった。本当に嘘は吐《つ》いていなくて、だからこそあんなに狼狽えることになったのだ。

不思議だ。昨日まであんなに悲しかったことが、今日はすっごく愛しい記憶に変わったのだから。

「さあ、いよいよダンスの時間だ！　三人で踊ろう！」

明るく楽しげな春の曲が次々と流れ、私たちはそのメロディに合わせて踊った。

トミーは音楽もダンスも大好きらしく、きゃっきゃと笑いながらヴォルフの腕の中で暴れている。

そんなトミーと、それに翻弄《ほんろう》されつつも嬉しそうなヴォルフを見ていると、とっても幸せな気持ちになった。

「今年はまた貴方と踊れて嬉しい」

「俺も。なあ、昨年は本当にマリアとしか踊ってない？」

「ええ、本当よ？　貴方が手紙で散々、『変な男がつかないように、マリアを絶対に独りにするな』って念押しするんだもの。おかげで、私はずーっとマリアとだけ踊ることになりましたー」

恥ずかしそうに笑ったヴォルフが、はっと何かに気づいたように呟《つぶや》く。

「……そろそろだな」

「どうしたの？」

「ちょっと一緒に来てほしい場所があるんだ。いい？」

「えっ、今？」

「そう、今」

――ダンスはまだ続いているのに、いったいどこに行くつもりなのだろうか。

このお祭りのフィナーレでは『花の精の祝福』という曲の演奏とともに花の精が「祈りの舞」を踊る。お祭りの中で一番盛り上がる場面なのだ。

それなのに、それを見ないで別の場所に行ってしまうつもりなのだろうか。

不思議に思いつつも、トミーを抱っこしながら妙にそわそわした様子で私の手を引くヴォルフについていく。すると彼は中央広場前の市庁舎に入り、「関係者以外立ち入り禁止」の表札がある扉を躊躇《ちゅうちょ》なく開けると、堂々とその中に入っていく。

「えっ、ここって入って大丈夫なの？」

「問題ないよ。王立騎士団員はここへの出入りを許可されているんだ。俺の家族である君とトミーも関係者の関係者ってことで」

いやいや、正確にはまだ結婚どころか婚約もしてないから家族とは言えないのでは？

それ以前に関係者の関係者は関係者なのだろうか——なんてことをぼんやり考えてるうちに長い螺旋《らせん》階段を上ることになり、すっかり息があがった頃には一番上に到着していた。

そこは小部屋になっており、小さなベンチがひとつと、正面に古びた扉が見えた。

「随分《ずいぶん》と高いところまで上ったわね。ねえ、ここにいったいなにがあるの？」

「すぐわかるよ」

ヴォルフは嬉しそうに笑いながらその古い扉の内鍵を開け、外へと開いた。

「わあっ……！」

大きく開かれた扉の向こう、バルコニーから見えたその光景に、感嘆の声が漏れた。

青空に映えるオレンジ色で統一された瓦《かわら》屋根が、眼下の遥か向こうのほうまで続いている。

大聖堂の尖塔《せんとう》だけはこの場所よりもさらに高いところまで伸びているが、それ以外の全てが私たちの眼下に広がっているのだ。

美しく歴史ある王都の街並みを一望できるこの場所は、街の展望台なのだろう。

「いい眺《なが》めだろ？　ちょうど真下に、中央広場が見える。祭りのフィナーレを真上から眺めるのも悪くないかなと思ってさ。それにここなら俺たちふたりきり——いや、三人きりだ」

真上から見るダンスはスカートがくるくると回り、色とりどりの花たちが踊っているように見えた。花吹雪《はなふぶき》はこの高い展望台の上にまで舞っており、さっきよりも小さく聞こえる音楽と地上での祭りの様子を俯瞰《ふかん》すれば、まるで夢の中にでもいるかのように幻想的な光景だ。

「この場所は街を見守るための場所で、団員なら誰でも自由に入れるんだ。去年この祭りを見たとき上から見たら綺麗だろうなと思って、ティーナが来たら一緒にここから見ようと決めてた」

「とっても素敵だわ！　ありがとう、ヴォルフ。こんなに素敵な景色を見せてくれて」

「本当は来年、見せるつもりだった」

「私が予想よりも寂しがりやさんだったおかげで、一年早く一緒に見られちゃったね？」

ヴォルフはとっても嬉しそうな顔で、私の頬にキスをした。

「……来年も、一緒に見たいな」

「これからは毎年見られるよ。祭りの日以外も、来たければ毎日だって。夜に来るのもいいな」

「夜も入れるの!?　わあっ、すごく来たい！　王都にいるうちに、来られたらいいな。でももし今年無理でも、来年来たときには見られるよね！」

そう言って笑うと、なぜかヴォルフは不満げな様子だ。

「あれっ、私なにか変なこと言った……？」

「俺は、もうティーナと離れる気はないよ。離す気ない」

「えっ？」

「この二年、ティーナと再会する日のことだけを考えて、がむしゃらに頑張ってきたんだ。ちゃんと君に相応《ふさわ》しい男になって、君を迎えに行くんだって」

ものすごく真剣な表情のヴォルフにじっと見つめられて、鼓動《こどう》が速くなる。

「孤独な夜も、君に再び会う日を思うことでなんとか乗り越えて来た。けど、予定より早く俺の前に現れた君は、俺が必死で抑え込もうとしていた全ての感情を呼び覚ましてしまった。君と想いが通じた今、もうこれまでのように我慢なんてできない」

にっこりと優しく微笑んだヴォルフは、トミーを抱いたまま私の前に跪《ひざまず》いた。

「過去も現在も、俺の最愛の人であるクリスティアーナ・ヒンメル。これから先の未来も永遠に、君を誰よりも愛すると誓う。どうか、俺と結婚してほしい。そしてこれから先、俺に君を守らせてほしい。あの日のおじさんとの約束を、俺に一生かけて守らせてくれ」

『俺がティーナを守れなくなったら、ヴォルフ、お前がティーナを守ってくれ。約束だぞ？』

それはお父さんが亡くなる前、最後にヴォルフに会ったときに言った言葉。

あの日の約束を、ヴォルフは覚えていてくれたのだ。

未来からの手紙とトミーの存在によって、私とヴォルフが結婚するのは確定事項みたいなもの。それが私には夢みたいに嬉しくて、ヴォルフが当然のように私と結婚してる未来のことを話すのも、すごく幸せだった。

でも今私の前に跪くヴォルフは、本当に真剣な表情で、緊張のあまり少し震えている。

私がこの申し出を断ることなんてありえないし、未来を知り、私たちの未来の息子をその腕に抱いているにもかかわらず、今ここにいる私の「答え」を、こんなにも真剣に待ってくれている。

そんなヴォルフが、愛おしくてたまらない。

「約束、覚えていてくれて本当にありがとう。過去も現在も私の最愛の人であるヴォルフガング・ヴァルトマイスター、私も、貴方と結婚したい。これからの未来も永遠に、貴方を誰よりも愛すると誓うわ」

ふわりと、ヴォルフが私を優しく抱きしめた。

「ありがとう、ティーナ。俺いま、最高に幸せだ」

「私もよ。私も、最高に幸せ」

耳元で、互いに小さく囁《ささや》き合う。それから、どちらからともなく唇を重ねる。そのとき、私たちの間で包まれるみたいに抱かれていたトミーが、とても嬉しそうに声を上げて笑った。

その笑顔があまりに可愛くて、私とヴォルフはトミーの頬に左右からそっとキスをした。

「……ああそうだ。ティーナ、一度君の指輪を俺に貸してくれる？」

「指輪？　ええ、もちろんよ」

急な願いを不思議に思いつつ、お父さんの作ってくれた指輪を渡す。彼はトミーを肩のほうに抱き直すと、懐《ふところ》から何かを取り出した。

軽く、金属同士のぶつかる澄んだ音がする。安堵の表情を浮かべたヴォルフにそっと手を取られ、左手薬指にすっと指輪が嵌《は》められた。

別の指に戻ってきたそれに目を向けると。

「ヴォルフ……これ、すごく素敵だわ！　いったいどうなってるの!?」

お父さんのくれた金の指輪にぴったりと重なる形で、その精緻《せいち》な美しいデザインを背後から一層際立たせているのは、シンプルだけど洗練されたデザインの、素敵な白金のリングだ。

「これなら、トーマスおじさんがくれた指輪と一緒につけやすいかなと思って。ほら、未来の君の指輪を俺が預かってるだろ？　あれの型を取って作ったんだ」

「作ったって、ヴォルフが!?」

「俺って昔からわりと手先が器用だろ。この剣を作るときにお世話になった鍛冶《かじ》職人が装飾品も作れる人だったから、少し教わりながら作ったんだ。もちろんおじさんの指輪には及びもつかないものだけど」

「すごいわ、ヴォルフ！　本当に綺麗にできているし、重ねることでお父さんのリングのデザインが引き立つようになってるなんて素敵すぎる！」

「喜んでもらえてよかった。サイズもちゃんと合ってるようで安心したよ。君はいつも右手中指につけてたから、白金のリングと重ねることで君の左手薬指に合うサイズになるよう調整したんだ。指のサイズは、マリアに頼んでこっそり測ってもらった」

その言葉で、そういえばちょっと前にマリアがたくさんのおもちゃの指輪を持ってきて、ひとつずつ嵌めてみるように言われたのを思い出す。どうやらあれでサイズを調べて、ヴォルフに報告したらしい。まだ小さいのに、マリアは本当にできた妹である。

でも、そっか。ずっと、お父さんの指輪と一緒につけられるように――。

ヴォルフの気持ちが温かくて、嬉しくて、涙が込み上げる。

「天国からティーナを見守ってくれているトーマスおじさんに、『これからは俺が誰よりも近くでティーナを守ります』って決意を込めて作ったんだ。……気に入った？」

込み上げた熱い涙が、一気に溢れた。

「ええ、最高に気に入ったわ!!　ありがとう、ヴォルフ。大好き」

トミーごとヴォルフを抱きしめ、それから唇にそっとキスをした。

「ティーナ、愛してる。絶対に、世界一幸せな家族になろうな」

甘く微笑むヴォルフから、この上なく甘くて幸せなキスのお返し。

ちょうどそのとき、祭りのフィナーレを飾る虹色の花吹雪が地上から一気に空へと噴き上がった。

色鮮やかな花びらが、陽の光に透き通ってキラキラと舞っている。

夢のように幻想的な光景の中で、本当に嬉しそうに笑ってるヴォルフとトミーを見つめながら、ああ、本当に幸せだなと思った。

◆　◆　◆

アパートに帰ってきた私たちは、一階のベルタさんを訪ねた。

ベルタさんは、誤解とすれ違いのせいで危うく喧嘩《けんか》別れしそうだった私たちの間に入って私たちの気持ちを落ち着かせ、冷静に話し合うことができるようにしてくれた。そして昨夜なんてトミーを丸一晩預かってくれた。

おかげで私たちは誤解を解き、想いを通わせることができたのだ。つまり彼女は私たちにとって大恩人なわけで、今朝トミーを引き取りに行った際にヴォルフがお礼を言ったそうだが、私からも直接お礼を言いたかった。

「わざわざお礼なんてよかったのに。でも、貴方たちが仲直りできて、本当によかったわ！」

お祭りで買った綺麗な春の花飾りと私たちの故郷であるメルクブルクから持ってきた名物菓子を手土産《てみやげ》にお礼に伺うと、彼女はとても喜んでくれて、ちょうど準備ができたところだからと、夕食に招かれてしまった。

「わあ、すごいご馳走！　本当にご一緒してもいいんですか？」

「もちろんですよ！　こんなおばあちゃんが、こんなにたくさん食べられると思いますか？　ああ、でもヴァルトマイスターさんは騎士団の規則で他人の作ったものは食べられないんでしたっけ」

「ベルタさんは別です！　ねっ、ヴォルフ！」

「ええ、是非ご一緒させてください」

ベルタさんはとても嬉しそうに微笑んだ。

「おふたりをお招きできて、とっても嬉しいわ！　ふたりの仲直り記念ですからね。それに今日は、ヴァルトマイスターさんのお誕生日でもあるでしょう？」

「あれっ、俺ベルタさんに誕生日言いましたっけ？」

「ええ、ずいぶんと前に教えてもらいましたよ。だから今年は絶対にお祝いしなきゃと思っていたんです」

ベルタさんはにっこりと微笑んだが、ヴォルフは不思議そうな顔をしていた。

テーブルには大人三人用の椅子のほかにトミー用のベビーチェアまで用意されており、私たちの椅子の間にあるその小さな椅子に座って、トミーはなんだか得意げだ。

ベルタさんの料理はどれも絶品だった。どの品も丹精込めて作られているのがわかったし、味付けもものすごく好みである。お呼ばれすると「よその味」みたいなのを感じるものだけど、ベルタさんの料理は不思議とそういう感じが全くなくて、むしろ懐かしさを覚えた。

食後のケーキもそうだった。お誕生日のヴォルフのためにベルタさんは大きなケーキまで焼いてくれ、「花の祝祭日」にふさわしくお砂糖でできた色とりどりのお花と、エディブルフラワーが飾られて、本当に美しかった。

でもなによりその味が最高で、甘さはしっかりあるのにとても上品なのだ。あんまり美味しいものだから、私とヴォルフはふたりして二切れずつも食べてしまった。トミーもすっかり気に入り、お花を手に持ってものすごくご機嫌だ。

「このケーキもですが、どれも本当に素晴らしいお料理で感動してしまいました！　ベルタさんはどうしてこんなにお料理が上手なんですか？　お料理関係のお仕事をされていたんですか？」

「ふふっ、そんな風に言ってもらえて本当に嬉しいわ！　でも私はただのおばあちゃんで、お料理だってまともに勉強し始めたのは結婚してからだったの。私がティーナさんくらいの頃は……まあそれこそ大昔の話だけど、ティーナさんみたいにお料理上手じゃなかったのよ」

「私は料理上手ってほどでは……」

「あら、ヴァルトマイスターさんがいつも言ってましたよ？　ティーナさんが作る料理は自分には世界一美味しくて、王都に来てからずっとティーナさんの手料理が恋しいって」

頬を赤くするヴォルフを見る限り、本当にそんなことをベルタさんに言っていたらしい。嬉しさと恥ずかしさで、私も今は顔が真っ赤になっているはず。

「こんなに賑《にぎ》やかで楽しい時間は本当に久しぶりよ。お誕生日は家族水入らずで過ごしたかったでしょうに、おばあさんも一緒にお祝いさせてくれて本当にありがとう」

「お礼を言うのは俺たちのほうです。こんなに素晴らしいお祝いの夕食をご馳走になって、本当に素晴らしい時間を過ごさせていただきました」

「一昨日の夜にもお話ししましたが、ベルタさんといるとおばあちゃんといるみたいな気がして、嬉しくなってしまうんです！　ですから、よかったらまたご一緒させてください。今度は私が何かご馳走しますから！」

「ふたりとも、本当にありがとう。ええ是非、いつでもご一緒させてくださいな」

優しく微笑むその姿は、やっぱりおばあちゃんそっくりだ。

帰り際、私は今日と昨日のお礼にお家のこととかアパートのことでなにかお手伝いできることはないかと尋ねた。でもなにもないと言ったベルタさんに、それならなにかしてほしいことはないかと聞くと、それでは明日四人でおでかけしませんかと誘ってもらったので、喜んで承諾した。

「ベルタさんって、本当に素敵な方だわ。知れば知るほど好きになっちゃう」

優しい笑顔でヴォルフが同意を示した瞬間、彼に抱かれているトミーも「らあっ！」と元気よく返事をしてくれたものだから、思わずふたりで吹き出した。

部屋に戻ってからは彼の家族や私の母、そして村のみんなから預かってきた誕生日プレゼントをヴォルフに渡した。そしてもちろん、私からのプレゼントも！

私からの贈り物は剣につける「紐飾《ひもかざ》り」だ。ヴォルフは騎士だから怪我《けが》をしないお守りみたいなものをあげたくて、めいっぱい心を込めて結った。

結い糸の色を青と緑の二色にしたのは私と彼の瞳の色を使いたかったからだが、恋人でもないくせに互いの瞳の色を選んだと思われるのが恥ずかしくて、「たまたまこの二色しかうちになかったの」なんて、下手《へた》な嘘を吐く予定だった。

でももう、そんな嘘を吐く必要はない。私たちは本当の恋人同士になったのだし、それどころか結婚の約束までしたのだから。

そう思ったら、嬉しさと恥ずかしさで、なんだかむず痒《がゆ》く感じた。

そんな私からの贈り物をヴォルフは、私が予想していた何十倍も喜んでくれた。そしてすぐ自分の剣を持ってくると、私に結んでほしいというので結んであげたら、ヴォルフは飾りのついた剣を子どもみたいにずっと手に持って、とても嬉しそうに眺めていた。

そのときふと、ヴォルフの剣のガード部分に緑の宝石が嵌め込まれていることに気づく。

「その石って、エメラルド？」

「そうだよ」

「綺麗ね！　これって、みんなエメラルドなの？　『蒼玉の王子様』なんだから、サファイアならちょうどよかったのにね」

「みんなじゃないよ。ここには好きな石を嵌めていいことになってる。サファイアでもルビーでも、自分の好きな色の石を嵌めるんだ」

「えっ、じゃあどうしてサファイアにしなかったの？」

「本当にわからないのか？」

私が首を傾《かし》げると、突然ヴォルフが顔を近づけてきた。急にキスされるのかと思い、驚いて目をぎゅっと瞑《つぶ》ると、瞼《まぶた》の上にやわらかなものがふわりと触れた。

「……ん？　あっ、えっ!?」

「サファイアも好きだけど、俺が一番好きなのは、昔からエメラルドだよ。知らなかったの？」

サファイア色の瞳にじっと見つめられてようやく意味がわかり、ぶわあっと頬が熱くなった。

そうこうするうちにトミーがうとうとし始めたので、ベビーベッドに寝かせて、子守唄《こもりうた》を歌ってあげた。すると、みっつめの歌が終わる頃にはぐっすり眠ってしまった。

「トミー、本当に可愛いねえ」

天使のような寝顔を見つめながら呟くと、「俺とティーナの子だからな」とヴォルフが嬉しそうに笑うので、幸せで胸がぽかぽかした。

「素敵なお誕生日になったね」

「素敵なんてもんじゃない。間違いなく、これまでの人生で最高の誕生日だ。ようやく君の恋人になれたばかりか、婚約者にまでなれたんだから」

この上なく甘い声と甘い表情でそう言いながら私の頬に手を添えると、そのまま優しく口づける。

そのキスも、うっとりするほど甘い。

「んっ――はあ……っ」

ヴォルフがぱっとキスを止めた。

「……ヴォルフ？」

「これ以上したら、止まれなくなりそうだ」

「へ？　あっ……ああ！　そういえば、もうこんな時間なのね!?　私、帰るね！」

その言葉の意味を理解した途端、急に恥ずかしくなって慌てて立ち上がる。でもヴォルフにふっと腕を摑《つか》まれて、驚いて振り向いた。

「あ、あのさ、別にあっちに戻らなくてもいいんじゃないか？」

「えっ？」

「昨日だって、このベッドで一緒に寝られただろ？　だから今晩も……いや、変な意味じゃなくて！　もしふたりで寝づらいなら、俺がそこのソファで寝るんでもいいし」

「ヴォルフのベッドを取るなんてできないよ。部屋だって、せっかく取ってるんだし」

「俺がティーナのそばにいたいんだ。……だめか？」

トミーとそっくりな顔で甘えるようにお願いされては、断れるはずがない。そもそも私だって、本当はヴォルフのそばにいたいのだ。

「じゃあ……泊まる」

ヴォルフはすごく嬉しそうに笑った。

それから私は、今朝彼に宿まで取りに行ってもらった鞄から寝間着《ねまき》を一着取り出して、奥の部屋でそれに着替えた。

戻ると、ヴォルフはクローゼットから毛布を取り出しているところで、どうするのかと思ったらそれをソファの上にぽんと載せた。

「えっ、ちょっと待って！　もしかしてヴォルフ、本当にソファで寝るつもり!?」

「そのほうが、ティーナがゆっくり休めるかと思って」

さっき私が渋ったから、一緒に寝るのを嫌がってると思ったのだろうか。

でも、違うのだ。恥ずかしくはあったけど、本当は一緒に寝ようと言われてすごく嬉しかった。

昨日ヴォルフに抱きしめられていたときのあの感覚は、本当に素敵だったから。

そっと、ヴォルフの服の袖を掴む。

「……ティーナ？」

「いやよ」

「ああ、心配しないで。このソファ、意外と寝心地いいんだよ。昼寝のときはわざとこっちで寝ることがあるくらいだし」

「そうじゃなくて……」

「ん？」

こんなことを自分から言うのは、ちょっと恥ずかしいけれど。

「一緒じゃなきゃ、嫌。せっかく同じ部屋にいるのに、貴方とそんなに離れてたくない」

驚いた顔で私を見つめるヴォルフは、一瞬で耳まで真っ赤だ。

「じゃ、じゃあ……一緒に、寝よっか」

ちょっとつかえながらそう言ったヴォルフが私の手を優しく握り、一緒にベッドへと向かう。私が先にベッドに上がり、そのあとすぐに彼もベッドに上がってきて、ふたりで横になる。

もうあんなことまでしたのに、なんだか初めて一緒に眠るみたいに緊張して、ドキドキする。

でもそのドキドキは全然嫌じゃなくて、心地好《よ》い。それに当たり前だが、ヴォルフのベッドからはヴォルフの匂いがして、なんだかすごく安心するのだ。

「狭くないか？」

「うん、大丈夫」

どちらかというと、本当はもっと近寄りたいくらいなんだけど。こうしていると、昨日ひとつになったときの幸せな感覚を思い出してしまって、欲が出てしまうみたい。

「……なあ、何にもしないって約束するから、少し抱きしめちゃだめかな」

「えっ！」

「あっ、嫌ならいいんだ！」

「ううん、嫌じゃない！　そうじゃなくて……私も、ヴォルフに抱きしめてほしかったから」

向き合うヴォルフの顔が赤くなる。そして、私の顔も。

近づいてきたヴォルフの腕が私のほうに伸びる。私が身体を浮かすと、片方の腕が横向きの私の身体の下に、もう片方の腕が上に乗って、そのままぎゅっと抱きしめられた。

心臓が、おかしくなりそうなほどドキドキしている。こんな風に抱きしめられていたら、きっとヴォルフにこの鼓動が伝わってしまうだろう。

そんなことを思っていると、不意にその鼓動が二重になったように感じた。

——これは、ヴォルフの鼓動？

「ヴォルフの心臓、すごくドキドキしてる？」

「……これ、バレるの死ぬほど恥ずかしいな」

「ふふっ！　これだけくっついてると、さすがにわかっちゃうね」

「ティーナもドキドキしてる？」

「私のは、あんまりわかんない？」

「自分の心臓を落ち着けようとするので精一杯で……」

思ったよりヴォルフが動揺《どうよう》してくれていたことに、なんだか嬉しくなった。

ぎゅっと強く、彼を抱きしめる。

「してるよ。怖いくらいに、ドキドキしてる。でもね……それが、とーっても心地好いの」

「……ああ、すごくわかるよ」

ふたり抱き合って、言葉を交わす。ただそれだけなのに、最高に幸せで、満たされる。

「……ああ、本当だ。ティーナの心臓も、すごくドキドキしてる」

耳元で響く、ヴォルフのとても嬉しそうなその声が、くすぐったい。

大好きなヴォルフの匂い。とっても優しい抱き方と、彼自身のような優しい温《ぬく》もり。

その、全部が愛おしい。

ヴォルフがそっと私の額に口づける。

「ティーナ、おやすみ」

「ヴォルフも、おやすみ」

はっきりと感じる、お互いの鼓動。それが、いつしか同じ速度になっていく。

ふたりの鼓動が完全に重なり、まるでふたりでひとつの存在になったみたい。

これ以上ないほどの安心感に包まれながら、とても幸せな眠りに落ちていった。

◆　◆　◆

腕の中には安心しきった様子で眠る最愛の女性がいて、これ以上ないほどの喜びと幸福感が胸に満ちる。

——だが同時に、言いようもない不安と恐怖を覚える。この幸福が、一瞬にして永遠に奪われてしまうのではないかと。

彼女の父親であるトーマスおじさんは、俺たちが十歳の頃にこの世を去った。優しく穏やかな人で、過去に負った大怪我で身体は強くなかったが、人を惹《ひ》きつける魅力とその高潔な人柄で村中の人たちから慕われていた。

　俺はトーマスおじさんが大好きだった。俺とティーナは、親同士の仲が良かったこともあって、生まれたときから一緒だった。だから互いの両親をもう一組の両親のように思っていたし、それは親たちのほうも同じだったようだ。

　まだおじさんが少し元気だった頃、「男同士で話でもしようか」とおじさんにふたりだけで散歩に誘われたことがあった。

　そのときおじさんは、それまで一度も話さなかった過去のことを話してくれた。詳細は伏せていたが、父親のこと、母親のこと、そして兄のこと。あるとき家族を一度に失って失意に沈んだが、ユリアーネおばさんと出会って、再び歩き出せたのだということも。

　おじさんにそんな過去があったことに衝撃を受けつつ、どうしてそれを俺に教えてくれるのかと尋ねた。

　するとおじさんは、「父親というのは、娘にはかっこいい姿だけを見せたいものだからな。だが、いつか俺が死んだら、死んだみんなのことを覚えている人が誰もいなくなる。だから大切な息子であるお前にだけは、話しておきたかったんだ」、そう言って、とても優しく笑った。

　全てを知った今、おじさんが抱えていたものの大きさに改めて衝撃を受ける。と同時に、そんな大切なことをほかでもない俺に話してくれたことを、心から嬉しく思った。

『俺がティーナを守れなくなったら、ヴォルフ、お前がティーナを守ってくれ。約束だぞ？』

　これはトーマスおじさんが亡くなる日の朝、最後に俺と話したときに言った言葉だ。

　おじさんは、俺とティーナがともに未来を歩んでいくことを、すでにわかっていたのだと思う。

だからこそ俺に、彼女を守るようにと言ったのだ。

ティーナも俺が初恋だと言ってくれたが、彼女が自覚するよりずっと前から俺はティーナが好きだった。だから、トーマスおじさんが最愛のティーナをこの俺に任せると言ってくれたことは本当に嬉しかったし、おじさんとの約束を死んでも守ることを心に誓ったのだ。

俺が剣を手に取ったのも、全てはティーナを守るためだった。

誰よりも強くなって、ティーナを守りたかった。運良く俺には剣術の才があり、王立騎士団員としての道が開かれることになった。

実は、入団には迷いがあった。俺はティーナさえいればいいのに、王立騎士団員になれば王都で暮らさねばならないし、結婚も三年目に役職がつくまで待たねばならないと聞いたからだ。

ティーナを守るために剣を取ったのに、三年もティーナと離れ離れになるなんて本当はすごく嫌だった。それに結婚すれば、ティーナは俺と村を出ることになる。母とふたり暮らしの彼女がそれを受け入れてくれるかどうか、俺にはわからなかった。

それで入団を渋っていたのだが、俺の両親とティーナの母親に、ティーナと離れることが理由で決断を渋っているなら絶対に行くべきだと、猛烈に説得された。

「せっかくの剣術の腕も、平和で小さな村では活《い》かしきれないでしょう。家族をしっかり養える男になって、ティーナを迎えにきなさい！」、ティーナの母であるユリアーネおばさんの叱咤《しった》激励で、俺は王都行きを決心することになった。

そして二年が経《た》ち、予定よりも早くティーナを迎えに行ける、本当にティーナと家族になれると嬉々《きき》としていたときに、トミーが現れたのだ。

俺とティーナの息子であるトミーが未来に存在する、そのこと自体は最高に嬉しい事実だった。だがそのせいでティーナの命が狙われることになるという事実は、あまりに衝撃的だった。

俺たちがメルクブルクで結婚して、子どもを産んでいたら。そうだ、俺が王立騎士団員ではなく、「国王陛下の隠し子」などという根も葉もない噂を立てられていなければ、公爵に目をつけられることなんて一生なかったはずだ。

死んでもティーナを守ると決めたのに、俺のせいでティーナに危険が及ぶかもしれないと思ったら、恐ろしくてたまらなかった。

だがたとえそうだとしても、俺にはティーナを諦《あきら》めることなんてできない。だったら俺がすべきことは、なんとしてもティーナを守ることだけだ。

公爵の動向は今も逐一報告させている。加えて、ティーナが公爵とすでに出会ってしまったのを二日前に知ってからは、彼女の宿とうちのアパート周辺に警備隊も配置している。

王都の治安維持のため王立騎士団員にはそうした指示を出す特別な権限を与えられているのだが、まさかそれをこんな形で行使することになろうとは。

とはいえ、公爵がどんな手段を使うかわからない。幸い、二日前に会った時点では彼の反応からしてまだ憑依《ひょうい》されてはいないようだった。

だが、いつ未来の公爵が憑依した状態でティーナを殺そうとしてくるかわからないこの現状に、本当は強い恐怖と不安を覚えている。

相手は、普通の人間ではない。現在この国で唯一、魔法を自在に操る人間だ。騎士団員になってから、魔物を相手に戦うことにもすっかり慣れた。だが、魔法使いを相手に戦ったことはまだない。

どんな魔法を使うのか、どれほどの強さなのか、想像もつかない。

魔物の群れに遭遇したときも、巨大なドラゴンと対峙《たいじ》したときも、俺はそれほど大きな恐怖を覚えなかった。剣の腕には自信があったし、俺には絶対に生きて帰るべき理由があったから。

しかし今回、危険に晒《さら》されるのは俺自身ではない。自分の命よりも大切な存在が、狙われているのだ。

考えたくないし考えるべきではないのに、もし万が一俺がティーナを守れなかったらと想像して、これまでに感じたことのない大きな恐怖を覚えてしまう。

「ん……うぅん……ヴォルフ」

眠っているティーナが、俺の胸元に顔を擦り付けながら俺の名を呼ぶ。あまりの愛おしさに強く抱きしめてキスしたくなるが、それを必死で堪《こら》えて、そっと頭を撫《な》でる。

するとティーナは、眠っているのに嬉しそうに微笑んだ。

「ヴォルフ……好きよ」

可愛すぎる寝言に、悶絶《もんぜつ》した。

「……ティーナ、俺も好きだよ。君を愛してる」

胸が苦しいほどの愛おしさ。この愛おしい存在を失ったら、俺は生きていけないだろう。

「ティーナ、絶対に俺が君を守るから」

そっと額に口づけを落とすと、彼女は嬉しそうに笑って、また深い眠りに入った。

絶対に、何があろうと君を守る。守り抜いてみせる。

たとえ――この命を懸《か》けることになろうとも。

◆　◆　◆

なぜあの赤子が、この時代にいるのか。あれが生まれてくる前にその発生由来ごと消し去るため、こうしてわざわざこんな過去の世界にまで来たというのに。

「花の祝祭日」が終わり、まもなく新たな朝を迎えようという気配を白み始めた空に感じながら、ひとり考える。

慣れ親しんだタウンハウスの執務室。しかしこの執務机には、あの赤子を仕留め損ねた夜に怒りに任せてつけた傷跡はない。その事実が、ここが過去の世界であることを私に実感させる。

二日前に、私はこの身体に憑依した。そしてその前日と前々日に、すでにあの小娘と会っていることを思い出し、すぐ消してしまおうと思った。それで後をつけると――なんと、あの赤子がいた。

そもそも私の経験した過去では、あのタイミングであの娘に会うことはなかった。

私が憑依する前にすでに過去が変わっていた、それはつまり、過去に干渉しようとした私以外の存在がいるということだが……まさか、それがあの赤ん坊とは。

どうやって過去の世界に来たのかはわからないが、歴代最高の魔力持ちだ、己の未来に危険でも感じて、本能的にそれを回避しようとしているのかもしれぬ。

だとしても、計画を変える必要などあるまい。どんなに膨大《ぼうだい》な魔力を持っていようと、扱えねば意味がない。過去で母親が死ねば、未来での存在が消えることになるあの赤子も、自然と消滅するのだから。

しかしあの娘、見れば見るほどあいつに似ている。憎き我が弟、トーマスに。

我が弟は、私に屈辱と劣等感とを覚えさせるためだけにこの世に生を受けたようなやつだった。

だからあいつが消え、ようやくこの世界が正しく私を評価するようになったと——そう思っていたのに。

まず現れたのは、あの小僧だ。ただ特別なコーンフラワーブルーの瞳を持つというだけで田舎者《いなかもの》の平民の分際で「国王陛下の隠し子」などと呼ばれて、王位継承までまことしやかに囁かれるのだから、失笑だ。

だが愚かな民衆どもは、ただの田舎者の小僧が本当に国王にでもなるかのように騒ぎ立て、上位貴族らまでもが、こぞって彼に養子縁組を申し出たり、娘の婿《むこ》にと望んだりした。

だからあの小僧がそうした者たちの申し出を跳《は》ね除《の》けて、故郷の幼馴染みの村娘などとあっさり結婚したことには、私を含む誰もが驚愕《きょうがく》したものだ。

不愉快な小僧ではあるが、身の程は弁《わきま》えていたらしいと感心したものだが——。

リンデマン家の人間しか持たぬ、最高の魔力保持者の証《あかし》であるエメラルド・アイ。今となってはもうこの世に私ひとりだと、長らくそう信じていた。

——だがまさかあの瞳に、再び悩まされる日が来ようとは。

この座を得るため、念入りに準備をした。魔塔の爆破もそうだ。予《あらかじ》め「核」を限界まで不安定化させて、弟子の一人に私の不在時にある実験を任せた。

ごく簡単な実験で、通常ならなんの問題もなく行えたはずだ。しかしその実験に必要なのは、「核」からのエネルギー抽出。「核」の異常を知らせる警告ベルが取り外されているとも知らず、魔道具であの状態の「核」に直接触れれば、なにが起こるか。

完璧な計画だったのだ。私があの事故を誘発したという証拠は爆発とともに完全に消滅し、私にとって邪魔になるものが一気に片付いた。

そこからは全てが順調だった。この国唯一の魔法使い、そしてリンデマン公爵家の後継者として、私はこの国で第二位の権力者にまで上り詰めた。

あとは子のできない王が死ぬのを待って王位を継げば、今度こそ私は名実ともに国の頂点に立つことができる。あの弟でも決して成し遂げられなかったことを、この私が実現するはずだったのだ。

——それなのに、最も死んで欲しかった人間は生き延びていた。そしてその子と孫とによって、私の願いが再び踏み躙《にじ》られようとしている。

このように忌《い》まわしいことが、なぜ許されようか？

あともう少しなのだ。本当にもう少しで、私の目的はようやく達成される。それをあんな下らぬ者たちのせいで、台無しにされるわけにはいかぬ。

邪魔な者は、排除する。排除し損ねたものは——今度こそ、徹底的に排除するまでだ。

一昨日は惜《お》しかった。小娘が赤子とともに小僧の元を離れていたのでこの上ない好機だと思ったのだが……あの小僧、こっそりと守っているではないか。

そのうえ、めざとく私を見つけおった。そのせいで高尚な魔法で卑《いや》しい手品師の真似事なんぞして見知らぬ餓鬼《ガキ》の機嫌取りなどさせられ、不愉快この上なかった。警戒する王立騎士団員を相手にするのは、やはり厄介だな。

となると、計画的にあの小僧を完全に小娘たちから引き離すしかあるまい。

「……そうか、あれを使えばいい」

明け方の空に取り残された白い月を見て、ふと名案が浮かぶ。

いずれ王になったときにでも使おうかと思っていたが……まあ、ふたつある。ひとつくらいここで使ってしまうのも悪くはない。

引き出しから、重厚なひとつの箱を取り出す。懐の鍵《かぎ》で解錠《かいじょう》すれば、ベルベットの中敷の上に、空に浮かぶ月とよく似た色の魔石がふたつ並んでいる。

それらを手に取るとひとつを懐に入れ、もうひとつを今昇ったばかりの太陽にそっと翳《かざ》した。

「トーマス、天からよく見ておけよ。この太陽が、お前の娘が見る最後の太陽だ」

第六章 ★ 私たちの未来

目を開けると目の前に大好きな人の顔があった。幼い頃から大好きだった、幼馴染《おさななじ》みの男の子。でも会えなかったこの二年でびっくりするほど成長し、ただでさえかっこよかったのに、さらに見違えるほど素敵な大人の男の人になってしまっていた。

最初は、この変化が辛《つら》かったのだ。以前の彼とも自分は釣り合わないと思っていたのに、本当にもう手の届かない存在になってしまった気がしたから。

でもこの数日で、そうじゃないとわかった。外見は変わっても内面は少しも変わっていなくて、不器用でクソ真面目《まじめ》で誰よりも優しくて温かい、私の大好きな幼馴染みのヴォルフのままだった。

それにこうして目を瞑《つむ》っている姿はかなり幼く見えて、彼の内面と同じで外見だって本質的にはなんにも変わっていないのだと、妙に安心してしまった。

——にしても、長いまつ毛。無防備な表情。こうしていると本当にトミーとそっくりだ。すごく……可愛い。

綺麗《きれい》な形の唇に、そっと口づける。彼の身体《からだ》がびくっと小さく震えて、私を抱いていた腕の力が急に強くなった。

「……ティーナ」

「ごめん、起こしちゃった？」

「そんな可愛い起こし方、反則だ」

わざと責めるように言ってから、この上ないほど甘い表情を浮かべるヴォルフに、お返しのキスをされた。

「……夢みたい！」

「それはこっちのセリフだ」

くすくすとふたりで笑い合い、それからまたどちらからともなくキスをした。

「まーま」

「ああ、トミーも起きたようだな。……にしても第一声から『ママ』か。そんなところまでパパに似なくてもいいんだぞ？」

わざと呆《あき》れ顔を作りながら、上機嫌でヴォルフが起き上がる。それに続いて私も起きると、すぐにふたりでトミーのほうへ駆け寄った。

「トミー、おはよう。今日も世界一可愛いわね！」

「らあっ！」

「今日も元気いっぱいね！　それにしてもトミーは、本当に手のかからない子だよね？　もうすぐ一歳とは言ってもまだこんなに小さいのに、夜泣きも全然しないし」

「マリアは大変だったからなあ。毎晩毎晩、一歳半くらいまでずっと泣いてたし」

ヴォルフの妹であるマリアは私たちよりも六歳年下で、現在十二歳だ。彼女が赤ちゃんの頃からお世話を手伝っていたので、幼い頃は私のことを本当の姉だと信じていた。

だからそうじゃないと知ったときはかなりショックを受けて、見兼ねたおばさんが「ヴォルフとティーナが結婚したら本当に貴女《あなた》のお姉ちゃんになるわよ」と入れ知恵したものだから、しばらくの間ヴォルフと私に「早く結婚してよ」と言ってきて困らされたのもいい思い出だ。

マリアは今も私のことを本当の姉のように慕ってくれているし、私も彼女のことを本当の妹のように大切に思っている。だから、ヴォルフと結婚することでマリアが本当に妹になることもすごく嬉《うれ》しかったりする。

「ところで、ヴォルフは夜泣きどうだったの？　おじさんとおばさん、何か言ってた？」

「俺？　そういえばマリアの夜泣きのときに、『ヴォルフは全然手のかからない子だったのに、兄妹でもこんなにも違うのか』みたいな話をふたりがしてたな」

「じゃあそんなところも、トミーはしっかりヴォルフ似なのねえ……」

「そういうティーナは？」

「私はマリアと一緒！　お父さんとお母さん、ふたりで毎日寝不足だったって！」

お父さんとの思い出話をいつもとても楽しそうに、懐《なつ》かしそうに話してくれるお母さんの優しい笑顔を思い浮かべながら答える。

お父さんが亡くなってからしばらくは、ずっと泣いてばかりいた。でもある日から、お母さんは笑顔になった。そしてお父さんとの思い出話をたくさんしてくれるようになった。

本当は夜に、もう私が眠ったと思っているお母さんが、今もときどきお父さんを思い出して、ひとりで泣いているのを知っている。

でも私は、お父さんの話をするときのお母さんの笑顔が好きだ。お父さんの話をしているときの笑顔が、お母さんはいつだって一番可愛い。

きっとお母さんは、今もお父さんに恋をしてる。そんなふたりは、永遠に私の憧《あこが》れの夫婦だ。

「ねえヴォルフ」

「ん？」

「ヴォルフは、絶対に私より長生きしてね」

「急にどうしたんだ？　……ああ、おじさんのことを思い出してたのか」

「私は、お母さんみたいに強くなれない。だから、何があっても私より長生きしてほしいの」

「……ああ、絶対長生きするよ。けど、それは俺も同じだぞ？」

「同じって？」

「俺も無理だよ、ティーナがいない世界を生きるなんて。だから、約束。俺のほうが必ず長生きはしてやる。けど俺が長生きする分、ティーナも絶対に同じくらい長生きすること！　わかったか？」

「うん、わかった。約束ね」

どちらからともなく口づけ合う。まるで誓いのキスみたいだと思ったら「誓いのキスみたいだ」と直後にヴォルフが呟《つぶや》いて、胸がいっぱいになった。

◆　◆　◆

「では、ヴァルトマイスターさんはお仕事に？」

「ええ、そうなんです。ヴォルフも一緒にとの約束でしたのに、申し訳ありません……」

朝食のあとで王立騎士団員に緊急招集がかかってしまい、ヴォルフは急遽《きゅうきょ》王宮へと向かうことになってしまった。

緊急招集はどこかで大きめの魔物が出たとか、どこかの国が攻めてきたとか、なにかしらの緊急事態が起きたということなのだという。その場合は休みを取っていても、療養中などといった理由でなければ召集に応じる必要があるとのこと。

――正直、ものすごく心配だ。でもヴォルフの話ではこうした緊急召集は決して珍《めずら》しいことではなく、大半は半日もかからずに対処できるし、今まで一度も怪我《けが》をしたことすらないそうだ。

『だから、俺のことは何も心配いらないよ。本当にすぐ戻るから。さっき約束しただろ。俺は必ず、君よりも長生きするから』

ヴォルフは私にキスをして、私のあげた紐飾《ひもかざ》りのついた剣を携えて、行ってしまった。

彼が王立騎士団員になったときから、そうした危険があることは当然理解していた。村で待っているときも、ヴォルフが怪我をしたり危険な目に遭《あ》わないように、間違っても死んだりしないようにと、いつも祈っていた。でもそばにいて直接送り出さなきゃならないというのは、不安をいっそう強く感じてしまう。

ヴォルフが王立騎士団員である以上、私はこれからもずっとその心配をすることになるのだろう。でもそれが彼の妻になるということなのだから、不安がってばかりいてはいけない。

彼がこの国のために力を尽くしていることを誇りに思いながら、これからは彼の支えに、そして少しでも彼の癒《い》やしになれたらと思う。

そんなことを考えながら私は「待ってるからね」という言葉とともに、めいっぱいの笑顔で彼を送り出した。

こうして、約束していたベルタさんとのおでかけには私とトミーだけでご一緒することになった。

公爵《こうしゃく》は今度こそ例の重要な会議に出席するため公爵領にいるらしく、すでに王都を離れたことも確認済みだと言う。だから危険はそれほどないだろうとのことだが、それでも公爵が手下を使って危害を加えてくる可能性はあるからと、ベルタさんには内緒で私たちに民間で雇った護衛を三人もつけてくれている。ヴォルフってば、本当に過保護だ。

「ヴォルフもベルタさんとのおでかけをとても楽しみにしていたのですが」

「いいんですよ！　お仕事だったら仕方ありませんから。それに、女ふたりでおでかけというのも、やっぱり気楽でいいわよね！」

「ねーっ！」

「ふふふっ、トミー坊やが不満そうねえ。私が『女ふたり』なんて言ったからかしら？」

「あい」

「では、ちゃんと言い直しましょうね。女性ふたりと素敵な殿方ひとりでおでかけなんてとっても嬉しいわ！」

「たあっ！」

トミーったら、まるでベルタさんの言葉をちゃんと理解してるみたい。それとも、わりと本当に理解できているのかな。だとしたら、やっぱりうちの子は天才——！　なーんて思ってしまう私は、もうすっかり親バカかもしれない。

「ところでティーナさん、もうこのままずっと王都にいるのよね？」

「ええ、そうなると思います」

私は笑顔で答える。朝食のとき、ちょうどそのことについてヴォルフと話したのだ。

ヴォルフとしてはすぐにも結婚して一緒に暮らしたいらしいが、王立騎士団員は結婚の際に国王陛下《へいか》から許可を得る必要があるとともに、王都のコルンブルーメ大聖堂で結婚式を挙げるという慣例があり、準備にそれなりの時間がかかるとのこと。

でも、「そんなに待てない！」というヴォルフから、「同棲《どうせい》しよう」と言われたのだ。私としても、もうヴォルフのいない日々を村で寂しく待ち続けるなんて嫌なので、その場で承諾した。

トミーを無事未来へ帰した後になるが、数日間ふたりで帰郷して婚約の報告をし、それからまたふたりで王都に戻って、同棲を開始するつもりである。

「それはよかった！　ヴァルトマイスターさんね、本当にずっと貴女のお話ばかりしていたのよ。早く迎えに行きたい、すごく会いたいって」

「そうなんですか？」

「ええ、ええ！　あんなに立派な青年なのに、ティーナさんの話をするときはいつも小さな男の子に戻ってしまうみたいで、とても可愛かったですよ！」

そう言って微笑《ほほえ》んだベルタさんの表情が本当に優しくて、あんまりマルガレーテおばあちゃんに似ていたので、胸がいっぱいになってしまった。

――それと同時に、ひとつの気掛かりを思い出す。

「どうかしたの？　少し、表情が曇ったように見えたけど」

「……実は、母のことで少し」

「ティーナさんのお母様？」

「はい。私の父は私がまだ幼い頃に亡くなっていて、今は母とふたり暮らしなんです。私が王都で暮らすことになれば母がひとりになってしまうので、本当は一緒に王都に来てほしくて、ヴォルフも同居に賛成してくれているのですが……母は以前から、今の家で一生暮らしたいと話していて」

「村には、お母様を支えてくれる人はいないの？」

「そんなことはないです。優しくて親切な人ばかりの、本当に温かい村なので。それにすぐ隣の家がヴォルフの実家で、彼の両親と私の両親はもともと親友同士だったので、これまでそうだったように母を支えてくれると思います」

ベルタさんはにっこりと笑った。

「それなら、貴女が心配することないわ。お母様の意思とご決断を尊重してあげればいいだけ」

「でも……」

「長くそこで生きているとね、その場所から離れるというのは若いときに思う以上に難しくなるの。だって、そこに自分の人生があるのだもの」

「人生……ですか？」

「ええ、そうよ。お母様は、その村のご出身？」

「そうです」

「だったら、生まれてから今までの思い出が、全部その村にあるということ。幼少期の思い出も、友情も、恋もね。お父様が亡くなったのも、その村なのでしょう？　だったらお父様との思い出も、その村、そのお家に残っているということ。そこを離れるのは、きっととても辛いと思うの」

「お父さんとの思い出……」

思えば母は今も父の仕事部屋をそのままにして、ずっと綺麗に保っている。それに散歩やお出かけをするたび、その場所での父との思い出話をいつも私にしてくれた。

お母さんにとってあの村は、お父さんとの幸せな記憶で満ちた場所なのだ。

ひとりは寂しいだろう、だから母も王都に来るべきだと思っていた。でも、ベルタさんの言う通りかもしれない。

母にとっては、父との思い出の詰まったあの村を離れることのほうが、きっと辛い。

「母が村に残りたがる理由、自分ひとりでは気づけなかったと思います。ベルタさん、ありがとうございます。母に、聞いてみます。そのうえで母が村に残ると言ったら、母の意思を尊重しようと思います。そしてその場合は、私が頻繁《ひんぱん》に母に会いに行くようにします」

「きっと、お母様も喜びますよ」

ベルタさんに相談してよかった。朗《ほが》らかな笑顔を見ながら、心からそう思った。

「ということは、やっぱりティーナさんにはいろいろ教えないとね！」

「何を教えてくださるのですか？」

「王都の穴場をね！　どこのお店が一番お買い得か、野菜や果物はどこで買うべきか、青空市場でおすすめのところなんかも、全部教えてあげますよ！　それから可愛らしい雑貨がたくさん売っているお店や、ケーキが美味《おい》しいカフェなんかもね」

「わあっ、とっても嬉しいです！」

「ふふ！　じゃあお店をいくつか見て、疲れたらそのカフェに入ってお茶にしましょうね」

「あいっ！」

私が答えるより早いトミーの元気なお返事に、私もベルタさんも声をあげて笑った。

それから私たちは、まず中央広場周辺のお店をいろいろ見て回った。大都会というだけあって、物価はうちの村や近くの町よりもずっと高い。でも、さすがはベルタさん。大通りから少し外れたところにある、お店自体は小さいけれど安くて鮮度の高そうな食材を扱うお店を次から次へと教えてくれた。

ベルタさんお気に入りの雑貨屋さんにも連れて行ってもらい、本当に可愛くて素敵なものばかりで興奮してしまった。

ちなみにそこで見つけたスカーフが昔マルガレーテおばあちゃんのつけていたのに少し似ていて、ベルタさんに絶対似合うと思ったので、こっそり買ってしまった。

そして今、私たちはカフェにいる。見晴らしのいいテラス席に座り、紅茶とベルタさんおすすめのアプフェルシュトゥルーデルを食べている。パイ生地のようなものが渦巻き状に巻かれた中に、甘いりんごのフィリングがたっぷり入っている王都で人気の焼き菓子らしい。

「これ、ものすごく美味しいです！　それに、絶対ヴォルフが大好きな味！」

「ふふっ！　では今度このお菓子の作り方を教えてあげますから、是非ヴァルトマイスターさんに作ってあげてください」

「わあっ！　ありがとうございます、ベルタさん！」

「たあ！」

「トミー坊やも、すっかり気に入ったみたい」

「じゃあ、間違いなくヴォルフも気に入りますね！」

私たちは笑い、トミーもにこにこ上機嫌だ。

「あっ、そうだ！　これ、ベルタさんに」

さっきこっそり買ったスカーフの包みを取り出して、ベルタさんに渡す。

「あらあら、なんでしょう？　……まあ、とっても素敵なスカーフ！　これを、私に!?」

「さっきの雑貨屋さんで見つけて、ベルタさんに似合いそうだなと思って。もらってもらえますか？」

「ええ、もちろんですよ！　ティーナさん、本当にありがとう。さっそくつけてみますね」

スカーフを首に巻き、それまでブラウスにつけていたアメジストのブローチを真ん中に留めた。

その姿は、やっぱり驚くほどおばあちゃんにそっくりだ。

「すごく似合っています！　とーっても！」

「デザインもとても好みだし、肌触りもいいわ！　大切にするわね」

ベルタさんはすごく嬉しそうな顔でスカーフを見つめていて、本当に気に入ってくれたようだ。

「でも、よかった！　実はね……」

ベルタさんがハンドバッグの中から小箱を取り出し、私に差し出した。

「これ、ティーナさんに」

「えっ、私にですか？」

「ティーナさんに初めて会ったときから、貴女にあげようと決めていたのよ」

小箱を開けた私は、思わず感嘆の声を上げる。それはヴォルフの瞳と同じコーンフラワーブルー色の宝石のついた、すごく綺麗なペンダントだった。

ただ、見るからにすごーく高そうである。

「こ、こんなすごいもの、いただけません！」

「いいの、いいの。これは貴女が持っているべきものなのよ」

「ですがこれ、サファイアなんじゃ……」

「ティーナさんは『蒼玉《そうぎょく》の王子様』の奥さんになるんだから、ぴったりではなくて？」

そう言われても、まだ出会って日の浅い私が譲《ゆず》り受けていいようなものではないはずだ。

でもベルタさんは椅子から立ち上がると、私の背後に回ってペンダントを私の首にかけた。

「ベルタさんっ！」

「ほら、とーってもよく似合ってる！　おばあちゃんが持っているより、ずーっといいでしょう！　もうこれは、ティーナさんのものですからね。返品は受け付けませんよ」

にっこりと笑うベルタさんの姿がマルガレーテおばあちゃんと完全に重なり、それ以上拒むことができなくなってしまった。

「本当に……ありがとうございます、ベルタさん。ずっと、ずっと大切にします」

私の言葉に、ベルタさんはとても嬉しそうに微笑んだ。

「さてと。お茶も飲み終わったことだし、そろそろ次の行き先を決めましょうか。そういえば私、ティーナさんが行きたいところを聞いてなかったわね。この辺りで、どこか気になっている場所はあるかしら」

気になっている場所、そう言われてふと頭に浮かんだのは、私のお父さんが生まれ育ったという「魔塔」だった。

もちろん、例の事故で崩壊したことで魔塔がもうないことは知っている。でも、かつてその塔が立っていた場所に行くことはできるはずで、それは王都の中心からそう離れていないという。

「その表情は、どこか思いついたようですね？」

「あ、いえ！　頭をよぎっただけで、今日行きたいとかそういうわけではないんです。特に面白い場所でもないので」

「ちなみに、それはどこかしら？　教えるくらい、構わないでしょう？」

「……魔塔の跡地に行ってみたいんです。王都の外れにあるけれど、そう遠くないと聞いて。でも本当にいいんです！　あえて今日行かなくても——」

「魔塔……たしかに、ちょうどいいわね」

「えっ？」

「行きましょう、魔塔の跡地へ！」

ベルタさんはにっこりと笑った。私が魔塔の跡地に行きたい理由も聞かずに、そそくさとカフェを出る準備を始めるベルタさんを少し不思議に思いつつ、私も席を立った。

◆　◆　◆

カフェのすぐ近くから出ている乗合馬車に乗り、そこから三十分ほどの街はずれの小さな停留所で降りた。そこからさらに十五分ほど歩いたところで、ベルタさんは止まった。

「ここが、魔塔のあった場所ですよ」

——驚いた。かつてこの国の魔法使いたち全員が暮らしていたという塔の跡地は、今や数本の木が生えているだけのだだっ広い野原になっており、ここがそうだと言われなければ気づかないほど、本当になにもない場所だった。

唯一、ベルタさんの教えてくれた場所に小さな石碑《せきひ》があり、かつてこの場所に我が国唯一の魔塔が立っていたことが淡々と記されていた。

「こんなに……本当に、何も残っていないんですね。ベルタさん、ごめんなさい。わざわざ一緒に来ていただいたのに」

「なにもティーナさんが謝ることなんてないですよ。それに、なんにもなくなんてないんですよ。たとえばほら、ここに生えている木があるでしょう？　以前はもっとたくさん生えていたそうです。でも例の事故でほとんどだめになって、ここに残っているのはその生き残りたち」

「これは、りんごの木ですか？」

「ええ、そうよ。そして地面はジャガイモ畑だったそうよ。魔法使いたちは塔に籠《こ》もって魔法の研究ばかりしていたから、敷地で育つりんごとジャガイモ料理ばかりを食べていたんですって」

お父さんが大好きだった『天と地《ヒンメルウントエアデ》』も、りんごとジャガイモを使う料理だ。魔塔にいた頃、お父さんもこのりんごの木たちから採れるりんごを食べていたのかな。そう思ったら、ベルタさんの言う通り、急にここが「なんにもない場所」ではなくなったような気がした。

お母さんと出会う前のお父さんは、ずっとこの場所で生きていたんだ。この大地に立って、天を見上げ、いったいどんな未来を思い描いていたのだろう？

そのとき思い描いた未来と実際にお父さんが歩んだ未来は、例の事故のせいで全く異なるものになってしまったはずだ。

それでも……私の知るお父さんはいつも、とっても幸せそうだった。

あの事故がなければ、お父さんは今も元気に生きていたはずだ。その代わりお父さんはお母さんと出会うこともなく、つまり私も生まれていなくて、私とヴォルフが出会うこともなかった。

あの事故が起きるべきだったとは全く思わないし、あれが本当に人為的に起こされたものなら、私はそれを起こした人間のことを断じて赦《ゆる》すつもりはない。

でもその事故を乗り越え、父が母とともに強く生き抜いてくれたから今の私がいる。おかげで私は今、ヴォルフとともに幸せな人生を歩めているのだと思ったら、両親と両親を支えてくれた全ての人たちへの深い感謝の念に包まれた。

「ここで、いったい何をしているのかな？」

驚いて声のするほうを振り返ると、いるはずのない人物がそこに立っていた。

「リンデマン公爵……」

――どうして、公爵がここに？　彼は公爵領にいるのではなかったの？

「意外な場所で会いましたなあ、ヒンメルさん。いや、そうでもないか」

「それはいったい、どういう意味ですか？」

「君も知っているのだろう、ここが私たちにとってどういう場所であるかを」

「――――！」

鼓動《こどう》が早くなる。はっと周囲を見回すと少し離れたところに人が倒れているのが見えた。あれがきっと、私たちについてくれていた護衛なのだろう。三人つけていると、ヴォルフは言っていた。

つまり——もう全員、やられてしまったということか。

と、急に腕の中のトミーが大きな声をあげて泣き始めた。

「ははは、トーマスはよほど私のことが嫌いのようだ」

「閣下《かっか》は……この子のことを、ご存じなのですね」

「ああ、もちろんだ。可愛い可愛い、姪《めい》っ子の子どもではないか。なあ、クリスティアーナ」

もう私が誰であるかも、トーマスの正体も知っている。すでに未来の公爵が憑依《ひょうい》しているのだ。

「……ところで、そちらのご婦人は？」

はっと、自分の隣に立つベルタさんを見る。

魔塔の事故が公爵の仕業《しわざ》なら、無関係の彼女も平気で巻き込むはず。

跡地に行きたいなんていう私の我儘《わがまま》のせいで、ベルタさんはこの場に居合わせることになってしまったのだ。彼女がこの件に巻き込まれるなんてことは、絶対にあってはならない。

深く事情を知ってしまう前に、彼女には早急にこの場を離れてもらわなければ。

「もし私とお話があるなら、彼女には先に帰ってもらってもいいですか？　彼女はこの件についてなにも知りませんし、話も長くなるでしょう。そうなると彼女に迷惑をかけてしまうので」

しかし、それを拒んだのは他でもないベルタさん本人だった。

「いいえ、私もここに残ります」

「えっ——だ、だめです！　ベルタさん、お願いですからどうか——」

「よいではないか。ここに残って、一緒に昔話を聞いてもらおう。そもそも、ここから出ることはもう不可能なのだよ」

「……えっ？」

「どうやら本当に君には魔力がないようだな。魔力持ちなら間違いなくこの囲いが見えるだろうに。まあ、魔力なしと結婚すると、稀《まれ》に魔力を一切持たぬ子が生まれることもあるというからなあ」

ばっと、周囲を見渡す。一見、何も見えない。でも今の話を聞く限り――。

「ベルタさん、逃げましょう！」

ぐっと彼女の腕を掴み、公爵のいるのと逆方向へ走り出す。しかし十メートルほど行った所で、見えない壁によって阻まれるのを感じた。

「閣下、いったいどういうおつもりです⁉」

「白々しい。本当はわかっているのだろう？　だからこそ、逃げようとしたのでは？」

頭の中がぐるぐるする。とにかく、ここから出なければ。でも、どうやって？　相手は、この国唯一の魔法使いだというのに。

魔法に対抗するなら、魔法。指輪を外しているときは、私の魔力封印が解かれると手紙に書いてあった。あれは事実だろうか。指輪を外すことでなにか魔法を使い、反撃できる……？

いや、だめだ。自分が魔力を持つことにすら疑いを抱いている私が、たとえまぐれでなにか魔法が使えたところで、塔の魔法使いである公爵に敵《かな》うわけがない。

それよりも、この指輪にお父さんがかけてくれたという保護魔法が、私たちを守ってくれるかもしれない。私はベルタさんの腕をぎゅっと抱き寄せ、トミーをさらに強く抱き直した。

ふいに私の耳元に顔を寄せたベルタさんが、そっと囁《ささや》く。

「ティーナさん、大丈夫よ。それよりも、今は時間を引き伸ばすこと」

「えっ？」

「あとでちゃんと説明しますから、今はただ、あの男のしたがっている昔話とやらを聞きながら、時間を稼《かせ》ぎましょう」

突然こんなおかしな状況に巻き込まれたにもかかわらず、ベルタさんは少しの動揺《どうよう》も見せない。

それどころか、なぜかこの状況から逃れる方法でもわかっているかのような様子だ。

不思議に思うが、ベルタさんの落ち着いた姿を見て、少し冷静になる。

――そうだ、時間を稼ぐことで何か方法が見つかるかもしれない。どうにかしてこの場を逃れ、ヴォルフのもとに帰れる方法が。

「わかっただろう、もうここから出ることはできないのだ。君も、ご婦人も、その――今はまだ、存在すらしないはずの、その坊やもな」

「閣下、どうしてこのようなことをなさるのですか？　そしてなぜ、この子をご存じなのです？」

少しでも、時間を稼ぐこと。それが何に繋《つな》がるかわからないにせよ、今できるのはそれだけだ。

「思い出深い場所だ、冥土《めいど》の土産《みやげ》にひとつ、昔話をしてやろう」

公爵はわずかに天を仰ぐ。想像だが、今はもう何もないその場所に、かつて存在した塔の幻影でも見ているのかもしれない。

「昔、まさにこの場所で生まれたその男は、頭もよく、容姿も悪くなく、優れた能力を有していたとともに、地位も申し分なかった。だが……その男には弟がいたのだ。そしてその弟は、その男が持っているものよりもいつも少しずつ、よいものを持っていた」

私とも私のお父さんともそっくりのエメラルドグリーンの瞳を持つ公爵が、微笑みを浮かべながら話し始める。

「たいして変わらないのに、全てがほんの少しずつその男より優れている弟。それでいて、それを少しも気に留めないような弟。誰もが、弟のほうを称賛《しょうさん》する。父も母も、ほんの少しずつ弟のほうをより愛しているのがわかるのだ」

その男というのが公爵であり、弟が今は亡き私の父であることは疑いようがない。

「兄は思った。いずれこの弟に、全て奪われるだろうと。自分が本当に欲しいものも、いつかこの弟に平然と与えられるのだろうと。そしてそれがいよいよ現実になろうというとき、彼は行動したのだ。自分が欲しいものを弟に奪われぬように。そして、それに成功した」

「……魔塔の事故は、やはり閣下の仕業だったのですね」

「トーマスがお前に話したのか？　ああそうだ、私がやった。そして全てが望んだ通りになるはずだった。公爵の爵位を継ぎ、この国で唯一の魔法使いとなった私は、王位継承順位一位にまで上り詰めた。国王が子を望めぬ身体である以上、陛下が崩御《ほうぎょ》なさった暁《あかつき》には私が王になるはずだった」

夢見るような表情で再び天を仰いだ公爵だったが、すぐにその表情を曇らせ、この上なく冷たい眼差《まなざ》しを私たちに向けた。

「しかしそれは『蒼玉の王子様』などと呼ばれる若造の出現によって、大きく狂い始めた。平民に過ぎぬあの男は、ただ生まれながらに王族と同じ色の瞳と優れた剣才を持っているというだけで、民衆どもからの厚い支持を得るようになった」

ヴォルフに向けていたのと同じ敵意剝《む》き出《だ》しの眼差しで、公爵は私たちを睨《にら》みつける。

「そして陛下まで、あの青年を特別視した。陛下が彼に向けるあの眼差しを、私はよく知っている。

父上がいつも弟に向けていた。期待と、誇らしさの籠もった眼差し。私には、決して向けられることのなかった眼差しだ」

「王位になど何の興味もないと、ヴォルフは貴方《あなた》に何度もお伝えしているはずです。それに事実、ヴォルフは本当にただの平民に過ぎないのですから、閣下の脅威《きょうい》にはならないはずです。なのに、どうして閣下は――」

「トーマスも、そうだった。そしてそのことがいっそう、私を苛立《いらだ》たせたのだ」

「……えっ？」

予想外の言葉に、思わず聞き返す。

「明らかに、全てが私より優れている。そのことをトーマス自身も知っていた。そのくせあいつは、爵位を継ぐことになんの興味もなかった。私が何をおいても手にしたかったその地位を、あいつはいらないと言った。父が爵位を弟に譲《ゆず》ると言ったときも、トーマスはそれに反対した」

「ではなぜ、お父さんを憎むのです!?　どうして家族や仲間を皆殺しにするような、そんな残虐《ざんぎゃく》なことをしたのですか！」

「田舎《いなか》の村で生まれ育ち、権力とも無縁でのんきに生きていたお嬢さんにはわからないだろうな。『屈辱』だ。私にとって何よりも欲しいものを与えられておきながら、弟はそれを『いらない』と言って、平然と私に譲り渡そうとしたのだから。純粋な目で、なんの悪意もなく。あいつは本当に、私を兄と慕っていたのだよ。それがどれほど、私を苛立たせたか。だから……全て壊したのだ」

信じられないという思いで公爵を睨みつけるが、彼は平然とした様子だった。

「しかし、公爵になるだけではだめだった。これはもともとあいつが『いらない』と捨てたものだからな。その事実を思い出すたび、私は苛立った。そして思ったのだ、公爵以上の地位、つまり王になれれば、今度こそあいつを超えられると。そう……思っていたのだが」

公爵は私と同じ色の瞳で、私の腕の中の存在を睨みつける。私はトミーがその男と目を合わせなくて済むように、そっと抱き直した。

「お前たちのせいで、全てが狂ってしまった。ヴァルトマイスターが貴族の娘ではなく村の幼馴染みなどとあっさり結婚したことには驚きつつ、王位継承権争いからは遠ざかったと安堵《あんど》したものだが……まさかその相手が、こともあろうにトーマスの娘だとはな」

父に向けていた理不尽《りふじん》な憎しみを、彼はそのまま私とトミーへ向ける。

苛立ちを抑えきれないらしい彼の様子からして、このままでは私たちに直接危害を加えてくるのも時間の問題だろう。

「もう少し、なんとか話を引き延ばして」

私にしか聞こえないとても小さな声で、ベルタさんが囁いた。

こんな絶体絶命の状況で、この時間稼ぎにいったい何の意味があるのかはわからない。それでもこんなところで、こんな人のせいで、私は絶対に死ぬわけにはいかない。

「……公爵閣下、お尋ねしてもよろしいですか？」

「なんだ？」

「閣下は、どうやって未来から過去に来たのです？」

本当は公爵が「憑依魔法」というのを使って過去の自分に憑依していることを知っている。だが少しでも話を引き延ばすには、この質問が最適だろう。

というのも――「塔の魔法使い」は生粋《きっすい》の学者気質だという。そのため自分の専門分野について語り出すと、止まらないのだとか。私の父は、まさにそういう人だった。公爵も「塔の魔法使い」で、しかも父の兄だったなら――きっと、そういう一面を持っているはずだ。

「ふむ、どうやって過去に来たか、か。いいだろう、話してやる。私の身体は本当にこの世界のものだ。違うのは、私の中身だよ。魔塔で私が研究していたのは憑依魔法。高度な魔法技術と大きな魔力が必要だが、別人に憑依することが可能だ」

公爵は今までになく上機嫌な様子で語り始めた。ただその多くは魔法学のものと思われる難しい専門用語ばかりであり、全く理解することはできなかったのだけど。

それでも適当に相槌《あいづち》を打っていると、公爵は気分をよくしたのかいろいろ話してくれた。おかげでかなり時間は稼げたのだが――状況の打開策を見つける前に、ある衝撃的な話を聞かされることになった。それは魔法学的な難解な説明をひとしきり終え、用途について語り始めたときだった。

「最初は、お前の父親に憑依してやるつもりだったのだ。そうすれば私よりも少しずつ優れた全てのものが、私のものになるはずだった」

「なっ――!」

「しかしこの魔法を研究するうちに、ある欠点を見つけた。普通の人間はともかく、同じく魔力を有する者や国王一族、つまり聖力を有する者たちは防衛本能が強く、魔術が弾《はじ》かれる。唯一弾かれないのは双子のような、完全に同じ性質の魔力を有する場合のみだとわかった」

魔法のことはよくわからない。だがそんな怪しげな術で私の父に憑依しようと考えていたなんて、考えただけでも悍《おぞ》ましい。

「あの事故のあとで公爵になってからは、この魔法のことはしばらく忘れていた。しかしお前たちの間にその子が生まれ、恐るべき量の潜在的魔力を持つことが明らかとなったとき、なすべきことがわかった」

にやりと笑った公爵の表情に、背筋がゾクッと震えた。

「トーマスのそばには常にお前たち夫婦がいた。その上、『一度目の失敗』のあとは陛下が王族用の護衛までつけたせいで、全く隙《すき》がなくなってしまった」

わかってはいたが、やはり未来でトミーを暗殺しようとしたのもこの人だったのだ。私の腕の中で怯《おび》えているその小さく大切な存在を、私はまた強く抱き直した。

「だが、気づいたのだ。未来の脅威は、それが芽を出す前に摘《つ》み取ればいいのだと」

「芽を出す前に」

「ああ、そうだ。同じ性質の魔力を持つ者になら憑依できるということは、自分になら憑依できるということ。時間に小さな歪《ゆが》みを生み出す高度な時空間魔法と組み合わせることで、過去の自分の身体に憑依する方法を思いついたのだ。こうして私は、過去へ戻ることに成功した」

「過去で、私を殺すために？」

「ご名答。君が存在しなければ、未来でその小さなトーマスが生まれることもない。愛する幼馴染みの少女のために騎士になったあの男も、失意のうちに故郷に帰ることになるだろうな」

「よくもそんなひどいことを……！」

「そもそもトーマスはあの塔で死ぬべきだったのだ。にもかかわらずしぶとく生き延び、お前の母親と出会ってお前が産まれた。それが『間違い』だ。私はむしろ、その間違いを正しに来たのだ」

自身の行いを正当化するように、公爵はそう言って笑った。

「しかしまさか、未来から赤ん坊のトーマスが先に来ているとはな」

トミーの存在は、公爵にとってもさすがに想定外だったようだ。

――とはいえ、せっかく未来の私たちが、小さなトミーを過去に送ってまで警告してくれたのに、私が魔塔の跡地なんかに来たいと思ってしまったせいで、こんなことになってしまった。

私たちの動向を見張っていたようだから、ヴォルフのいないタイミングで狙われるのは決まっていたのだろう。だがよりによって、こんな人気《ひとけ》のないところに自ら出向いてしまうなんて。

深い、後悔の念に苛《さいな》まれる。

「にしても……『ヒンメル』か」

「初めてお会いしたとき閣下は、まず私の瞳の色に驚かれ、そのあと家名が『ヒンメル』だと聞いてもう一度驚かれていましたね。あのときもう、私の素性に気づかれたのですか？」

「ああ、その通り。その時の私は平静を装っていたが、内心驚愕《きょうがく》していたようだよ。会議のため公爵領へ向かう予定を急遽変更して王都に留まり、お前の素性を調べさせたほどだからな。『リンデマン』の瞳を持ち『ヒンメル』の血が流れる者はそもそも私とトーマスだけだった。それを持つ少女と会えば、驚いて当然だろう。そうでなくとも、その家名を有する人間はもう一人もこの世に存在しないはずだったのだ」

ヒンメルは父の母方の姓であるとあの手紙にあった。その人たちが「もうこの世に存在しない」のは魔塔を破壊したこの男の仕業なのだ。それなのにその事実を平然と、微笑みすら浮かべながら話す公爵に、たとえようもない恐ろしさを感じた。

「かつてトーマスが私に言ったのだ、『もし兄上にとって私の存在が気に食わないのなら、私はリンデマンの名を捨てヒンメルの名で生きようと思います。だから、どうか父上と争うのはもうやめてください』――となｌ。あいつは常に正しく優秀で、誠実で……私をもっとも惨《みじ》めな気持ちにさせる人間だった」

「そうして貴方はいつも、弟さんへの強烈なコンプレックスに囚《とら》われて生きてきたわけねえ」

「なんだと？」

それまで沈黙を守っていたベルタさんが突然話に入ってきたので、驚いた。

「公爵、いいことを教えてあげましょうか。もし貴方が私たち三人を殺せたとして、それで未来、王になれるとしましょう。それでも貴方は結局、ふたりのトーマスとヴォルフガングへのコンプレックスに永遠に囚われることになるのよ」

「ご婦人、貴女に何がわかるというのだ？　無関係の貴女を巻き込むことになってしまったことは申し訳なく思うが、年寄りから説教をされるのは生憎《あいにく》嫌いでね。それ以上何かご高説いただくようでしたら、貴女からお先に天国《ヒンメル》へとご案内しましょうか、レディ？」

私は急いでベルタさんの前に立った。

「彼女に手出ししないで！　そもそも、貴方の望みは私たちを殺すことなのでしょう!?　どうして貴方は、いつも無関係の人を巻き込んで平気なの!?」

「そういう人間だからですよ。今も、昔も。ティーナさん、庇《かば》ってくれてありがとう。でも、私は大丈夫。ここであの男に殺されるつもりは少しもないし、もちろん、貴女たちに危害も加えさせないわ」

「でもベルタさん！」

「公爵、貴方は私を無関係といいましたが、それは大きな間違いですよ。私は大いに本件の関係者です」

ベルタさんの言葉に、私も公爵も困惑する。

「ティーナさん、いっぱい時間稼ぎしてくれてありがとう。どうやら、もう十分みたいよ」

「えっ？」

「何をごたごたと言っているのかは知らぬが、警告はした。口を噤《つぐ》む気がないのなら――」

公爵が、右手をふっと前に出した。誰かが魔法を使う姿なんて見たことない。でもこの不自然な動作はきっと……！

「ベルタさん!?」

背後にいたはずのベルタさんが、急に私とトミーの前に出た。彼女を守らねばと再び彼女の前に出ようとするも、「大丈夫だから、まあ見てなさいな」とベルタさんはにっこり笑った。

青く美しい光が、私たち三人を包み込む。次の瞬間、公爵の手元から放たれた赤い閃光《せんこう》が光の層にぶつかったが、跳ね返って分散し、そのまま消えてしまった。

「なっ……それは『聖力』か――！　お前、いったい何者だ!?」

「ティーナ!!」

その声に私ははっと振り返る。聞き間違えるはずがない、愛《いと》しい人の声。声の主を確認し、やはりその人だとわかったとき、涙が溢《あふ》れてきた。

「ヴォルフ……!!」

「ぱーぱっ！」

私の腕の中で泣きながら縮こまっていたトミーも、ヴォルフが現れたことに強い安堵を覚えているようだ。

「ヴァルトマイスター……なぜ貴様がここに——！」

「ティーナ、大丈夫か⁉　誰も怪我してないか⁉」

「大丈夫よ、ベルタさんが守ってくれたから！　でもヴォルフ……！」

ヴォルフの姿を見たことで緊張の糸が切れてしまったのだろう、この状況への不安や恐怖が一気に押し寄せてきて、急に身体の震えと涙が止まらなくなった。

「ヴァルトマイスター卿《きょう》、なぜここがわかった？　そもそもお前は今、魔物討伐《とうばつ》中では……」

「やはり貴方の仕業だったんだな。上級レベルの魔物が突如出現したとのことだったが、時期的にも場所的にも不自然だった。まるで何者かが意図的に魔物を呼び出したようだと、団長が困惑していた。そんなことのできる人間は今この国では公爵、貴方くらいのものだ」

「ははは。まあそうだろうなあ」

つまり、今日の王立騎士団員の緊急招集自体が公爵によって仕組まれていたのか。

「ヴォルフ、どうしてここがわかったの⁉　ここに来たのは本当に思いつきだったのに」

「俺が急いで部屋に帰ると、置き手紙とともにこの腕輪が置いてあった。手紙の主はベルタさんで、ティーナとトミーが危険だから、腕輪をつけてふたりのことを念じろと書いてあったんだ。それで、慌《あわ》ててこれをつけてふたりのことを考えたら、ここに導かれた」

「置き手紙と腕輪……？」

「ティーナ、さっき貴女にペンダントをあげたでしょう。あれとヴォルフの腕輪はペアで、相手を想うことで互いを引きつけ合うのよ」

たしかにベルタさんは今朝《けさ》、私たちを迎えに来たときに一度、部屋の中に入っている。

そのとき手紙と腕輪を置いたのなら、ベルタさんは私たちが今日危険な目に遭うことを最初から知っていたということになる。そしてその危険から、私たちを守ろうと――？

「ベルタさん、もしかして貴女も未来から……？」

「んー、むしろその逆なんだけど……その話は、またあとでね」

ベルタさんはにっこりと、意味深に微笑んだ。

「聖力使いなら、まさか陛下の……？　それにヴァルトマイスター卿、お前はどうしてあそこからこんなに早く戻ってこられたのだ？　あれはそう簡単に倒せるものでは――」

そこまで口にしてから公爵は、ふっと鼻で笑った。嘲《あざけ》るような様子だが、どこか苛立たしげにも見えた。

「ああ、あの上級の魔物を本当にこんな短時間で片付けたということか。貴様が入団する前なら、あのレベルの魔物討伐には最低でも丸一日はかかったというのに。やはり、天才には敵わぬなあ。だがその天才も、この魔法壁を壊すことはできないようだが」

ヴォルフと私たちは今、本当なら手が届きそうな距離にいる。でも触れることができないのは、目に見えない壁によってそれを阻まれているせいだ。

「くっ……！　どうすればこの壁を壊せる!?」

ヴォルフが幾度となく剣をその見えない壁に振り下ろすが、全て跳ね返される。全く刃が立たないのだ。

　このままでは、ヴォルフの体力ばかりが消耗《しょうもう》してしまう。公爵もそれを狙っているのだろうか。

「ティーナっ……！」

　ヴォルフの表情に、焦《あせ》りと恐怖の色がはっきりと浮かんでいる。そのことにこの上なく満足げな微笑みを浮かべた公爵が、私とトミーに向かって手を翳《かざ》した。

「いくらお前が天才騎士だとしても、所詮《しょせん》はただの人間。魔法壁であるこの壁はお前には壊せない。可哀相《かわいそう》に、目の前で最愛の女性と未来の我が子が死ぬのを為《な》す術《すべ》もなく見届けることになるとは」

　魔法を使う気なのだ。そうわかっても、背後の壁に阻まれて逃げられない。

　このままでは——みんな殺される！

「ヴォルフ、逃げて！　お願い、貴方だけでも生き延びて！」

「安心しろ、すぐに一緒に送ってやる。だがまず……トーマスの娘よ、死ね」

「——っ！　そんなこと、絶対にさせるものか!!」

　突如として強い光が私たちの周囲を包み込み、あまりの眩《まぶ》しさに目を閉じた。

　次の瞬間には、私の身体を誰かが強く抱きしめていた。

　強い光で、まだ目を開けることはできない。でも——目を開けなくたって、わかる。

「ヴォルフ……！」

　私を抱きしめてくれているその人を、目を瞑ったままぎゅうっと強く抱き返す。

「ティーナ、どこも怪我はないか!?」

「うん、大丈夫！　でも、今のは何？　それに貴方、どうやってあの壁を壊したの!?」

「わからない。けど、急に今までにない力が身体の奥底から込み上げるのを感じて、そのまま壁に斬り掛かったら、薄いガラスを割るような感じで簡単に壊せたんだ」

「よくやったわ、ヴォルフガング。今のが聖力よ。その感覚を忘れてはだめ。一度その力を発揮できれば、これからはもっと簡単に使えるようになりますからね」

「……ベルタさん？」

少し光が弱まり、目を開ける。すると、さっきベルタさんが私とトミーを守ってくれたときのような、でもそれよりもさらに濃い青色の光が私たち四人を包み込んでいることに気づく。

「まさか……ヴァルトマイスター、本当に陛下の隠し子だったのか!?」

「あら、それは違いますよ公爵。この子は、紛《まぎ》れもなくヴァルトマイスターの家の子です。この子の誕生の場にも居合わせたヴァルトマイスター家元女主人、マルガレーテ・ヴァルトマイスターが証言しますわ」

「「……えっ？」」

公爵のほうを向いていたベルタさんが私たちふたりのほうを向き、にっこりと笑った。次の瞬間、彼女の茶色い瞳の色が、ヴォルフやトミーと同じ、美しいコーンフラワーブルー色に変わった。

「ばーば」

「「おばあ……ちゃん？」」

「ヴォルフ、ティーナ、また貴方たちのおばあちゃんとして、ふたりに会えて本当に嬉しい」

私もヴォルフも呆然《ぼうぜん》とその場に立ち尽くした。

「ふたりにはいろいろ謝らないといけないけど、今はまだ、そのタイミングじゃないみたいね。あそこにいる悪い魔法使いを先にやっつけないと」

はっと、私たちは公爵のほうを見る。

ヴォルフに魔法壁を壊されたことに動揺を隠し切れぬようだが、この状況を打破するために再び攻撃を仕掛けてくるはず。

「ヴォルフガング、聖力は人を強く守りたいと思うことで発揮される力よ。さっきあの力を出せたときの感覚を思い出して、ティーナとトミーを守りたいと思う気持ちを、貴方の剣に込めなさい。そうすれば、聖力を剣に纏《まと》わせて攻撃ができるわ」

「聖力で攻撃……」

「ヴォルフ、貴方なら大丈夫」

ヴォルフはこくんと頷《うなず》くと、私たち三人の前に出て、剣を構えた。

「ふむ、聖力使いを相手にするのは流石《さすが》にきついな。こいつは本当は使いたくなかったのだが……仕方あるまい」

公爵は懐《ふところ》から何かを取り出すと、それを頭上高く掲げた。

「召喚《インヴォカーレ》！」

雷鳴《らいめい》とともに、突如として現れた黒雲が天に渦を巻く。その雲の間から顔を出したのは、赤眼の黒い巨大なドラゴンである。

「ヴォルフ……！」

「同日に巨大ドラゴン二頭と対峙《たいじ》することになるとは。ヴァルトマイスター卿、王立騎士団員総出で当たったこのドラゴンの強さは、君もよく理解しているはずだ。しかもこれはブラックドラゴン、先のものよりもさらに強いぞ？」

「ティーナ、あれは俺がなんとかする！　だから君はトミーを連れて、ばあちゃんと一緒に逃げろ！」

「そ、そんなのだめよ！　あんなドラゴン、貴方ひとりで相手するなんて不可能だわ！」

「大丈夫だ！　俺は、絶対に負けない！　必ずあいつを倒して、絶対に生きて君のもとに帰るから、そのためにも君は必ず逃げ切るんだ！」

「嫌よ！　ヴォルフと一緒じゃなきゃ――」

「ティーナ、ヴォルフの言うことを聞きなさい。ヴォルフだって私たち三人を守りながらドラゴンと戦うのは大変よ。貴女とトミーは私が聖力で守るから、今は逃げるの。大丈夫、あの子は本当に強い子だから」

「ティーナ、お願いだ！　ばあちゃんの言うことを聞いてくれ！」

涙が込み上げる。でも腕の中で泣いているトミーを見て、覚悟を決める。

――そうだ、私たちが彼の足手まといになるのだけは絶対だめ。彼が戦いに集中できるように、今はここを離れなければ。

「わかった。でも、約束を忘れないで！　絶対に、私よりも長生きするって！」

「ああ、絶対に守る」

ヴォルフがにっこりと笑う。私はトミーを抱きしめたまま、おばあちゃんと一緒に駆け出した。

「逃がさんぞ」

公爵の声が背後から聞こえる。でもおばあちゃんは「大丈夫、貴女たちのことは私が守るから」と微笑み、またさっきの青い光で私たちを包んでくれた。

公爵の放った攻撃が、青い光の層に跳ね返される。背後では、ドラゴンと戦うヴォルフの剣の音が響いている。

「公爵が迫ってきてるわ！」

「単純な力の強さでは、魔力は聖力に勝てないの。公爵が私たちに危害を加えることはできないわ」

だが次の瞬間、爆風のようなものに煽《あお》られて、危うく転びそうになった。

「っ……、どうやら魔石かなにかで魔力を増強しているようね。本当に厄介な男。でもこのあたりまで来れば、ひとまずドラゴンからの攻撃に巻き込まれることはないはずよ」

おばあちゃんもトミーを抱く私も、すっかり息が上がっている。でも青い光のおかげで、公爵もこれ以上は私たちに近づけないようだ。

遠くで、巨大なドラゴンとひとりで戦うヴォルフの姿が見える。ヴォルフの剣は青白い光を帯びており、剣に聖力を纏わせることに成功したようだ。まだ勝敗はついていないが、決して劣勢には見えない。

大丈夫、ヴォルフは強いもの。絶対に、負けたりしない。

「あのドラゴンとほぼ互角とは、さすがは『蒼玉《そうぎょく》の王子様』だ」

私たちに追いついた公爵だが、なぜか私たちに攻撃を仕掛けることなく、呼吸を整えながら背後のドラゴンとヴォルフを眺めている。

「しかし互角ということは、ギリギリの均衡を保っているということ。ひとたびその均衡が崩れればどうなるか――」

「――!?　だ、だめっ……!!」

公爵が、ヴォルフに向かって攻撃を放った。それに気づいたヴォルフはなんとかその攻撃自体は避けたが、大きく体勢を崩してしまった。

「ヴォルフ!!」

まだ体勢も整わない、剣も構えられていない状態のヴォルフに巨大なドラゴンが襲いかかるのが見え、頭が真っ白になる。

――だめ、絶対にだめよ!!

「やめて――――っ!!」

その瞬間、どこからか強い閃光が飛んできてドラゴンの頭を直撃した。それによって今度はドラゴンのほうが体勢を崩す。何が起きたのかと困惑するが、なぜかおばあちゃんも公爵も、私のほうをじっと見ている。

「お前……やはり、魔法が使えたのか?」

公爵の言葉を頭が理解する前に、ドラゴンの赤く鋭い眼光に睨みつけられた。

標的が――私に変わったようだ。

「だめだ、そんな……! ティーナ逃げろ、早く逃げるんだっ!!」

ヴォルフの絶叫が響く。そうだ、逃げなきゃ。そうわかっているのに、氷漬《こおりづ》けにでもされたようにその場から動けない。

私たちのほうへヴォルフが全力で走ってくるのが見える。でも目にも留まらぬ速さで飛んできたドラゴンはもう私たちの頭上にいて、大きなその身体が私たちの上に濃い影をはっきりと落としていた。

ああ……もう、間に合わない。そのことをはっきりと理解してしまった。

やっと、ヴォルフと想いが通じ合ったのに。結婚の約束もして、未来に生まれる息子まで抱いて、これ以上ないほどの幸せの中にいたのに。

腕の中にいるトミーを、ぎゅうっと強く抱きしめる。

ごめんね、トミー。貴方を守ってあげたかったのに。ちゃんと守り抜いて、未来の私たちに貴方を返してあげたかったのに。そして私はヴォルフと結婚して——トミー、貴方を産みたかったの。世界一愛する人との、なによりも愛しい私の赤ちゃん。

「ティーナ!!」

ヴォルフの悲痛な声が耳に届き、いよいよ死を覚悟して、目を閉じる。

静寂。それからまもなく——やわらかく温かなものが、頬にそっと触れるのを感じた。

「まーま」

そっと、目を開ける。

コーンフラワーブルー色の美しい瞳が、私を心配そうに見つめていた。

「……えっ、あれ？　ドラゴン……は？」

見上げれば、私たちの頭上でドラゴンがまるで空中で氷漬けにされたようになっている。状況がわからずそのまま固まっていると、力強く身体を抱きしめられた。

「ヴォルフ!!」

「ティーナ……、ああティーナ!!」

大好きな人の匂いにふわりと包まれて、安堵で全身から一気に力が抜けるのがわかった。

でも、いったいどうなっているのだろう？　たしかにあの瞬間、死を覚悟したというのに。

「私たち、死んじゃったの？」

「いや、生きてる……と思う。でも、この状況は普通じゃない。どうやら、時間が止まってる」

「そのようね。私たち四人以外の全ての時間が止まっているようだわ」

時間が……止まってる？

ヴォルフの腕に抱かれたまま、そっと周囲の様子を窺《うかが》う。宙に留まる巨大ドラゴンはもちろん、公爵もかなり不自然な体勢で、凍りついたように固まっている。風も感じないし、先程まで頭上で妖しげに渦巻いていた黒雲も、その流れを完全に止めていた。

「トミー、覚醒《かくせい》したのね」

おばあちゃんのその言葉に、はっと自分の腕の中のトミーを見る。

「それにしても、時間を止めてしまうだなんて……魔力と聖力をどちらも受け継いだこの子にしか、こんなことできないでしょうよ。とはいえこの状態がいつまでもつか。ヴォルフ、ティーナ、今のうちにできることを急ぎましょう」

◆　◆　◆

「な、なにがどうなっている!?」

公爵は完全に混乱しているが、それもそのはずだ。気づけば自分は身体を木にくくりつけられ、召喚したドラゴンは頭上で突如として断末魔の叫びを上げ、そのまま消滅するのを目撃することになったのだから。

「閣下、もう終わりです。貴方の持っていた召喚石と魔石は全て預かりましたし、先程までと違い、今やこちらには聖力使いと魔法使いが合わせて四人です。貴方に勝ち目はありませんよ」

「四人……？　なっ、まさか覚醒を――！」

「その通りだ、公爵。ゆえにこの小さな赤子は、もはやそなたが到底敵う相手ではない」

背後から響いた聞き覚えのない声に驚いて振り返る。

「こ、国王陛下！」

ヴォルフの言葉と驚愕に目を見開く公爵の様子から、その人物が誰であるか理解する。

――いや、もしその言葉がなくとも、私はその人が誰かわかったことだろう。高貴さと威厳とを感じさせる佇《たたず》まい、立派な装い、そしてなにより、あまりに馴染み深いコーンフラワーブルー色の美しい瞳。

「陛下がなぜ、このような場所に……」

公爵の声は、はっきりと震えていた。

「公爵、なにか言いたいことはあるか？」

「あっ……ご、ございます陛下！　この状況をご覧ください！　そこにいるヴァルトマイスター卿とその家族が、私から王位継承権を奪うため私をこのような目に！」

「よ、よくもそんな嘘《うそ》を――！」

「クリスティアーナ嬢、安心なさい。全て、わかっているから」

「えっ……？」

陛下のその言葉はもちろん、どうして陛下が私の名前を、そして私のことを知っているのだろうと困惑してしまう。

「どうやらまだ状況がわかっていないようだな、公爵。私は全て、見ていたのだよ」

「す、全てと申しますと……？」

「そこにいるマルガレーテのスカーフを留めるブローチ、それはアメジストの聖石なのだ。聖力でその石を介し、すべてのやりとりを最初から最後まで王宮の執務室で見せてもらった。私の隣には国王付きの記録係もいたので、全てを詳細に記録させている」

公爵の顔が一瞬にして真っ青になった。

「禁じられた黒魔法と召喚石を使ってドラゴンを二頭も召喚したと自白した際には、ちょうど報告に来ていた王立騎士団長もいてね。ヴァルトマイスター卿の活躍により予想以上に早く片付いたとはいえ、それなりに負傷者も出たから大いに憤慨しておったよ」

顔面蒼白《そうはく》の公爵だったが、次の瞬間にはがくっと頭を垂れた。

「――憐《あわ》れな男だ」

「憑依が解けたのでしょうか」

「自分で解いた可能性もあるが……もうひとつの可能性もある。未来から、彼の存在が消えたのかもしれんな」

「えっ!?」

「今日のことはもちろん、公爵は魔塔での行いも自白した。そしてその証拠を私と王国の記録係、騎士団長までもが聞いたのだ、もはや言い逃れはできぬ。となれば……」

――そうか。そのような大罪人が、処罰を受けないはずがない。

「公爵が目覚めたらすぐ裁判を行うことになる。判決が下るまでにそう長くはかかるまい」

淡々とした口調で語った国王陛下だったが、完全に混乱状態の私たちを見て「ああ、まずは説明が必要だったな」と少し申し訳なさそうに笑ってから、「今回の一連のことについて説明したいので、場所を改めよう」と言った。

国王陛下の指示で、気を失っている公爵と公爵に倒された雇われの護衛たちが運ばれていった。

護衛たちは回復を待ってそのまま帰されるようだが、公爵はそのまま勾留《こうりゅう》されるらしい。

◆　◆　◆

そして私たちはというと、馬車で王宮へと連れて行かれて、四人揃《そろ》って応接間に通された。

初めて訪れた王宮は、別世界のようだった。壁も窓も黄金の装飾で縁取られ、絵画や彫刻が並ぶ回廊は、街に出たときに行った美術館みたい。

そうして通された応接間は、さらに絢爛豪華《けんらんごうか》だった。神話の神々の饗宴《きょうえん》を描いた天井画から吊《つ》り下がる豪奢《ごうしゃ》なシャンデリアは、金やシルクがふんだんに使われた調度品の数々をきらきらと輝かせ、その眩さに目が眩《くら》みそうだ。

席に着く私たちの前には、金で縁取られた純白の陶器に夕暮れの湖みたいな色の紅茶が注がれ、金色のスリーティアーズには宝石箱みたいに綺麗なお菓子がいっぱい置かれている。

「酷《ひど》い目に遭ったのだ、疲れているだろう。茶と菓子でも食べながら、ゆっくり寛《くつろ》いでくれ」

甘い香りが部屋いっぱいに広がり、甘いものが大好きな私は通常なら喜んでこの誘いに乗るところである。

――が、訳もわからぬままに連れてこられた王宮で、国王陛下と同じテーブルを囲んでいるこの状況……緊張でさすがに手を出せない。

「たあーっ！」

突然の大声にびくっとしてしまったが、声の主は当然のようにトミーである。ちなみになんと彼は今、にこにこ笑顔の国王陛下に抱っこされていたりする。

「おお坊や、これがほしいのかな？」

こくこく頷くトミーに陛下が自らケーキを取ってあげている。ちなみに陛下の前に置かれているスリーティアーズには、赤ちゃん用のケーキばかりが所狭しと並んでいる。

国王陛下との会食が初めてではないヴォルフでも、さすがにこの距離感で陛下直々にもてなされることには大いに抵抗があるようで、私の隣で私と同じように固まっている。

その点、ベルタさん改めマルガレーテおばあちゃんは大したものである。スコーンにクロテッドクリームをたっぷりと塗って美味しそうに食べながら、陛下ともまるで旧知の仲であるかのように気兼ねない様子で会話している。

「あらあら、ふたりともカチカチに固まってるわねえ？　陛下、そろそろお話ししていただけません？　そうでないとこの子たち、緊張のあまり石にでもなってしまいそうですよ」

「ああ、気が利かずにすまなかった。では、本題に入るとしよう。少し長くなるから、菓子などを食べながら気を楽にして聞いてほしい」

「いえ、そう言われてもたぶん無理です」──などとは言えず。私とヴォルフが緊張でカラカラになった喉《のど》を目の前の紅茶で潤《うるお》してから「「よろしくお願いします」」と完全シンクロで答えたものだから、陛下とおばあちゃんに笑われてしまった。

そもそも陛下は、今回のことを「啓示」によって知ったそうだ。ただその啓示というもの自体、私たち国民に説明されているものとは、その実態は大きく異なるらしい。

王族のみが受けられるという啓示、あれは本当は天から与えられるものではなく、聖力を持つ人間が一定の特別な条件を満たしたとき「未来の自分」から「過去の自分」へと送ることのできる、伝言のようなものだという。

陛下はこの啓示によって、今回私たちの身に起こることを事前に知ったというのだ。陛下自身がこの「現在」で何をすべきかということも、全て。

「ではつまり陛下は、未来の公爵が憑依し、今日私たちを襲うこともご存じだったのですか？」

「ああ、知っていた」

「──！　ではどうして先にそのことを我々に教えてくださらなかったのですか!?　もしあのときトミーが覚醒しなければ、いやそれ以前に、私とティーナがそれぞれ聖力と魔力を使えなければ、その時点で私たち全員死んでいました！」

ヴォルフは陛下に対して怒りを露《あらわ》にした。相手が相手なだけにひやっとしたが、今回のことで彼が感じた恐怖を思えば、たとえ相手が国王であっても強い憤りを覚えて然《しか》るべきだった。

とはいえ、一国の王に対する態度としては完全に不敬である。しかし陛下は少しも気を悪くすることなく、さらには「君たちには本当に申し訳ないことをしたと思っている」と頭を下げ謝罪までされたので、私たちはすっかり慌てた。

「危機を未然に防ぐこともできた。だがあの執念深い男は、本来公爵になるはずだったトーマス・リンデマンの娘である君が生きている限り、君とその息子の命を狙い続けるだろう。ならば『啓示』によって相手の手の内がわかっているこの機に断罪することを逃す手はない」

たしかに、あの人の父に対するコンプレックスは常軌《じょうき》を逸《いっ》しているようだった。彼は目的を遂げるかその命を落とすまで、私の父を越えなければならないという妄執《もうしゅう》に囚われ続けるに違いない。

ぞくっと背筋が震える。だが隣に座るヴォルフが、私の手をぎゅっと握ってくれた。

「ティーナ、大丈夫だ。もう、大丈夫なんだよ。あの男は、過去を変えようとした代償《だいしょう》をこれから払うことになり、結果として己の未来ごと全てを失うだろう。けど……俺たちは違う」

「私たち……」

「そうだ。こうして全て終わった今も、トミーは俺たちの前から消えていない。未来でもトミーはちゃんと生まれて、存在し続けるってことだ。俺も君も、ちゃんと未来を生きられる」

ヴォルフのその言葉に、ようやく「本当に助かったのだ」という実感が湧いてくる。

「その通りだ。しかも君たちの勇敢な戦いと勝利のおかげで、未来においてこの小さなトーマスが暗殺の危機に瀕《ひん》することもないだろう」

陛下がトミーの右腕を腕まくりする。するとそこにあったはずのあの赤黒い怪我の痕《あと》、トミーが公爵に暗殺されかけたときのあの傷痕が、完全に消えていた。

「たあっ！」

泡が触れただけで少しぐずっていたのに、今は右腕に直に触れても、トミーはにこにこ上機嫌だ。

「本当に……未来が変わったんだ」

「君たちなら公爵に打ち勝てる、そう確信していたとはいえ、君たちを危険に晒《さら》したのは事実だ。誠に申し訳ないと思っている」

「ご説明いただいた今、陛下のそのご判断は至極当然だったとわかります。ですから、陛下が謝罪なさる必要はありません」

ヴォルフのその言葉に、陛下はひどく安堵した様子だ。

「ただ……ひとつだけ、どうしてもわからないことがあります」

「それはもしかして、私のことかしら？」

朗らかに笑ってそう言ったマルガレーテおばあちゃんに、ヴォルフが頷く。

「十年前に死んだはずのばあちゃんが、どうして生きてるんだ？　しかも、十年前に死んだときの姿のままだ。ばあちゃんにまた会えたのは最高に嬉しいけど、全く訳がわからなくて」

「ふふっ、まあそうでしょうねえ」

マルガレーテおばあちゃんは朗らかに微笑んだ。

「驚かせてしまって、それにふたりを騙《だま》すようなことになってしまって本当にごめんなさい。実は私も啓示を受け、それに従って行動していたのよ」

「つまりばあちゃんも、陛下のように未来の自分から伝言を受けたってことなのか？」

「二人がまだ八歳のとき、貴方たちふたりがいずれ私の助けを必要とすることを未来の私が教えてくれたわ。でもそれは十年も先の話だった。だから私は聖力を使って未来へ転移したの」

「『聖力で、未来へ……』」

「ええ、そうよ。私に課せられた使命は十年後の今日、ヴォルフが魔物討伐から戻ってくるまでの数時間だけ、ティーナとトミーを公爵の魔の手から守ることだった」

「塔の魔法使い」である公爵の魔力に対抗できるのは聖力だけだが、ヴォルフの父はもともと聖力の保有量がおばあちゃんほど多くないのだという。そのため、ヴォルフとトミーが聖力を覚醒するまでの時間稼ぎはマルガレーテおばあちゃんにしかできない役目だったのだ。

一昨日おばあちゃんが言っていた「果たすべき役割」というのは、そのことだったのか。

「啓示」を受けた翌日におばあちゃんは息子夫婦、つまりヴォルフの両親に啓示を受けた旨とその内容を説明し、啓示に従い未来へ転移することをふたりに納得させたという。

ただ、ヴァルトマイスター家の人間が聖力を持つことは秘密なので、対外的にはおばあちゃんを亡くなったことにして、仮の葬式を行うことにしたそうだ。

そして八年後の未来にやってきたおばあちゃんは聖力で瞳の色を変え、ヴォルフが慣れない王都で困らないように二年間大家としてサポートしながら、決戦の日である今日に備えていたという。

十年前と全く同じ笑顔で、マルガレーテおばあちゃんが笑っている。

話を聞いても、正直なところまだ現実味はない。――でも。

席を立ち、座っているおばあちゃんの前へと行く。

「ティーナ？」

「おばあちゃんにまた会えて、本当に嬉しい」

ぎゅっとおばあちゃんを抱きしめると、おばあちゃんも私を強く抱きしめてくれた。

「私も、貴女たちにまた会えて本当に本当に嬉しいわ」

抱き合う私たちを、外側からヴォルフが大きく抱きしめる。

「ばあちゃん、本当にありがとう。助けてくれたことも……生きてくれたことも。またこうしてばあちゃんと会えて、俺も本当に嬉しい」

「ふふっ！　だって貴方に約束させられたもの。『いつかティーナと結婚して、最高に可愛い曾孫《ひまご》を抱かせてやるから、それまで絶対に長生きしてくれ』って」

「ば、ばあちゃん！　それはティーナには秘密だって……!!」

「らあっ！」

ああ、本当に夢みたいだ。死を覚悟して、もう二度と会えないかと思った愛する人の腕に抱かれ、十年前に死んだはずのおばあちゃんが目の前にいて、未来に生まれてくる愛する人との子どもが、そんな私たちを見て嬉しそうに笑っているなんて。

「美しき愛に満ちた光景だな。いつまでも眺めていたいところだが……どうやら、時間のようだ」

時間とは、いったいなんのことだろう？　不思議に思い陛下のほうを見ると、陛下が抱いているトミーが、青白い光に包まれていた。

「トミー!?」

何事かとヴォルフと私は大いに狼狽《ろうばい》したが、陛下とおばあちゃんは事情を理解しているらしい。ただその表情は、とても寂しそうだ。

「トーマス、時が来たのだね？」

こくこくと、小さなトミーが頷く。

「時が来た、とは……」

「未来へ帰る時だ」

「あっ！」

ようやく理解し、私たちは固まった。

「この光は、この子に準備ができたということ。魔力も聖力も覚醒した今、私が少し力を貸せば、この小さなトーマスは未来に帰ることができる。未来の君たちも、最愛の息子の帰りを今か今かと待っているはずだ」

「そう……ですね」

当然のことだ。トミーは未来から来たのだから、現在《ここ》は彼の居場所じゃない。もう留まる理由がない以上、一刻も早く未来に、本来のトミーの居場所に返してあげるべきだ。

——そう、頭ではわかっているのに。

「まーま」

小さなトミーがいつもみたいに一生懸命手を伸ばし、私に抱っこをせがむ。

「トミー……」

陛下から私にトミーが渡される。柔らかな青白い光に包まれるトミーが、私をじっと見つめて、それからにっこりと笑った。

ああ……本当に、可愛い。可愛くて、たまらなく愛おしい。

「覚醒したら未来に帰ってしまうって……ちゃんと、わかっていたのに」

もうトミーに会えなくなるのだと思ったら、涙がぽろぽろと溢れてきた。

「ティーナ」

ヴォルフは私の涙をそっと拭《ぬぐ》い、それからトミーごと、私をぎゅっと抱きしめた。

「俺もトミーとこれからもずっと一緒にいたいし、ティーナとふたりでその成長を見届けたい」

「うん」

「でも、それはちゃんと叶《かな》うから」

「えっ？」

「だって、そうだろ？　トミーは、未来の俺たちの息子なんだ。トミーを未来に帰してしまっても、俺たちが結婚して子どもができたら、そのときは今度こそ本当に俺たちの息子としてこのトミーを抱きしめることができる。この子の成長を最初からずっと、一緒に見守れるんだよ」

わかっていたはずなのに、ヴォルフにそう言われて初めて、その事実をちゃんと理解したような気がした。

「トミー……本当に、本当？　必ず私たちのもとに、生まれてきてくれる？　また、こうして貴方を抱くことができるのね？」

「あい！」

「ほらな、いつもながらにいい返事だ。いい子だな、トミー」

「ええ、本当に！　本当にいい子で……世界一可愛い子だわ。大好きよ、トミー」

ふわふわのほっぺに頬ずりすると、ちゅっとトミーが私の頬に優しくキスしてくれた。

「では、トーマスを未来に返すが、よいか？」

「あっ、お待ちください！　これも一緒に」

ヴォルフが懐から小袋を取り出し、それをトミーの服のポケットにそっと入れた。

「おじさんの指輪、未来のティーナにちゃんと返さないとな」

ヴォルフはにっこり微笑んだ。

「うむ。では今度こそトーマスを未来に返すが、よいな？」

「はい。トミー、元気でな？　未来の俺たちにも、よろしく頼む」

わかっているのかいないのか、トミーはにこにこ笑顔でうんうんと頷いた。

「またすぐ、未来で会いましょうね。貴方に会える日を、心から楽しみにしてるわ。……大好きよ、トミー」

ヴォルフと私はトミーの頬に左右からそっとキスをした。

「ぱーぱ、まーま、しゅーき！」

「「――！」」

次の瞬間には、小さなトミーはもう私たちの前から消えていた。

「……行っちゃった」

「ね！　すごーく可愛かった。……寂しくなっちゃうね」

「『パパ、ママ、好き』だってさ！」

「でもまた、すぐ会えるよ」

ヴォルフのその確信に満ちた言葉に、私は心の底から安心することができた。

「これで、私の役目はほぼ終わりだな。だがあとひとつ、君たちに伝えておくべきことがある」

「まだなにか、未来からの啓示が……？」

「いや、これはむしろ――過去からの、大切な伝言だ」

そう言うと国王陛下は、私たちにある昔話をしてくださった。

今から二百年ほど前のこと。この国に、双子の王子が生まれたことがあったそうだ。ただ当時、多胎児は凶兆《きっきょう》とされており、多胎児が生まれると先に腹から出た長子を除いて殺すという恐ろしい因習があったという。

王子が双子で生まれたと知れば、この国になにか災いが降りかかるのではないかと国民は心配するだろう。かといって聖力を持つ特別な存在である王族は天の祝福を受ける存在とされているため、その王子を殺すということは、これもまた災いの原因となりうる。

そこで当時の国王は王子が双子として生まれたという事実を国民に隠し続けるという選択をした。王子が双子で生まれたことは助産師と国王夫妻、乳母《うば》、信頼のおける侍女数名と重臣たちのみ知ることとなり、公的な場にはふたりの王子が交代で出席した。

双子の王子は驚くほど仲が良く、互いのことを誰よりも理解し、互いを心から大切に思っていた。だが、ふたりが十五歳になろうという頃に大規模な干ばつが起こった。そして重臣のうちひとりの因習にとらわれた男が、それを双子の王子がこの国に存在するせいだと考えた。

そして、事件は起こった。双子の弟王子のほうが、その重臣の手の者により暗殺されかけたのだ。弟王子は聖力によって一命こそ取り留めたものの大怪我を負い、首謀者《しゅぼうしゃ》は捕らえられて処刑されたが、国王夫妻と双子の王子たちは強い危機感を覚えた。

——また同じようなことが、起こるのではないか。

弟王子は自分が死にかけたことで自分を責めている兄王子の姿を見て、もし自分たちのどちらかが殺されれば、相手を守れなかったことに自分たちは一生苦しむだろうと思った。

『そんなこと、絶対にあってはならない。そうならないためには……』

弟王子は、両親と双子の兄に申し出た。

『私たちの存在を知る者たちに、私は例の事件で死んだとお伝えください。私は、王宮を出ます。王宮を出て、全くの別人として、新たな人生を歩みたく存じます』

国王夫妻も彼の双子の兄も強く反対したが、弟の決意は固かった。彼は家族にだけ別れを告げ、ある日ひっそりと王宮を出た。

「……まさか、それがヴァルトマイスター家の始祖《しそ》なのですか？」

私の言葉に、国王陛下ははっきりと頷いた。

正体がばれることを恐れて、弟王子は王都からできるだけ離れた場所を目指したという。そして辿《たど》り着いたのが、我が国の東端の村、メルクブルクだった。

「村の東部に隣国オストリンゲンとの国境がある『暗黒の森《ドゥンケルヴァルト》』があるでしょう？　今でこそ友好関係を築いているけれど、オストリンゲンはかつては最大の敵国でもあったの」

当時のメルクブルク周辺は隣国からの侵攻に幾度も晒されて、とても危険な地域だったという。そこに弟王子は定住を決めた。そして自分の持つ聖力を使って隣国からの侵攻を密《ひそ》かに防いでいたようである。

「王都を離れ、王族としての地位も捨てて……それでもなお弟王子は、この国を懸命に守っていた。彼が亡くなった後もその子孫たちが彼の遺志を受け継いだ。おかげで今もあの地の平穏が守られているのだ。深く感謝している」

陛下は左胸に右手を当て、マルガレーテおばあちゃんとヴォルフのふたりに頭《こうべ》を垂れた。弟王子、そして彼の志を受け継ぎ、ずっとメルクブルクで「森の管理人《ヴァルトマイスター》」として役目を果たし続けたヴァルトマイスター一族に対する、敬意と感謝の表明だった。

「つまりヴァルトマイスター卿、君には王族の血が流れているのだ」

驚くべき事実だが、おばあちゃんとヴォルフ、そしてトミーまでもが聖力を使えることを思えば、そう考えたほうがたしかに納得もいく。

「おばあちゃんは、そのことを知ってたの？」

「ええ、知っていましたよ。ヴォルフのお父さんも知っています。ヴァルトマイスター家では成人となる十八歳の誕生日を迎えた後にこの話を聞かせることになっているのよ。双子の兄王子からの『伝言』もあわせてね」

「兄王子からの伝言？」

「弟が王宮を去る際に兄は言ったの。『助けが必要になれば、いつでも王宮に戻りなさい。そのときは私か、あるいは私の子孫がその瞳を証拠に必ず家族として受け入れ、いかなる協力も惜しむまい』とね。それで私は国王陛下をお訪ねしたのです。孫たちと私たちの未来を救う手助けをお願いするために」

「騎士叙任式《リッターシュラーク》で初めて君を見たとき本当はすでに君の正体を知っていたが、国民や公爵に『蒼玉《そうぎょく》の王子様』の存在を強く印象付けるためにあえて儀式を中断し、君を別室へと呼んだのだ」

国王陛下の隠し子でこそなかったが、ヴォルフには本当に王族の血が流れていたのだ。

それだけでも衝撃だったが、そのあとの陛下の言葉に私たちは固まった。

「というわけでヴォルフガング・ヴァルトマイスター、君は正真正銘の『蒼玉の王子様』だったということだ。そして私としては、君の本来の立場を明らかにしたいと思っている」

「えっ、いや、ですがそれは……！」

「君と君の家族を王族の地位に戻し、王位継承権を与えたい。これを受け入れてくれるなら、私に後継者がいない以上、君はいずれ王位に就くことになろう」

ヴォルフがいつか、王様になる——？

「クリスティアーナ嬢、そんな不安そうな顔をしないでくれ。わかっていると思うが、彼が王族に戻ったとしても、君たちの間を裂くようなことはありえない。自分が妃《きさき》としてやっていけるかが心配なら、その点も私たちが完全にサポートするから、安心してほしい」

そう言って優しく微笑む国王陛下を前にしても、何の実感も湧かないし、少しも現実味がない。

——ヴォルフは今、どう思っているのだろう？

やっぱり、王様になりたいと思うのかな。

幼い頃からずっと、ヴォルフと一緒になる未来を夢見てきた。ヴォルフや私の両親たちのような素敵な夫婦になって温かな家庭を築き、平凡だけど穏やかな日々を生きていくというそんな幸せな未来を。

だけどヴォルフが王様になれば、私たちの未来は「平凡で穏やかな日々」とは程遠いものになってしまうはず。

もちろんヴォルフの意思を尊重するし、彼がどの道を選ぼうと、彼とともに生きていくつもりだ。

でももし、本心を言ってもいいのなら——本当はヴォルフと、そして生まれてくる子どもたちと一緒に、平凡だけど穏やかで幸せな日々を過ごしたい。そんな風に、思ってしまった。

じっと、ヴォルフの目を見つめる。そして彼の感情を読み取ろうとする。

するとヴォルフは私の頬を優しく撫《な》でて微笑むと、耳元で「大丈夫だよ」と囁いて、国王陛下のほうに向き直った。

「陛下、もしお許しいただけるのでしたら、私は今のままでいたいです」

「ヴォルフ……！」

「つまり、王族としての地位を取り戻したくはないと？」

「恐れながら、私にはずっと夢がありました。最愛の女性を妻とし、彼女と、彼女との子どもたちと共に、平穏で普通の幸せな日々を過ごしたいという夢です。私はクリスティアーナとともにその夢を叶えるつもりです」

この上なく優しい笑顔を私に向けて、私の手をヴォルフはぎゅっと握った。

「たとえ私が王族の血を引いていようと、私自身は小さなメルクブルクの村で生まれ育った若造にすぎません。私には剣の腕しかなく、王になるべき学も資質も備えていない。そんな未熟者が王になれば、国は大混乱に陥るでしょう」

国王陛下は、ヴォルフの言葉に黙って耳を傾けている。

「なにより私は、国よりもここにいる最愛の女性、クリスティアーナのほうが大切なのです。彼女を幸せにすることのほうが、国の未来を考えるよりも大事です。そのような人間に国を任せるなど、絶対にあってはなりません、陛下」

強く手を握ったまま、ヴォルフはさらに私を自分のほうへと抱き寄せた。

その温《ぬく》もり、そして彼が口にした全ての言葉が私を深く感動させ、喜びが胸に満ちた。

「ふむ、国よりも最愛の女性が大事か。それを王立騎士団員の君が国王である私に宣言するとは、なかなか興味深いなあ？」

「あっ、いえその……！　もちろん王立騎士団員として、この命をかけて国家の保安に努めます！この国を守ることは私の最愛の女性、最愛の家族たちを守ることに直結いたしますので！」

「はっはっは！　あくまで『愛する者』のためか。だが、それでよいのだ。人は愛する者を守ろうとするとき、最も強くなると言う。ヴァルトマイスター卿、君はこれからさらに強い騎士となるだろう。君の愛する者、守りたい者たちは、これからますます増えるだろうからな？」

陛下はとても優しく微笑んだ。

「君の意思を尊重する。だがもし気が変わり王になりたいときが来たら、いつでも言ってほしい」

「お気持ちは誠にありがたいですが、私が王になることはありません」

「実に残念だが、強要はしまい。だが……子どもたちも同じとは限らないだろう？」

「子どもたちとは？」

「トーマスはもちろん、君たちの子どもの誰かが望めばすぐに王族の地位を用意し、王位継承権を与える準備があることも、覚えておいてほしい。強要はせぬが、子どもたちの未来には、可能性が多いほうがよかろう？」

「承知しました。ヴァルトマイスター家のしきたりに従い、子どもたちが成人するときに我が家の歴史を伝える際に、本日の陛下からのお言葉も一緒に伝えます」

ヴォルフの返事に、陛下はなぜかとても満足げに微笑んだ。

「……陛下、もしや、ほかにも『啓示』を受けているのではございませんか？　未来のことをまだなにかご存じであるかのようにお見受けしましたが」

私の問いかけに対し、陛下はどこかいたずらっぽく微笑んだ。

「ほう、女性というのはやはり鋭いな。だが今は何も言えぬ。ひとつ言えるのは、私たちの未来は明るく、輝きに満ちているということだけだ」

◆　◆　◆

国王陛下と別れて、私とヴォルフとおばあちゃんの三人でアパートに戻ってきた。帰り道はまだ頭がぼーっとしていて、正直どうやって帰ってきたのかもよく覚えていない。

それはヴォルフも同じだったようで、そんな私たちのそばでくすくす笑っていたおばあちゃんは「今日はゆっくり休んで、明日またたくさんお話ししましょうね」と言い、そのまま一階で別れた。

そうしてやっと、ヴォルフの部屋に戻ってきた。なんだか随分長く帰っていなかった錯覚に陥《おちい》る。

そしてふと目に入ったのは空っぽのベビーベッドと、持ち主を失った赤ちゃん用おもちゃだ。

「またすぐ会えるよ」

「うん。でも……やっぱり寂しいな」

ヴォルフが私を優しく抱き寄せる。

「たしかにそうだな。でも俺としては、少しほっとしてもいる」

「ほっと？」

「だってそうだろ？　俺とティーナはやっと想いを通じ合わせて恋人同士になったばかりなのに、

まともにいちゃつく暇《ひま》もなく子育て生活に入るのは辛い」

「まあ、ヴォルフったら！」

「もちろんトミーのことは大好きだし、早くまた会いたいよ。だってトミーは、俺と君の息子《むすこ》だ。最愛の人との間に生まれる、なにより大切な存在だ」

ヴォルフは私を彼のベッドの端に座らせると、自分もその隣に座った。

「この一ヶ月は……正直、本当に大変だった。トミーは手のかからない子だったし、ベルタさん、つまりマルガレーテばあちゃんもたくさん助けてくれてたわけだけど……それでも初めての子育てってやつに、完全に翻弄《ほんろう》されたよ。自分で言うのもなんだけど、かなり頑張ったと思う」

頭をこてんと私の肩に乗せてきたので、「本当によく頑張ったね。お疲れ様」と言って頭を撫でてあげると、ヴォルフは満足げに微笑んだ。

「けどさ、この一ヶ月を思い返すと、すごく幸せでもあったんだ。トミーを見るたび、思うんだよ。俺とティーナは未来で結ばれるんだ、そしてこんなに可愛い子を授かって、ふたりで育てていけるんだって。そう思うだけで最高に幸せだったし、何があってもトミーを守り抜こうと思った」

ヴォルフの言葉に、胸が熱くなる。

「トミーと一緒にいる時間が長くなればなるほど、あの子の中に君を見つけるんだ。ああ、本当に俺とティーナの子どもなんだなって思って、それが本当に嬉しくて……幸せで。いつか来る未来を夢想しながらトミーがすやすや眠るのを見るのは、本当に素晴らしい時間だった」

ヴォルフがぎゅっと私の手を握り、私もその手を強く握り返した。

「だから今は、正直すごく寂しい。そしてたぶん、またトミーに会えるその日まで、ずっと寂しいと思う」

「うん、そうだね」

「でもトミーとはまた必ず会えるんだし、そのときはもう今回みたいに期間限定の子育て体験とはいかない。今度こそ、本当にトミーの両親になるわけだからな？」

「ふふっ！　ええ、たしかにそうね！」

「最速だと、来年には親になる可能性もある。もちろん再来年とかもっと先かもだけど……いずれにせよ、限りある『ただの恋人同士』のうちに、めいっぱいいちゃいちゃしておくべきじゃないか？　ふたりっきりの今なら、『らあっ！』って可愛い声でキスを中断させられることもない！」

「まあ……それは、そうかもね？」

くすくすとふたりで笑い合う。それからそっと、ヴォルフの手が私の頬に触れる。

「最高に幸せな未来が、俺たちを待ってる。でも、そこに至るまでの『今』も俺には最高に大切で、その全てが最高に幸せな時間だ。だって、こうして君にキスができるし……それ以上のことだって」

「んっ――」

唇が重なり、すぐに深い口づけへと移行する。

互いの舌を絡《から》め合い、混ざり合った唾液《だえき》の味は、なんだかやけに甘く感じる。

「ふわあ……キス、気持ちいい」

「ティーナ、可愛すぎ」

「あっ……ボタン外しちゃだめ」

「なんで？　こんな可愛いティーナを前に、我慢《がまん》なんてできない」

「でも今日ずっと外にいたから、汗かいてるもの。だからその……するのはいいけど、先に身体を流したい」

「俺、汗臭《くさ》い？」

「ううん、ヴォルフは全然臭くないよ。っていうかむしろ……いい匂《にお》い」

「いい匂い？」

キスのあとで、頭がぼーっとしているせいかもしれない。それか、今日あまりにいろんなことがあって、でもこうしてまた部屋でふたりっきりになって、心の底から安心してしまったからかも。

そのせいで、半ば無意識に彼の胸元に顔を埋《うず》め、気づけばこんなことを呟いていた。

「私、ヴォルフの匂いがなによりも好き」

微妙な沈黙があり、不思議に思い見上げると、顔を真っ赤にして固まっているヴォルフがいた。

それで初めて、ぼーっとした頭で私はかなり恥ずかしいことを口走ったようだと気づく。

「い、今のはそのっ……！」

「さすがにその煽り方は反則」

覆《おお》い被《かぶ》さってきたヴォルフは、私が「待って」と言うのも聞かずに服のボタンを外していく。

「そんな可愛いこと言っといて、中断はなしだぞ？　俺だってティーナの匂いがなにより好きだし、このままのほうが興奮する」

「こ、興奮って――ああっ！」

ヴォルフはスカートの下から手を入れて、そっと私の秘所に触れた。

「ほら、まだキスしかしてないのにこんなに濡《ぬ》れてる」

「そんなことわざわざ言わないでよ……」

「だって、可愛いから」

恥ずかしいのに、ちゅっとまたヴォルフに優しくキスされたら、それ以上なにも言えなくなってしまった。

ヴォルフがゆっくりと私の服を脱がせていく。それがなんだかすごく恥ずかしい。

でも私を見つめる真っ青な目は明らかに熱を帯びていて、彼が私に興奮しているのだと思ったら、すごく嬉しくなった。

気づけば私は一糸纏わぬ姿にされていて、一方のヴォルフは、シャツも下着もそのままだ。

「ヴォルフだけ服着てるの、なんかずるい」

「そうか？　じゃあ、ティーナが脱がせて」

そう言って笑うヴォルフは、妙に色っぽい。ドキドキなんて音では済まないくらいおかしな鼓動を感じながら、そっと、ヴォルフのシャツのボタンを外していく。

「ティーナ、顔真っ赤だ」

「だ、だって、人の服を脱がせるなんて初めてだもの！」

まだ脱がしている途中なのに、ぎゅうっと強くヴォルフに抱きしめられた。

「どうしたの？」

「……俺が初めてで、本当によかった」

「えっ？」

「改めて、本当に嬉しくて。君が俺のことをちゃんと待っててくれたことも、俺のことずっと好きでいてくれたことも、俺に……君の初めてをくれたことも」

本当に嬉しそうな顔でそう言ったヴォルフが、また私にキスを仕掛けてきた。ボタンを外そうとしているのに何度もキスしてきて、しかも胸の膨《ふく》らみにも触れながら舌を絡める深い口づけをしてくるものだから、彼のシャツのボタンを外したいのに、全然上手《うま》く外せない。それで抗議すると、

「そのふくれてる顔がたまらなく可愛い」とか言って、またさらにキスされた。

そんなわけでシャツのボタンを外すのにかなり時間がかかってしまったが、はだけさせたシャツの下の鍛《きた》え上げられた肉体に、これまたうっかり見惚《みと》れてしまった。

そんな私の様子を見てくすっと笑ったヴォルフが、ベッドから降りた。下を脱ぐのかなと思い、なんだか恥ずかしくて顔を背《そむ》けたのだが。

「どこ向いてるんだ？　全部、ティーナが脱がせてくれるんだろ？」

振り向くと、ヴォルフはとってもいたずらっぽい笑みを浮かべていた。

……どうやら下も、私が脱がすらしい。覚悟を決めて視線を下半身のほうへやると、彼のあそこはすでにテントを張ったみたいになっていた。

下を脱がせるのは、上を脱がせるよりもっと恥ずかしい。でも、私に興奮して彼のあそこがこんな風になっているのだと思ったら、それが妙に誇らしくもあって――。

「じゃ、じゃあ……下ろすね！」

そう言って、一気に下ろしたのだが。

「ひゃあっ!?」

押さえつけられていた彼のものがぶるんと勢いよく勃《た》ち上がるのを見たら、実に素《す》っ頓狂《とんきょう》な声

を上げてしまった。

　初めて見たときも、ものすごく大きいと思った。こんなに大きいの、入るわけないと思ったのだ。でも、どうしてもヴォルフとひとつになりたくて、痛いのも我慢して……そうしたらちゃんと私の中に全部入った――はず。

「ええと……本当にこれ、入ったのよね？」

「あんまり可愛い反応ばっかするなよな……」

「へ？」

「ちゃんと、全部入ったよ。それに今日は、最初のときより痛くないはずだし。――たぶん」

　最後の言葉だけ急に自信なさげに言ったヴォルフが、再び私の上に覆い被さってきた。

「ティーナ、すごく綺麗だよ」

　優しく頬を撫でた手が、そのまま首元、胸元へゆっくりと下りてきて、胸の膨らみを優しく包み込んだ。

「んっ」

「すっかり硬くなってる」

「やんっ、そんな風に触っちゃ……ああっ！」

　指先でくにくにと捏《こ》ねられ、もどかしくてたまらない。

　先端に、ヴォルフがちゅっと吸い付く。電撃みたいなものが腰まで走った。

「んんっ……あっ……やあんっ……」

　舌先でころころ転がされたり、中に押し込んでは吸い上げられたりしたふくらみの先端はすごく敏感になっていて、それを唇で甘噛《あまが》みされると身体中に甘い痺《しび》れが広がる。

お腹《なか》の奥の疼《うず》きも、ますます強くなった。

「もうっ……胸、ばっかり！」

少し意地悪な笑みをヴォルフが浮かべる。

「つまり、早く下も触ってほしいんだ？」

「そ、そういうわけじゃ……ただ、あんまり長くするから」

「んー、俺的にはまだまだ全然足りないんだけどな。トミーが生まれたら独り占めできなくなるし、今のうちに俺だけのティーナのおっぱいを目一杯堪能しておきたい」

「……ヴォルフの変態」

「でもまあ、たとえ俺たちに子どもが何人できても、ティーナは俺のものだけど」

「あらヴォルフ、まだできてもない未来の我が子にまた嫉妬《しっと》してるの？」

からかうように言うと、ヴォルフは少し恥ずかしそうに笑ってから、私の額にそっとキスをした。

「じゃあ、そろそろティーナ様のご希望に従って、下のほうも目一杯可愛がらせていただきますか」

「あんっ」

「さっきより、もっと濡れてる。もうすっかりとろとろだ」

ヴォルフに言われなくてもはっきりと気づいていたほど、私のそこはびしょびしょになっていた。お腹の奥がずっときゅんきゅんしている。すでに知っているあの悦《よろこ》びを私の身体が求めているのだ。

秘芽《ひが》に、ヴォルフの指先が触れる。身体がびくんと勝手に跳ねて、じんと、甘い痺れが広がる。

「ここ、やっぱり気持ちいいんだ？」

私の反応を見て嬉しそうなヴォルフはその敏感なところを優しく、でも執拗《しつよう》に捏ねながら、別の指を私の中にゆっくりと差し挿《い》れた。

「すごいな、中をちょっとかき混ぜただけで、蜜がどんどん溢れてくる」

甘い快感と強いもどかしさで、意識が朦朧《もうろう》としてきた。

「んっ……ヴォルフ、もう十分だから……奥に……ヴォルフの、はやく欲しい」

「ティーナ！　そんなに煽られたら、優しくできなくなるだろ!?　もうめちゃくちゃにしたいって気持ちを必死で抑えてるってのに！」

「めちゃくちゃに、していい。ヴォルフになら、めちゃくちゃにされたいの」

「～～!!　言ったのは、ティーナだからな!?」

ズドンと、一気に最奥《さいおう》まで貫かれた。一瞬息が止まるほどの衝撃だったけれど、最初のときとは違って痛みは全然なくて、ただ驚くほど強い快感に、頭の中が真っ白になった。

「やばっ……気持ちよすぎ。ティーナ、もしかして挿れただけでイった？」

答える余裕もなく、力の入らない腕でぎゅっとヴォルフを抱きしめる。

「……まじか、可愛すぎだろ。ティーナごめん、いろいろ我慢できない」

「あっ……ああっ!!」

ぐっと引き抜かれたそれが、再び最奥まで私を貫く。強すぎる快感に驚いている暇もなく、その抽送《ちゅうそう》が何度も、何度も繰り返された。

「はっ、あっ……、ティーナっ！　ティーナ、好き、だっ！」

「ヴォルフっ……ああっ、私もっ……好き！」

「くううっ――――！」

最奥を穿《うが》たれたとき、頭の中で大きな白い爆発が起こった。

うっとりとする快感の波間を漂《ただよ》っていると、最も深いところに熱いものが広がるのを感じる。

大好きなヴォルフと、こんなに気持ちよくて、とーっても幸せな行為をして……その結果として、いつかあんなに愛おしい我が子が生まれてくるんだ。

喜びと幸せとで胸がいっぱいになり、涙が溢れてきた。

その涙に、ヴォルフがとっても優しく口づける。

「ティーナ、愛してる」

唇にそっと、口づけが落とされる。胸が苦しくなるほどに甘い、とっても幸せなキス。

「痛くなかったか？　その……さっき俺、途中で全然余裕なくなってしまったから」

「ぜーんぜん！　今日は最初から最後まで、ずーっと気持ちよかった」

「……よかった」

すごくわかりやすくヴォルフがほっとしている。

「ヴォルフは？」

「俺は……」

「……もしかして、今日は前ほど気持ちよくなかった？」

「そ、そうじゃない！　そうじゃなくて……」

少し赤くなったヴォルフが、私の耳元で囁く。

「俺はその……前回も今回も、最初っから最後までずっと気持ちよかった……から」

「本当に？」

「ああ。今だって、最高の気分だ。最高に……幸せだよ」

照れた表情のまま、ヴォルフは私の顔にかかっている髪をそっとよけてくれる。そのときの彼の表情と触り方があんまり優しくて、小さく吐いた息も妙に熱く、甘ったるく感じた。

――ああ、ヴォルフのことが好き。大好き。

好きの気持ちが溢れて止まらなくなって、お腹の奥がまたきゅんと締まるのがわかった。

「くうっ……」

ヴォルフが小さく呻《うめ》いたのと、まだ私の中にある彼のそれが硬さと大きさを取り戻したのはほぼ同時だった。

「ヴォルフ、貴方のがまた大きく――！」

「ティーナが思いっきり俺のを締め付けるからだ！　その上、そんな可愛い顔で色っぽい表情されたら無理だって……！」

「で、でももうこれ以上気持ちよくしちゃだめ！　気持ちよすぎて頭がおかしくなっちゃう……！」

「ああもうっ！　そんな可愛いこと言ったら逆効果だってば！」

その夜、ヴォルフは結局それから一度も抜くことなく、私の最奥に何度も何度も熱いものを注ぎ続けた。

私はというと、そんなヴォルフを止める気力も途中でなくなって、与えられ続ける快感に恍惚《こうこつ》としながら、延々と彼に抱かれることになったのだった。

「……狼《おおかみ》」

朝のやわらかな光が差し込むベッドの上で、せっかく目を覚ましたのに起き上がる気力も体力もない私が恨みっぽくヴォルフに呟いた。

「なんだティーナ、知らなかったのか？　ちゃんと狼《ヴォルフ》と名乗ってるだろ」

そう言っていたずらっぽく笑ったヴォルフは、腕の中にいる私の額に優しく口づけた。

「あー、最高に幸せだ。こんなに可愛いティーナをこれからは毎晩好きなだけ愛せるのか！」

「――えっ、毎晩って、毎晩!?　そんなの、無理よ!?　毎晩あんな激しくされたら私、死んじゃう！」

「大丈夫。昨日は我慢がきかなかったけど、さすがに毎晩あそこまでしないよ。まあ、ティーナに可愛く煽られると我慢できないかもだけど……それは君が俺を煽らなければいいだけの話だし？」

「昨日だって私、煽ってなんかいなかったでしょ！」

「じゃあ昨日のは完全に無自覚か？　だったら困るな、あんな小悪魔的な煽りを天然でやられたら、俺は毎晩狼にならざるをえない」

「意味わかんない……って、ヴォルフったらどこ触ってるのよ!?　もう朝なのに――あんっ！」

「明け方までずっと繋がってたから、ここ、まだとろとろだな？」

「んっ――やだあっ……そ、こ、触られたらすぐ変になっちゃうのにぃ……」

「ほーら、そんな顔とそんな声でそのセリフ、煽ってるとしか思えないよ。可愛いティーナ、潔く狼さんに襲われて？」

「ああんっ！」

本当に困った、愛しい狼さんだ。

◆　◆　◆

「ユリアーネおばさん、父さんと母さん、俺、必ずティーナを幸せにします。だからどうか俺たちふたりの結婚を認めてください！」

一見、ごく普通の結婚報告の場面に見えるかもしれない。だが、普通と微妙に違うのは――。

「わかっているだろうな、ヴォルフ！　俺たちの可愛い可愛いティーナを嫁にするというのなら、ただ幸せにするだけではだめだぞ!?　世界で一番、幸せにするんだ！　その覚悟はあるか!?」

まるで娘との結婚を認めてもらいにきた男に対する娘の父親のような言動でヴォルフに相対しているこの人物は、私の父――ではなく、ヴォルフのお父さんである。

親友の娘である私をヴォルフの両親であるエーリクおじさんとアンナおばさんは実の娘同然に可愛がってくれた。そんなわけでこの結婚報告でも、おじさんはヴォルフのお父さんなのに、なぜか私の父に代わってヴォルフを私の夫として相応《ふさわ》しいか、見極めてくれているようである。

こんな状況、おもしろくないわけがない。私と母、そしてヴォルフのお母さんと妹のマリアまで、父と息子のこの奇妙なやりとりに必死で笑いを堪《こら》えている。

「どうなんだ、ヴォルフ!?　ティーナを世界で一番幸せにすること、そしてティーナを一生心から愛し続けること、それが約束できないなら、父さんはこの結婚を認めない！」

「もちろん約束する！　俺はティーナを世界一幸せにしてみせるし、一生心の底から愛し続けると誓う！　だからティーナとの結婚を認めてくれ!!」

「お前は騎士だろう！　では、お前の剣に誓え！」

「ああ、わかった！　俺ヴォルフガング・ヴァルトマイスターはこの剣と天に誓う！　我が最愛の女性クリスティアーナ・ヒンメルを妻とし永遠の愛を捧げるとともに、必ずや世界一幸せにする！」

「ユリアーネ！　我が愚息《ぐそく》もこう言っている！　君とトーマスの最愛の娘ティーナとヴォルフとの結婚を、許してもらえるだろうか!?」

「ええ、もちろんですよ」

母は楽しそうに笑いながら答えた。

「ああ、ありがとう！　よかった……本当によかったなあヴォルフ！　お前を誇りに思うよ!!」

「ユリアーネおばさん、俺たちの結婚を認めてくれて、本当にありがとうございます！　絶対に、ティーナを世界一幸せにします！」

「はいはい、よろしく頼むわね！」

――とまあ、こんな感じで私たちの結婚は無事認められたわけだ。

「さてマリア、今から少しだけ大人のお話をするから、お部屋にいてくれる？」

アンナおばさんがマリアにお願いするが、彼女は大いに不満げだ。

「ええー、私もティーナともっと一緒にいたい」

「お話が終わったら、ティーナと一緒にいていいから。わかったわね？」

「今日、ティーナ、お願いしてもいい？」

「ティーナと一緒に寝てもいいかしら？」

「ええ、もちろん！」

承諾すると「じゃあ、寝る前にたくさん恋バナしようね！」と言って、とても嬉しそうに部屋を出て行った。

「マリア、この二年間ずっと貴女を独占できていたでしょう？　なのにもう独占できないどころか、王都にまで行ってしまうのが寂しくて仕方ないみたい。でもヴォルフとティーナが結婚することで、ようやくティーナと本当に姉妹になれることをとっても嬉しがってるのよ」

そう言って優しく微笑むアンナおばさんの笑顔は、ヴォルフと本当によく似ている。

「でもやっと、全部話せるのねえ！　マルガレーテおばあちゃんの受けた『啓示』で未来を知っていた私たちとしては、ふたりの両片想いがもどかしくってしょうがなかったんだから！」

「本当にねえ？　まあマリアもそうだけど、啓示なんて知らなくたって貴方たちが両想いなことは、村の人たちみんなが知っていたわ。貴方たち、本当に相手のことしか見えてないんだものねえ？」

お母さんたちにそんなこと言って笑われて、恥ずかしいったらない。

——まあ、みんなが心から喜んでくれているのがわかって、すごーく嬉しくもあるけどね。

「さてと。改めて……ヴォルフガング、成人おめでとう。これでようやくお前も、一人前のヴァルトマイスターだ。そしてそれは、この国を守る者としての重要な役目を担うときが来たことを意味する」

エーリクおじさんは一冊の分厚い本をヴォルフに手渡した。

それは黒皮に金の文字で『ヴァルトマイスター家史』と書かれた美しい装丁の本で、真ん中にはコーンフラワーブルー色の大きな宝石が嵌《は》められている。

「ここには、我が一族の歴史が全て記されている。そしてこの表紙の石はサファイアの聖石であり、ヴァルトマイスター家の当主は当代の歴史を聖力でもってここに書き記していくんだ。ヴォルフ、最後のページを開いてごらん」

その言葉に従い、ヴォルフが最後のページを開く。

そこに書かれている内容を見て、私たちはすっかり驚いた。

「これ……王都で俺たちが経験したことだ！」

そこには私とヴォルフが王都で再会したこと、未来から来た息子トミーのこと、リンデマン公爵との戦いと勝利、そしてマルガレーテおばあちゃんや国王陛下からヴァルトマイスターの歴史を聞かされたことなどが詳細に記されていた。

「その通り。お前たちが手紙で知らせてくれたあの内容をここに聖力で記したんだ。そして……」

おじさんはページの上に指を載せ、先の文章の最後の箇所、白紙の部分をそっと撫でた。

「あっ、文字が！」

指が撫でた下の部分に青く光る文字が現れ、まもなく黒い印字となって紙の上に定着した。

――『ヴォルフガング・ヴァルトマイスター、クリスティアーナ・ヒンメルと婚約』。

「これはついさっき、ヴァルトマイスター家に刻まれた、新たな歴史だ」

「ヴァルトマイスター家の歴史……」

「ああ、その通り。この家史を読めば、ヴァルトマイスター家の歴史を全て、知ることができる。もちろん全てに目を通すには膨大《ぼうだい》な時間を要するから、あまりおすすめしないよ。だが少なくとも初代ヴァルトマイスターの記録と……あとは歴代当主たちが代変わりする直前に記している総括の文章があるので、それには目を通すといいと思う」

「すごいな……。ありがとう、父さん」

「これを読んで、お前がどう感じるかはわからない。だがこれに先に目を通した男として、愛する息子であるお前に、ヴァルトマイスター家が『愛の一族』であることを感じてほしいと思っている」

「愛の……一族？」

突然のなんともロマンティックな表現に、私もヴォルフも少し驚いてしまった。

でもその後エーリクおじさんが私たちに話してくれた言葉は、それからいつまでも、私たちの心に残ることになった。

「初代ヴァルトマイスターは家族を何よりも大切に想う気持ちから家族のもとを離れた。だが心は決して離れることなく、双子の王子それぞれが、愛する家族を想い続けたんだ。互いの幸福を祈り、平穏と無事を祈り、相手の力になれるようにとその身を尽くして……その想いが今回、お前たちの未来をも救った。最高の家族愛で結ばれた一族、それがヴァルトマイスター家なんだよ」

マルガレーテおばあちゃんとヴォルフ、そしてトミーとも全く同じ色の蒼玉《そうぎょく》の瞳を細めながら、エーリクおじさんは優しく微笑んだ。

「ヴォルフガング、ヴァルトマイスター家の一員としてこの『愛の歴史』を未来へと繋いでほしい。そしてティーナ、君が私たちの家族になってくれることをこの上なく光栄に思う。ヴォルフのこと、よろしく頼む」

◆　◆　◆

オレンジ色の瓦《かわら》屋根の中から、真っ青な空に突き刺すように緑青色の尖塔《せんとう》が伸びている。これは王都のシンボルであるコルンブルーメ大聖堂のもので、先程よりここの鐘楼《しょうろう》から、美しい鐘の音が街中に響き渡っていた。

その鐘の音色は厳《おごそ》かであるが、今日はどこか軽やかで明るく、胸を躍らせるような響きがある。それは、この鐘の音だけではない。今日の王都はいつも以上に活気があり、明るい祝祭のムードが漂っている。

今日、ひとりの王立騎士団員の結婚式が大聖堂で挙行されるのだ。王立騎士団員はこの大聖堂で結婚式を行うのが慣例だが、今日は通常よりも大きな関心がこの式に向いている。

それは今日式を挙げるのが入団からまだ三年に満たないにもかかわらず副団長の役職を与えられ、数年後には騎士団長になるのがすでに内定している天才騎士ヴォルフガング・ヴァルトマイスター卿その人だからである。

騎士としての素晴らしい実力に加え、高貴なまでに美しいその容姿と、本来なら王族しか持たぬはずのコーンフラワーブルー色の瞳を持つその青年は「蒼玉の王子様」の異名で国民たちから絶大なる人気を博す。

そんな彼が上位貴族を含む数多《あまた》の名家からの縁談を全て断り、彼の故郷である田舎の小さな村の幼馴染みの女性を生涯の伴侶《はんりょ》として選んだこと、そして彼が彼女を人目も憚《はばか》らずに溺愛《できあい》していることはすでに広く知られており、それは結果的に彼の人望をさらに厚くする結果に繋がった。

ゆえにふたりの結婚は平民同士の結婚にもかかわらず国中の注目を集めるとともに、国を挙げてのこの祝賀ムードを生むこととなったのである。

「ティーナ、すごく綺麗よ」

「本当に世界一綺麗なお嫁さんだわ！」

私のお母さんとヴォルフのお母さん、そしてマリアが、ウエディングドレス姿の私を見て言う。

スカートがふわりと広がるプリンセスラインの純白のドレスで、お姫様にでもなったような気分だ。

「そしてこれが、ウエディングブーケ！　コーンフラワーじゃなくてブルースターにしてくれって、ヴォルフがうるさかったのよ？」

「そうなんですか？」

「そうなの。コーンフラワーの花言葉に『独身生活』っていうのがあるでしょ？　だから嫌だって言って。いろんな花言葉を調べて、ウエディングブーケにはこれっていうのをかなり前から決めていたんですって！　あの子ったら、変なところでこだわりが強いんだから」

「かなり前ねえ？　お兄ちゃんならティーナとの結婚式を夢見て、私が生まれる前からちゃっかり決めてそうよね！」

「さすがにそれは」と私が笑ったが、「いや、ヴォルフなら確実にそうだろう」とみんな大真面目な顔で言うものだから困ってしまう。

「にしても、これでようやくティーナに『おばさん』じゃなくて『お義母《かあ》さん』って呼んでもらえるのねえ！」

「でもお母さんはお兄ちゃんとティーナが婚約する前から、外ではずっとティーナのこと『うちの娘』って呼んでたけどね」

「そりゃあそうよ、ヴォルフは最初からティーナ以外は眼中にないし、ティーナだってそんなうちの子のことをずっと好いてくれてたでしょ。絶対に結婚するってわかっていたもの。必ず来る未来の先取りよ」

必ず来る未来——その言葉で、小さなトミーの可愛い笑顔が目に浮かんだ。

「早く甥《おい》っ子か姪《めい》っ子ができないかしら！　ねえティーナ、いつか赤ちゃんが生まれたらその子に私のこと『お姉ちゃん』って呼ばせてね。私、ずーっと弟妹が欲しかったの！」

「ええ、もちろんいいわ！」

ねこちゃんの絵本を読んであげたとき、トミーは「ねーね」という言葉を知っていた。

そう遠くはない未来、小さなトーマスがマリアのことを「ねーね」と呼ぶのだろう。そのときのことを想像したら、楽しみで仕方なかった。

「さあさあ、おしゃべりはその辺にしないと！　もうすぐ時間ですよ」

おばあちゃんの声に、みんなが振り向く。

「ティーナ、ちゃんとあれもつけてる？」

「うん！　ドレスの下に」

あれというのは、おばあちゃんがベルタさんとして私にくれた、あのコーンフラワーブルー色のサファイアのペンダントのことだ。

ヴァルトマイスター家では代々、ペンダントを新婦が、腕輪を新郎がつけて結婚するしきたりがあるそうで、私とヴォルフもこれをつけて結婚することになる。

「そのペンダントとヴォルフのつけてる腕輪はね、ヴァルトマイスターの始祖である王子が王宮を出て行ったときに、兄王子が弟の幸せを願って持たせたものなの。家族を心から大切に思う気持ちが、目一杯込められているのよ」

いよいよ式が始まる。大聖堂のパイプオルガンの厳かな音色が響く中、私と私の母の前の大きく立派な扉が開いた。

私は母に手を取られながら、真紅の絨毯《じゆうたん》の上を進んでいく。そして王立騎士団員の制服を纏ったヴォルフのところまで来た私の手を彼が母からそっと受け取った――そのときだった。

「……えっ？」

輝く緑色の蝶《ちよう》が私たちの上をひらひらと飛んで、それからふっと消えた――ように見えた。

『必ず、元気になるよ。そしてティーナが綺麗な花嫁さんになるのを、絶対にこの目で見るんだ』

記憶の中で少しぼやけていたお父さんの優しい笑顔と声が、驚くほど鮮明に思い出された。

「トーマス……来てくれたのね」

お母さんが泣いている。でも今日の泣き顔はすごく幸せそうで、とっても可愛い顔だ。

「お義父《とう》さん、ティーナの花嫁姿を見にきてくれたんだな」

ヴォルフが蝶の消えた大聖堂の、陽の光に輝くステンドグラスのほうへと語りかける。

「俺、お義父さんとの約束を必ず守ります。そして必ず、ティーナと世界一幸せになります」

エピローグ

「ティーナ！　あと少し、本当にあと少しだ！　もう、頭も出てきてるんだ！」

もう、何が何だかわからない。痛いし、苦しいし痛い。このまま意識が飛んでしまいそうなのに、飛ぶこともなくて、ただ痛い。泣きたいし、たぶん実際泣いてもいるけど、よくわからない。

――でも、私の手をずっと握っていてくれる、そしてずっと私のそばで励まし続けてくれているこの人がいてくれるから、私は頑張れる。

そうよ、頑張らなくちゃ。だって、やっと会えるのだ。

ずっと、本当にずっと待っていた、私と私の最愛の人との赤ちゃんに。

「ううっ――、ヴォルフぅ……!!」

「大丈夫、大丈夫だよ。俺がそばにいるから。ずっと、君の隣にいるから」

優しいその声に、ほっと安心する。痛みが消えるわけじゃない。でもその大きな手が優しく私の手を握ってくれていて、私自身よりもずっと辛《つら》そうなのに、必死でそれを隠しながら私を励まし、勇気づけてくれる貴方《あなた》がいてくれることが、私に大きな力を与えてくれる。

「んっ――、んんん――――っ!!」

次の瞬間、産声《うぶごえ》が部屋に響き渡った。

「生まれましたよ！　とっても元気な男の子です！」

――ええ、知っていたわ。

安堵《あんど》と疲弊によって完全に脱力した身体《からだ》を、ヴォルフがぎゅっと優しく抱きしめる。

何より安心する、大好きな人の匂《にお》いだ。

「ティーナ……本当にありがとう。そして、本当にお疲れさま」

「赤ちゃんは？」

「一緒に会おう」

助産師さんが、真っ白なおくるみに包まれた小さな存在を、私たちふたりのもとへと抱いて連れてきてくれた。その小さな存在を、ヴォルフの手を借りながらおくるみからそっと出して、胸の上で抱く。寒くならないようにと、ヴォルフが赤ちゃんの上に白いタオルもかけてくれた。

本当にちっちゃくて、温かい。そしてなにより、愛《いと》おしい。

「可愛いな」

「うん」

「こんなに、ちっちゃかったんだな」

「ふふっ、そうね」

「やっと、会えた」

「うん。ずっと……会いたかった」

「『トミー、待ってたよ』」

あとがき

はじめまして、もしくはお久しぶりです！　夜明星良《よあけせいら》です。
『蒼玉《そうぎょく》の王子様とシークレットベビー～二年ぶりに王都で会った大好きな人に赤ちゃんがいたので田舎《いなか》に帰らせていただきます!?～』をお手に取っていただき、誠にありがとうございます！

本作は女性向けR18小説投稿サイト「ムーンライトノベルズ」に掲載の『王都に行った好きな人は二年後、子持ちになっていた。』を、全面改稿したものです。
元のお話は男女逆転シークレットベビーという思いつきだけで一気に書いたので、設定ゆるめでネタばらしも早々に終え、あとはティーナとヴォルフがイチャイチャし続けるというものでした。

あれはあれで気に入っているのでWeb版として残していますが、もっとふたりの葛藤《かっとう》や心の絆《きずな》を丁寧に描けたらよかったなと思っていたところ、大変ありがたいことに書籍化のお話をいただき、こんな素晴らしい機会をいただけるなら思い切ってまるっと書き直してしまおう！　と思ったのが、今回の全面改稿に繋《つな》がっています。

ただ内面に焦点をと思いすぎたのか、初稿は全体的に重めの雰囲気に……。担当編集様にご指摘いただき、再度の大きな改稿にも根気よくお付き合いいただけたおかげで、無事完成に至りました。

そのため投稿したお話から初稿、そして完成原稿までかなり大きな物語の変化があったのですが、完成版を読んで「ああ、本当に書きたかったものになったな」と感じられました。このような貴重な機会をいただくことができ、この作品にしっかり向き合えたことに、感謝の思いでいっぱいです。

そしてイラストですが、天路《あまじ》ゆうつづ先生に描いていただいたヴォルフが本当にかっこよくて、ティーナとトミーはめちゃくちゃ可愛くて、そんな三人が一緒にいる姿はもう最高に尊《とうと》くて……!! イメージぴったりの三人を生き生きとそして最高に美しく描いてくださった天路ゆうつづ先生に、この場をお借りして深くお礼申し上げます。

作中では夫婦愛に親子愛、兄弟愛などいろんな家族愛を描かせていただきましたが、私には妹がひとりいて、心優しく思いやり深く、本当に尊敬する人です。そして私の一番の親友でもあります。同じ兄弟でも、双子王子たちのようにどんなに離れていても互いを大切に思い続ける素敵な関係もあれば、父トーマスとウルリヒのように互いの存在が呪《のろ》いのようになることもあると思います。だからこそ、心から信頼できる一番の味方が実の妹であることは、私の人生における最大の幸運のひとつだなあと思います。これを読むことはないと思うけれど、妹よ、いつもありがとう！

また父トーマスのように、家族に恵まれないときは、素敵な家族を新たに作ることもできます。そもそも家族の始まりは他人同士の出会いなんですよね。それってなんだかいいなあと思います。幼馴染《おさなな じ》みではありますが、ヴォルフとティーナも最初は「他人」であり、成長のなかでたくさんの人との出会いを経験した上で、互いを唯一の相手として選び「家族」になりました。

今はいろんな家族の形がありますし一生独身というのも全然ありだなと思っている人間ですが、人と人との繋がり、愛情と温かな結びつきというのは、人生で最も価値あるもののひとつかなあと。本作をお読みいただいて、家族愛であったり、人と人の繋がりが生み出す愛の温《ぬく》もりみたいなものをほんの少しでも感じていただけたなら、とっても嬉《うれ》しいです。

最後になりますが、この本の刊行に携《たずさ》わってくださった全ての方、特に今作でも引き続き大変お世話になりました担当編集様、素晴らしいイラストを描いてくださった天路ゆうつづ先生、そして今回もサイト掲載時より応援くださった読者の方々と、今こうして本書を手にしてくださっているあなたに、心からの感謝を申し上げます。

またいつかどこかで、素敵なかたちで再びお目にかかれることを心から願っております。

夜明星良

eロマンス ロイヤル

●ファンレターの宛先
〒102-8177　東京都千代田区富士見2-13-3　eロマンスロイヤル編集部

蒼《そう》玉《ぎょく》の王《おう》子《じ》様《さま》とシークレットベビー

~二年《にねん》ぶりに王都《おうと》で会《あ》った大好《だいす》きな人《ひと》に赤《あか》ちゃんがいたので田舎《いなか》に帰《かえ》らせていただきます!?~

著／夜《よ》明《あけ》星《せい》良《ら》

イラスト／天《あま》路《じ》ゆうつづ

2024年12月31日　初刷発行

発行者　山下直久
発行　株式会社KADOKAWA
〒102-8177　東京都千代田区富士見2-13-3
(ナビダイヤル) 0570-002-301
デザイン　AFTERGLOW
印刷・製本　TOPPANクロレ株式会社

●お問い合わせ
https://www.kadokawa.co.jp/ (「お問い合わせ」へお進みください)
※内容によっては、お答えできない場合があります。
※サポートは日本国内のみとさせていただきます。
※Japanese text only

ISBN978-4-04-738212-1　C0093　　Printed in Japan
定価はカバーに表示してあります。